la dynastie Calder

JANET DAILEY	*ŒUVRES*
LE SOLITAIRE	*J'ai Lu* 1580****
LA DYNASTIE CALDER	*J'ai Lu* 1659****

JANET DAILEY

la dynastie Calder

traduit de l'américain par Janine Vassas

Éditions J'ai Lu

Ce roman a paru sous le titre original :

THIS CALDER SKY

1

Sous un ciel radieux, les plaines herbeuses du Montana se déroulaient comme une mer ondoyante, jusqu'à l'infini. De rares buttes et des ravins encaissés en brisaient l'immense étendue. Terre gigantesque presque déserte qui défiait l'homme; sa grandeur faisait du petit, un faible et du fort, un roi.

Là où jadis paissaient les buffles à longue crinière, se trouvaient rassemblées six cents têtes de bétail qui meuglaient leur mécontentement au fond d'une poche de terrain encerclée par des cavaliers. Dans une confusion inextricable, les cow-boys, deux par deux, poussaient leurs chevaux dans le troupeau pour en ralentir la marche.

Avec méthode, ils éliminaient les bêtes infirmes : vaches taries flanquées de veaux nés au printemps, vieux taureaux rescapés du rassemblement de l'automne précédent.

Webb Calder attira l'attention de son étalon isabelle sur une vache égarée, puis se tassa sur sa selle, laissant le cheval travailler seul. Le pur-sang avait la couleur de ce chat sauvage des montagnes dont il portait le nom : « Cougar ». Dès qu'il eut isolé la vache, le cheval l'empêcha de rejoindre le troupeau, avec une adresse de félin. Pour son cavalier, un homme à la solide charpente, le bel étalon était une source de fierté. Il l'avait jadis enlevé à une bande de poulains sauvages et lui avait mis sa marque personnelle à l'oreille. Dressé et entraîné, l'étalon était devenu le meilleur cheval de troupeau de la contrée. Webb Calder ne se vantait jamais, mais acceptait les compliments avec la même réplique indifférente :

– L'isabelle est un bon cheval.

La philosophie du ranchero était la suivante : si vous êtes le meilleur, inutile de le dire; et si vous ne l'êtes pas, alors taisez-vous, cela vaudra rudement mieux pour vous.

Il trouvait cette loi bonne pour lui, et bonne pour les autres.

Webb fut rejoint par Nate More, qui avait effectué le tri des bestiaux avec lui. Ce cavalier maigre et basané appartenait à cette race de cow-boys profondément enracinés dans la terre du Montana, tout comme Webb Calder. Pourtant, un signe impalpable désignait ce dernier comme le « patron ». L'empire Calder, son domaine, s'étendait vers le sud à perte de vue. Tout le bétail portait d'ailleurs la marque des « Trois C » : la CALDER CATTLE COMPANY (1). C'était là l'héritage légué par le premier Calder, Chase Benteen établi au Texas en 1878, puis remonté vers le nord avec son troupeau, en quête d'herbe verte. Cet ancêtre avait payé l'empire Calder de sa sueur et de son sang; maintenant il reposait sous la terre du Montana. La plupart des cow-boys arrivés avec Chase Benteen Calder s'étant dispersés, seuls quelques-uns s'établirent pour une nouvelle vie dans cette contrée impitoyable. Ces hommes formaient le noyau des pionniers : Nate More, Virg Haskell, Ruth sa femme, Slim Trumbo, Ike Willis et une poignée d'autres, nés ou élevés dans le ranch Calder comme Webb. La loyauté était comme une graine germée au plus profond de leur âme : ils portaient la marque des « Trois C ».

La lignée s'était ensuite continuée jusqu'aux jeunes

(1) *Calder Cattle Company* : Compagnie de bestiaux Calder.

générations. Les anciens ouvraient la voie aux nouveaux qui apportaient un sang neuf dans un cadre immuable.

Webb tira sur les rênes de sa monture; il était rempli de satisfaction en surveillant la scène qui se déroulait devant lui. Son équipe de cow-boys regroupait le troupeau avec efficacité, comme une mécanique bien huilée. Pourtant, Webb aurait préféré se trouver avec eux à la tâche. Les charges, les responsabilités étaient écrasantes pour un homme qui possédait un ranch de cette taille. Aux marchands de bestiaux qui faisaient volontiers des remarques sur l'étendue de ses possessions, Webb aimait à faire cette plaisanterie :

– Au ciel Calder, il faut beaucoup de terres.

Le propriétaire ignorait quel rang il occupait parmi les autres gros rancheros du pays. Etait-il le premier, le deuxième, le troisième, ou loin derrière? Si on le lui avait demandé, il n'aurait pu répondre; et il ne s'en souciait pas, son unique but étant de faire prospérer le ranch et de le maintenir en bon état pour son fils. Webb Calder se considérait comme un homme intègre. Ses voisins, eux, prétendaient qu'il dirigeait avec une main de fer. Certains, pleins de ressentiment et de jalousie, le détestaient. Pourtant, Webb Calder n'avait jamais levé la main sur personne sans raison. Il agissait avec rapidité et toujours à dessein. L'indécision aurait été catastrophique pour un homme qui commandait un domaine de la taille des « Trois C ».

Webb avait enseigné à son fils Chase Calder, qui portait le prénom de leur ancêtre texan, qu'on apprend plus dans un ranch que dans les livres. Avant même que Chase ait fait ses premiers pas, Webb avait assis le petit garçon sur la selle d'une vieille jument. A deux ans, Chase tenait les rênes, à cinq, il faisait son premier rabattage, attaché à la selle pour ne pas tomber. Les chevaux et le bétail faisaient partie de la vie, Chase l'avait découvert par osmose. Inconsciemment, il avait intégré cette connaissance comme une deuxième nature. Mais Webb voulait surtout apprendre à son successeur l'art de commander et le modelait sans faiblesse pour en faire un chef. Chase était prévenu : en tant que fils et futur héritier, il travaillerait davantage et lutterait plus durement que n'importe qui. Le fait d'être un Calder ne lui vaudrait aucune faveur. C'est ainsi qu'adolescent Chase avait accompli les besognes les plus ingrates, s'était occupé des chevaux les plus difficiles. Il avait dû résoudre ses problèmes tout seul. Lorsqu'il avait eu des ennuis il s'était débrouillé avec ses poings ou son intelligence, mais sans jamais attendre aucun secours paternel. Malgré tout, lorsque Webb surveillait ses vingt hommes au travail, d'instinct, il jetait un œil sur son fils.

Chase était plus grand que la moyenne, avec des épaules larges et une poitrine solide. Son visage anguleux hérité des Calder était tanné par le soleil. Avec ses cheveux noirs et ses yeux foncés il paraissait plus âgé que ses vingt-deux ans, sauf lorsqu'il souriait.

Un cheval poussa un hennissement sonore à côté de l'étalon isabelle. Calder regarda Nate More. Il se roulait une cigarette et collait le papier avec sa langue; sans lever les yeux, il déclara :

– Chase est un bon garçon.

Nate avait deviné les pensées de Webb.

– Lil serait fière de lui.

En prononçant le prénom de son épouse défunte, Webb venait de briser un silence de plus de vingt ans. Le temps avait atténué le chagrin de la perte; maintenant le souvenir de la morte appartenait à l'histoire. Voilà quelque chose qu'un étranger ne comprendrait pas : l'impossibilité pour l'homme de l'Ouest d'exprimer son chagrin à la perte d'un être cher. Ici, dans le Montana, les sentiments ne s'extériorisaient pas.

– Oui, elle serait fière, répéta Nate, la cigarette aux lèvres, en plissant les paupières à cause de la fumée âcre qui montait.

Sans tourner la tête il aperçut le jeune cow-boy Buck Haskell qui, sur son alezan, couvrait efficacement le vide laissé par deux cavaliers du même côté que Chase. Les yeux du vieux vacher se mirent à briller de respect.

– Ce Buckie! Il connaît mieux les bêtes que la plupart des anciens cow-boys. Il aime les chevaux indisciplinés : plus ils sont mauvais, plus il les apprécie.

Webb serra les lèvres.

– Buck est un gars sympathique, mais il y a en lui une violence qui m'inquiète.

Des cheveux blonds bouclés, des yeux bleus, toujours en train de sourire, Buck était le fils de Virg et de Ruth Haskell, né deux jours avant Chase. Comme Lillian, l'épouse de Webb, n'avait pu l'allaiter, Ruth avait pris le bébé en nourrice. Un an plus tard, après la mort de Lil, Ruth avait tenu la maison de Calder et fait la cuisine. Ainsi, Buck et Chase avaient été élevés comme des frères.

Nate, avec son éternelle cigarette roulée à la bouche, parvint cependant à sourire.

– Tu oublies, Webb, on était plus violents que ça à vingt ans.

Calder regarda le cow-boy de travers.

– Peut-être.

De la terre, au nord, surgirent trois cavaliers, qui approchèrent du troupeau rassemblé.

Webb fixa son regard sur le cow-boy sec et nerveux qui venait en tête. Son expression se durcit.

– Qui accompagne O'Rourke?

Les yeux de Nate se rétrécirent, non pas tant à cause de la fumée, que de celui qu'il avait reconnu.

– Son fils. La petite maigre doit être sa fille.

La voix de Nate n'avait plus aucune chaleur. Webb inspecta le garçon dégingandé; ses cheveux noirs et raides pendaient en mèches collées sous le chapeau. Le jeune homme ne quittait pas son père des yeux comme s'il attendait qu'il le guide. La fille, elle, était peu de chose, elle ressemblait à un gars. On apercevait sa chevelure noire et brillante de chaque côté du sombrero, mais Webb ne pouvait dire si elle était courte ou relevée. La cavalière devait porter la chemise et le jean de son frère : trop larges pour elle, ils la faisaient paraître encore plus maigrichonne et informe. En dehors des cils épais qui bordaient ses yeux verts, rien dans ses traits ne la distinguait d'un adolescent. La vision de la gamine ulcéra Calder.

– Une fille ne devrait pas faire le travail d'un homme, bougonna-t-il.

Il tourna la tête et braqua un regard dur sur Nate.

– Va dire aux gars de tenir leur langue. Si j'entends lâcher un « Nom de Dieu » sur cette petite, je le leur ferai payer.

Nate tira une dernière bouffée sur sa cigarette et laissa tomber la cendre dans le revers de son treillis, où il l'écrasa. Webb le regarda s'éloigner.

Le monde moderne avait beau faire des progrès avec ses ordinateurs et sa technologie avancée, il restait dans l'Ouest des endroits où le temps avait peu changé les choses. L'ancien code moral subsistait. Les femmes, peu nombreuses, étaient traitées avec respect, aussi longtemps en tout cas qu'elles le méritaient. Quant aux hommes, ils ne faisaient appel à personne pour résoudre leurs difficultés.

Le ranch Calder s'étendait sur une surface plus grande que l'Etat de Rhode Island. Webb y exerçait les pleins pouvoirs : il était sa propre loi et n'avait à répondre devant personne en dehors du Dieu Tout-Puissant.

Les yeux du ranchero se rétrécirent en une réflexion silencieuse; Angus O'Rourke s'avançait à cheval. Cet homme passait trop de temps à rêvasser et trouvait toujours de multiples excuses à ses échecs. C'était un faible qui recherchait la facilité. Il n'y avait pas de place pour de tels individus dans ce pays; tôt ou tard, il serait éliminé. Le regard hostile de Calder mit Angus mal à l'aise. Il passa nerveusement sa langue sur ses lèvres desséchées, se disant à lui-même qu'un jour viendrait où il ne courberait plus l'échine devant Webb Calder.

– S'il nous demande quelque chose, qu'est-ce qu'on va dire? chuchota son fils Culley d'une voix anxieuse.

Angus répondit sans tourner la tête:

– Tais-toi, c'est moi qui parlerai.

– Je t'avais dit de pousser les trente vaches de l'autre côté de la clôture la semaine dernière, déclara la fille avec calme.

– Et je t'ai répondu qu'elles avaient besoin de manger de la bonne herbe quelques jours de plus, Maggie.

La discussion ne semblait pas neuve.

– Les vaches se sont égarées, c'est tout.

O'Rourke mit son cheval au pas pour parcourir les derniers mètres qui le séparaient de Webb Calder. Il se plaça à angle droit et décocha un de ces sourires dont il avait la spécialité en effleurant d'un doigt respectueux le bord de son Stetson.

– Bonjour, monsieur Calder.

Angus paraissait délibérément gai et désinvolte.

– Angus!

L'homme au visage taillé à la serpe fit cette simple réponse, en guise de salutation.

O'Rourke se sentit frustré: il s'en voulait de ne pas pouvoir appeler Calder par son prénom, ce qui les aurait placés au même niveau. Cet homme avait le chic pour lui faire sentir son insignifiance. Bon sang! Il était un propriétaire lui aussi, tout comme Calder. Toutefois, Angus cacha son amertume.

– Belle journée pas vrai? remarqua-t-il en embrassant le ciel clair d'un geste ample. Des matins comme celui-là vous font oublier le long hiver dernier. Les alouettes chantent, les fleurs sauvages pointent partout et ces petits veaux au museau blanc, tout brillants, tout neufs...

Il fallut plusieurs secondes avant qu'Angus comprenne que son bavardage n'avait aucun effet sur Webb Calder. Pour la deuxième fois il refoula sa fierté blessée sous un sourire.

– Vous vous souvenez de mon fils Culley et de ma fille Maggie?

Webb Calder salua la présence du garçon d'un signe de tête, puis regarda l'adolescente.

– Tu ne devrais pas être à l'école, Maggie?

Cette question contenait une désapprobation certaine. En réalité la jeune fille se nommait Mary-Frances Elisabeth O'Rourke, comme sa mère morte quatre ans plus tôt. Mais deux femmes dans la même famille avec un prénom identique, cela crée des confusions. Alors O'Rourke avait commencé à appeler sa fille Maggie et ça lui était resté.

La gamine haussa les épaules.

– Mon père avait besoin de moi aujourd'hui, expliqua-t-elle.

En vérité elle était plus souvent absente que présente à l'école. Au printemps et en automne, O'Rourke proclamait sa présence nécessaire au ranch. En grandissant, Maggie s'était aperçue que son père était trop paresseux pour travailler aussi longtemps et aussi dur qu'il aurait fallu. Maggie d'ailleurs ne regrettait plus l'école.

Comme elle ne rentrait plus dans ses vêtements de petite fille, elle n'avait rien à se mettre en dehors des jeans et des vieilles chemises de Culley. A seize ans, bientôt dix-sept, elle était très consciente de son aspect. Elle avait bien essayé de retoucher les vêtements de sa mère à sa taille, mais les résultats avaient été déplorables. Ses camarades de classe ne s'étaient pas moquées d'elle mais Maggie avait vu leur regard de pitié. Alors son orgueil lui avait soufflé d'accepter les bonnes raisons paternelles pour rester à la maison.

Jadis, la pauvre Mary-Frances avait exigé que ses enfants aient une bonne éducation. Maggie s'en souvenait très bien, aussi gardait-elle des livres scolaires chez elle pour étudier seule.

Elle était résolue à ne pas manquer à ses engagements vis-à-vis de sa mère. La désapprobation qu'elle lisait dans le regard de Calder renforçait encore sa détermination. La jeune fille ne pardonnait pas à son père d'être un faible, seulement capable de vaines promesses et de rêves fous. Tout l'argent du monde n'en ferait pas un homme fort comme Calder. Pour Maggie, Webb Calder était un idéal, l'être que son père ne serait jamais.

Angus O'Rourke ne comprenait pas que la conversation ne menait nulle part. Il prit l'air de quelqu'un qui regrette de quitter une bonne compagnie parce qu'il a à faire.

– Bien, j'aperçois des bêtes dans le troupeau avec la marque du « Trèfle d'Irlande ». Je vais les retirer et les conduire de l'autre côté de la clôture.

– Je vous prête mes gars pour vous aider.

Webb leva la main pour faire signe à l'un de ses hommes.

– Nous y arriverons seuls, protesta Maggie.

Sa mère lui avait appris à ne jamais accepter une faveur à moins de pouvoir la rendre un jour. Or, il était grotesque de penser qu'un Calder aurait jamais besoin d'un O'Rourke. Webb suspendit son geste, attendant en silence que le père de la jeune fille se prononce.

– On y arrivera à trois.

Calder reposa la main sur la selle.

– Comme tu voudras, Angus.

O'Rourke fit faire demi-tour à son cheval après avoir lancé un regard sombre à sa fille puis se dirigea vers le troupeau. Ses enfants suivirent. Sachant les yeux des cow-boys braqués sur elle, Maggie se redressa sur sa selle. Elle sentait combien les O'Rourke étaient minables avec leurs vêtements et leurs couvertures de selle rapiécées. De l'autre côté du troupeau, Chase regardait approcher le trio bigarré. Nate More ayant déjà passé la consigne du patron, Chase savait qu'une femme se trouvait parmi les cavaliers. Buck se rapprocha de lui.

– Laquelle est la fille?

Une note moqueuse teintait la voix basse de Buck.

– Ce doit être la petite.

Un sourire traversa le visage de Chase.

– On dirait que c'est la plus jeune.

– C'est vrai qu'elle est jeune, reconnut Haskell à regret. Moi, je préfère les femmes plus âgées et mieux enrobées! On m'a dit ce matin que Jake avait une nouvelle nièce au bar, une blonde.

– C'est vrai? fit simplement Chase.

Il savait comme tout le monde que les soi-disant « nièces » étaient des prostituées.

– Ce type doit avoir une nombreuse famille, tu ne crois pas?

Buck sourit de toutes ses dents.

– Quand ce rabattage sera fini, on ira jeter un coup d'œil. La fille connaît peut-être des trucs...

Chase préféra ne pas répondre et conduisit son cheval vers une vache égarée. Buck regagna son poste initial à plusieurs mètres en avant. D'un côté, la famille O'Rourke travaillait à récupérer ses bêtes, de l'autre, les gars de Calder, aidés par Chase et Buck, rassemblaient leur bétail.

Au cours de la pause de midi, les cow-boys échangèrent leurs chevaux contre de nouveaux, parqués dans le corral délimité par une corde. Chase balança sa selle sur un hongre avec une tache blanche sur les naseaux et serra la sangle. Au moment où il s'apprêtait à mettre le pied à l'étrier, Buck s'approcha sur un rouan feu.

– Presse-toi, pèlerin, la lumière du jour se consume.

Haskell exhortait son ami dans une pâle imitation de John Wayne. Chase réprima un sourire. Depuis le lever du jour, Buck n'avait cessé de plaisanter; il ne prenait jamais rien au sérieux. Chase guida son cheval vers le jeune homme.

– Tu es un cas désespéré, Buck.

– Je sais, mais ce n'est pas dramatique!

Buck riait si souvent qu'il avait des fossettes et des ridules au coin des yeux.

– Chase, j'étais en train de penser... ça ne serait pas bien si toi et moi on allait rendre visite ensemble à la nièce de Jake!

– Pourquoi? fit Chase avec un regard oblique.

– Il suffira que la fille me voie pour qu'elle oublie que tu es là. Ce ne serait pas juste : on est presque frères.

– Buck, tu es le type le plus prétentieux que je connaisse.

La bouche de Chase se releva dans une grimace triste. Son ami était en train de se forger une réputation de coureur, parfaitement justifiée. Il attirait les filles par son sourire enjôleur et ses yeux malicieux. Ce n'était pas le genre de Chase, bien qu'il obtînt d'habitude les femmes qu'il voulait. La remarque désobligeante fit rire Buck.

– Je te l'ai déjà dit, Chase, je suis toi, tu es moi. On nous a changés à la naissance.

Un roulement de tonnerre attira l'attention des jeunes gens; le troupeau approchait. Une vache s'était écartée qui portait la marque du « Trèfle d'Irlande » sur le côté, et elle décampait queue dressée, poursuivie par la fille O'Rourke. Chase la regarda qui obligeait l'animal à se rabattre.

– Cette petite sait monter à cheval, remarqua Buck.

– Tu as parlé trop tôt, répliqua Chase tandis que la vache lançait une ruade pour se libérer.

Maggie arrêta sa jument baie et tenta de lui faire faire demi-tour, mais l'animal perdit l'équilibre. La cavalière fut éjectée de la selle, le cheval s'agenouilla et la jeune fille alla heurter violemment le sol où elle resta quelques instants sans bouger.

– Je vais voir si elle n'a rien de grave.

Calder éperonna sa monture; déjà une douzaine de cavaliers avaient vu la culbute et se précipitaient.

Chase arriva le premier, descendit de cheval et s'avança vers Maggie qui gisait encore le visage contre terre. Toute tremblante, elle réussit à soulever la tête. Son chapeau était de travers mais elle n'avait pas lâché le lasso.

– Etes-vous blessée?

– Non.

Chase remarqua qu'elle avait le souffle coupé. Il lui prit le bras.

– Je vais vous aider.

Lui saisissant l'autre bras, il la releva. La veste de la jeune fille était ouverte; en glissant involontairement à l'intérieur, les doigts de Chase se refermèrent sur un sein très doux, à peine éclos. Avant même qu'il ait enlevé la main, Maggie O'Rourke était debout.

– Otez vos sales pattes!

Elle frappa le jeune homme au visage. La violence du geste fit tomber son chapeau et une masse de longs cheveux noirs se déroula en vagues sombres jusqu'à sa taille.

Chase relâcha le bras de la fille.

– Désolé.

Tandis qu'il s'excusait, le fils Calder notait la métamorphose : la chevelure épaisse défaite, le rouge aux joues, les yeux verts qui lançaient des éclairs. Peut-être la cavalière aurait-elle accepté des excuses, si le coupable n'avait glissé un regard indiscret sous la veste entrouverte pour apercevoir ce qu'il avait touché.

Maggie O'Rourke leva le lasso qu'elle tenait toujours enroulé dans sa main droite et frappa. Une nouvelle fois Chase se protégea avec les bras tout en battant en retraite.

– Je vous ai dit que j'étais désolé, se hasarda-t-il à lui rappeler.

La honte d'être fouetté par une fille devant des hommes était plus forte que la colère.

– Oh la la! Regardez ce que la petite envoie à Chase! Un sacré foutu quart d'heure pour notre ami!

La voix moqueuse de Buck s'éleva de la ligne que formaient les cow-boys réunis.

– Vas-y, ma chérie, ne te laisse pas faire! Mets-lui le paquet!

Au moment où Maggie balançait une nouvelle fois la corde, Chase la saisit au vol d'une main et de l'autre il immobilisa le poignet de son adversaire. La jeune fille essaya alors de le battre avec sa main nue, mais Chase l'en empêcha. Maggie lui lança un regard furibond. Elle avait le souffle court.

– Espèce de petite furie, arrête!

Chase la secouait durement.

– Rendez-moi ma corde, ordonna-t-elle.

– Si tu continues, c'est moi qui vais te caresser le dos avec ton lasso.

La fureur embrasait les veines de Chase, ses muscles crispés formaient des boules dures sous la peau.

– Maggie!

C'était Angus O'Rourke qui accourait pour régler l'affaire.

– Bon sang! Que faisais-tu, ma fille?

Chase abandonna Maggie à l'autorité paternelle et s'écarta prudemment.

– Tu vas t'excuser auprès de M. Calder. Tu l'as ridiculisé devant tout le monde.

Chase trouvait la dernière phrase inutile; c'était faire allusion à l'humiliation que le fils d'un grand propriétaire venait de subir en public. Un nerf tressaillit le long de sa joue, seul signe visible de son trouble intérieur.

– Dis-lui que tu regrettes.

Le père pressait sa fille. Chase savait pertinemment qu'elle n'était pas désolée le moins du monde. Il n'accepterait pas d'excuses forcées.

– Laissez-la partir, O'Rourke, marmonna le jeune homme en se dirigeant vers son cheval.

Pendant que Chase enfourchait sa monture, la fille lui avait tourné le dos et entortillait ses cheveux noirs pour les contenir sous son chapeau. Puis elle sauta en selle et s'éloigna avec son père sans même regarder Chase.

– Cette tigresse t'a donné du fil à retordre, commenta Buck.

– J'ai dû la prendre à rebrousse-poil, répliqua le fils Calder froidement.

– Buck!

Impossible de se méprendre à la voix de commandement de Webb Calder. Il s'avança à cheval au milieu des cavaliers.

– Tu connaissais les ordres : pas de juron devant la petite. Tu es consigné; à pied pour le reste de la journée.

Le châtiment était bien sévère pour un gars comme Buck qui ne vivait que pour le cheval et le lasso. Il protesta :

– Nom d'un chien, ça m'a échappé, et puis Chase...

– Deux jours à pied.

– Quoi?

Le fils Haskell manifestait à la fois son mécontentement et son incrédulité. Il laissa retomber les bras en geste d'innocence.

– Elle ne pouvait pas m'entendre, là où elle était.

– Trois jours pour discuter.

Webb ne reculait jamais; il se montrait encore plus

dur avec ceux qu'il aimait. Il tira sur les rênes et fit faire demi-tour à son cheval.

– Mer...

Buck n'acheva pas le mot, le patron s'était retourné :

– Tu veux faire quatre jours?

Le jeune homme ôta son chapeau noir, couvert de poussière, et le jeta par terre.

– Bon Dieu! lâcha-t-il d'une traite.

Un sourire détendit l'expression sévère de Calder. Il frappa le flanc de son cheval avec le talon et s'éloigna.

– Trois jours..., marmonna Buck.

Pendant ce temps, Chase avait regagné sa place auprès du troupeau et O'Rourke terminait sa tâche, une longue tâche à cause des chevaux mal entraînés et du nombre important de bêtes égarées. Une douzaine de cow-boys des « Trois C » auraient mis trois fois moins de temps, mais n'ayant reçu aucun ordre de Calder, ils se contentaient d'observer de leur selle.

O'Rourke et son fils fatiguaient les vaches, la fille les rassemblait plus loin dans la plaine faussement plate. L'image de Maggie s'insinua dans l'esprit du jeune Calder, provoquant une tension dont il ne put se libérer.

A la nuit tombée, les brandons étaient encore chauds lorsque Angus retira du troupeau la dernière vache marquée du « Trèfle d'Irlande ». Il signala à Nate More que la « capture » était finie. A l'impatience des cow-boys on comprenait qu'ils regrettaient le temps perdu à cause de l'incompétence d'O'Rourke. Mais de son côté Angus était persuadé que retarder tout le monde lui avait fait marquer des points. Sa lenteur avait été voulue et il se félicitait de son ingéniosité. Toutefois sa satisfaction s'évanouit dès l'instant où il aperçut Webb Calder campé entre lui et le bétail rassemblé par Culley et Maggie. Le petit propriétaire n'avait pas le choix, il ne pouvait l'éviter. Angus maudit l'homme en silence; il n'avait pas le droit de se tenir là comme le Bon Dieu Tout-Puissant.

– Désolé pour le retard, monsieur Calder.

Au comble de la frustration, Angus s'abaissait devant le plus fort.

– On s'en va maintenant.

Webb Calder ne fit d'abord aucun commentaire, mais son regard balaya le bétail marqué du « Trèfle d'Irlande » rassemblé plus loin sur la gauche.

– Je dénombre trente-sept têtes, plus les petits, un sacré nombre d'égarés dans les pâturages Calder!

De la sueur perla à la lèvre supérieure d'Angus. Cependant il s'efforça de sourire, de rire même.

– Vous savez comment c'est, monsieur Calder, une vache aperçoit de l'herbe de l'autre côté de la clôture et elle y va. Les animaux ne respectent pas les limites.

O'Rourke détourna son regard des yeux braqués sur lui et fixa le sol. L'herbe était assez épaisse pour nourrir deux fois plus de bestiaux que n'en possédait Calder.

– Ça n'est pas mes quelques vaches qui vont priver les vôtres, ajouta Angus avec rancœur.

– Je ne permets pas qu'on broute mes pâturages jusqu'à la racine, lança Calder sur un ton mordant.

Il ne voulait pas pousser la discussion plus loin. Angus de son côté se refusait à admettre que l'observation était justifiée.

– Pour cette fois, je veux bien avaler ton histoire de vaches égarées, O'Rourke, mais si tu ne te débrouilles pas pour garder tes bêtes de l'autre côté de la clôture, je m'en chargerai.

Le ton menaçant fit pâlir Angus.

– La première chose qu'on va faire avec Culley, monsieur Calder, c'est consolider la clôture. Vous tracassez pas pour ça, vous n'aurez plus de problèmes.

– Je sais que je n'en aurai pas.

Sur ces paroles, Webb dirigea son cheval au petit galop vers le troupeau. Angus se déplaça d'un quart de cercle pour regarder son ennemi s'en aller. La panique faisait place à la colère. Il cracha par terre.

– Le salaud, qui se croit grand, tout-puissant. Mon jour viendra, attends, et tu verras.

L'homme éperonna sa monture et tira avec rudesse sur les rênes pour faire galoper son cheval jusqu'au lot de bétail marqué du trèfle irlandais. Le regard de Maggie quitta son père et suivit le cavalier qui disparaissait; elle avait deviné la conversation. D'un coup de lasso sur sa cuisse, elle fit prendre au troupeau la direction de l'est; son frère se plaça du côté opposé. Plus tard ils obliqueraient vers le nord après avoir traversé la rivière. Pousser le bétail sur son propre territoire exigeait peu d'attention. Maggie agissait avec automatisme, se donnant ainsi la possibilité de réfléchir aux événements de la journée. L'incident avec Chase Calder lui revint en mémoire. D'abord, elle avait été très vexée de faire une culbute devant des cavaliers confirmés. Mais c'étaient surtout ces instants fugitifs, lorsque Chase avait égaré sa main sur son sein. Une étrange sensation l'avait parcourue, comme un courant électrique : l'excitation provoquée par un geste défendu. Bref, lorsqu'elle avait regardé le jeune homme en face et compris qu'en elle il découvrait une femme, Maggie avait été blessée qu'il ne l'ait pas distinguée plus tôt. L'avait-il seulement remarquée auparavant? Elle l'avait rencontré une dizaine de fois en ville, en faisant les courses. Avait-il jamais jeté un regard sur elle? Maggie aurait été malhonnête de ne pas le reconnaître, elle éprouvait pour Calder un certain intérêt. Après tout il était fils de propriétaire, jeune, riche, et la coqueluche des filles. Le regard de Maggie tomba sur son Levis mal coupé. Elle ne porterait pas toujours les vêtements d'un autre, elle ne vivrait pas comme sa mère avait vécu avec son père. Elle deviendrait quelqu'un : la « dame » dont Mary-Frances avait toujours rêvé. Dans la rue, les gens feraient un détour pour lui parler et ne hocheraient plus la tête avec pitié.

A la mort de sa mère, une femme douce et fragile, vieillie bien avant l'heure, Maggie avait à peine douze ans. Officiellement, la malheureuse avait été emportée par une pneumonie, mais la fillette savait qu'elle s'était littéralement éteinte d'épuisement. Maggie O'Rourke, elle, brûlait d'une ambition qui n'avait rien à voir avec les rêves fous de son père. Et bien qu'elle ne fréquentât pas régulièrement l'école, elle deviendrait riche, personne ne l'arrêterait sur le chemin tracé.

Peut-être même porterait-elle une de ces élégantes robes comme on en voit dans les magazines de mode; elle adorerait être admirée. Cette pensée futile la fit sourire.

L'endroit où l'on devait passer la rivière à gué se trouvait en amont sur la gauche. Là, elle coulait large et peu profonde. La plus grande partie de l'année on avait de l'eau jusqu'aux chevilles et jusqu'aux cuisses au printemps.

L'onde claire qui scintillait entre les peupliers rappela à Maggie combien elle était sale et couverte de sueur. A la maison l'eau courante manquait depuis deux semaines, la pompe étant cassée.

La berge s'enfonçait doucement dans le ruisseau comme usée par des années de passage. Les O'Rourke firent descendre la pente au troupeau en le gardant rassemblé. Les bêtes de tête beuglèrent en pénétrant dans l'eau froide. Avec force coups de fouet, les O'Rourke poussaient les bêtes de queue pour forcer les meneuses à s'enfoncer dans la rivière. La traversée s'effectua sans difficultés, le courant étant paresseux à cette époque.

Maggie ramena son cheval en queue, près de son père. Maintenant, lui et Culley pouvaient manier le bétail tout seuls sans problèmes. Levée depuis l'aube, Maggie ne s'était pas arrêtée de travailler une minute et elle se sentait le droit de s'accorder une heure de répit. Elle désirait ardemment se plonger dans la rivière.

– Tu peux continuer avec mon frère, dit la jeune fille à son père.

– Où as-tu l'intention d'aller? demanda O'Rourke sur un ton de défi.

– Nager, lança Maggie par-dessus son épaule en retournant vers le ruisseau.

– Il y a du travail, cria le père.

– Je suis sûre de le retrouver en rentrant à la maison.

– Je ne t'ai pas fait manquer l'école pour que tu ailles te baigner.

Maggie s'éloigna sans un regard ni un geste prouvant qu'elle avait entendu. Angus secoua la tête avec dépit; il ne comprenait pas cette enfant. Toujours en train de répondre, elle ne manifestait aucun respect. C'était tout le portrait de sa chère Mary-Frances, mais sans son esprit ni sa douceur. Dieu seul savait combien Angus s'efforçait de se montrer un bon père. Ses enfants avaient de quoi dormir et manger, et il avait promis à sa fille de lui acheter tous les vêtements et les jolies choses dont elle aurait envie. Le pauvre homme n'en faisait jamais assez, mais Maggie était une vraie diablesse qui ne lui laisserait jamais une minute de paix.

2

D'une habile torsion de poignet, Chase donna du mou à la corde; le nœud coulant se resserra autour du cou du veau. La prise au lasso était le travail quotidien du cow-boy, et n'avait rien à voir avec les démonstrations spectaculaires dépeintes dans les rodéos.

De façon bien peu théâtrale, le veau était encordé et tiré vers les équipes qui le marquaient et le vaccinaient. Malgré sa simplicité, la scène provoquait une excitation et une confusion beaucoup plus grandes qu'un rodéo.

Dans cette arène naturelle qui s'étirait sous des kilomètres de ciel bleu, des hommes accouraient de toutes parts à pied ou à cheval pour participer au travail. Des défis et des railleries montaient, mêlés au beuglement des veaux et au mugissement du bétail.

De temps à autre, un cavalier se jetait de côté pour éviter les cow-boys en train de poursuivre les bestiaux.

Ce spectacle bouleversait les sens; les yeux se fatiguaient à fixer le moindre mouvement, les oreilles s'embrouillaient à vouloir séparer les sons, les narines étaient assaillies d'odeurs diverses : sueur, fumier, poils brûlés. Au milieu de cet affrontement entre bêtes et hommes, Chase tirait simplement un veau récalcitrant. Buck arriva à son secours au petit trot et plaqua la bête au sol. La sueur mélangée à la boue avait laissé des traces noires sur son visage. Tandis qu'il injectait une dose de vaccin dans la cuisse de l'animal couché, un deuxième cow-boy imprima au fer rouge la marque des « Trois C » sur le flanc de la bête. Buck desserra le nœud et poussa le petit hurlant vers sa mère. Pendant que Chase enroulait le lasso, Buck reprit son souffle.

– Je ne peux pas accepter de faire ces trois jours, Chase, et pour un simple juron encore! Tu as dit toi-même pas mal de méchancetés à la fille, c'est pas juste. (Le jeune homme insista :) C'est pas juste.

– La vie est rude, Buck.

La courbe de sa bouche adoucissait un peu la dureté naturelle du jeune Calder.

– Les sentences profondes de l'héritier, pouffa Buck en saisissant un autre veau.

La remarque ne produisit aucun effet sur Chase, qui se dirigea sans répondre vers le troupeau. Il acceptait en effet que l'empire Calder lui revienne un jour, il avait grandi avec cette certitude et n'avait jamais envisagé d'autres possibilités. Quelqu'un l'appela; c'était Webb Calder en personne.

– Chase!

Le garçon s'immobilisa.

– Qu'est-ce qu'il y a?

– Je veux que tu rentres à la maison avec moi pour dîner.

Devant la surprise de son fils, le père expliqua :

– Le sénateur Bulfert vient en avion, il dînera et passera la nuit chez nous avant de partir pour Héléna, demain matin. Il est temps que tu t'inities aux dessous de la scène politique.

– Des cours supplémentaires?

Chase sourit; les interminables leçons paternelles l'amusaient toujours.

– Tu ne possèdes que des bases, répondit Webb avec le plus grand sérieux, il te reste beaucoup à apprendre.

Sur ce sujet, Calder n'avait aucun humour. Chase se redressa sur sa selle et rabattit son chapeau sur le front.

– Bien, monsieur.

– Je sais, tu t'imagines que ce ranch marche tout seul.

A croire que Webb lisait dans les pensées de son fils.

– Le temps viendra où tu auras du travail plein les

mains. En plus, ils essaieront de te prendre les « Trois C ».

– Tu parles toujours de ces « ils » sans jamais les nommer.

Chase ne voyait pas qui pourrait le menacer ou lui enlever le ranch. D'ailleurs comment le pourrait-on?

– Ce sera à toi de découvrir qui, parmi tes amis ou tes voisins, agit contre ton bien. Cette propriété paraît imprenable, en fait, elle est vulnérable à cause de son immensité.

Les traits empreints de tristesse, Calder ajouta :

– Personne n'aime les « grands », mon fils.

Le jeune homme avait l'impression que son père exagérait, mais il garda le silence. Jusqu'ici, Webb avait toujours dit la vérité. Chase n'avait donc aucune raison d'être sceptique.

Webb tira sur ses rênes.

– Allons-y, il ne faut pas faire attendre le sénateur.

Sur huit kilomètres, les peupliers dressaient leurs têtes vertes, tout le long de la rivière. Les Calder et Nate empruntèrent la route que les O'Rourke avaient suivie avec leurs bêtes. L'herbe foulée sous leur passage se redressait lentement. Lorsqu'il s'approcha du gué, Webb fit aller son cheval au trot, puis au pas. Son regard glissa sur la rive d'en face.

– Quand le marquage sera fini, Nate, je veux que tu postes un homme près de la clôture pour surveiller les O'Rourke.

– On y veillera, approuva le contremaître.

Il y avait trop de bêtes « égarées » pour que ce fût un accident. Ce commentaire fit surgir un souvenir à la mémoire de Chase. Il se revoyait à l'âge de douze ou treize ans, accompagnant son père à un rabattage. Webb avait découvert par hasard une centaine de vaches égarées appartenant à un propriétaire voisin. Une discussion âpre s'était élevée entre les deux hommes; le premier soutenant qu'il y avait assez d'herbe pour deux. Webb avait alors ordonné à son voisin de déguerpir sur-le-champ avec son bétail, et juré qu'il tirerait désormais sur le premier animal qui ne lui appartenait pas. Tout de suite après, Chase avait interrogé son père et Webb lui avait expliqué que, s'il autorisait un fermier à faire paître sur ses terres, il devrait autoriser tous les autres.

Les cavaliers dépassèrent l'endroit où les empreintes de bétail descendaient sur la berge, jusqu'à la rivière qui formait à cet endroit un méandre. Le cheval de Chase pointa ses oreilles vers le cours d'eau. Le garçon regarda dans cette direction pour savoir ce qui l'attirait. A travers une brèche dans les arbres, sur la rive opposée, il aperçut une jument sellée, attachée à une grosse branche.

Son œil rapide remarqua le « Trèfle d'Irlande » sur le flanc de l'animal. Chase fronça les sourcils, à la recherche des deux autres cavaliers. Il se demandait pourquoi les O'Rourke avaient fait halte. Les yeux du jeune homme tombèrent alors sur des vêtements suspendus au rameau d'une grosse branche tombée à terre. L'instant d'après, l'éclair blanc d'un corps nu zébra la rivière. La forme fit surface et Chase admira les longs cheveux noirs qui brillaient au soleil. Un sourire mauvais étira sa bouche, ses yeux sombres brillèrent d'une lueur vengeresse.

Nate More s'aperçut le premier que le jeune Calder ne suivait plus. Il obligea son cheval à ralentir et se retourna sur sa selle.

– Tu viens, mon garçon?

– Continuez, je vous rattraperai, déclara Chase en leur faisant signe de poursuivre et sans quitter des yeux la fille nue dans la rivière.

– Où vas-tu?

Webb était revenu sur ses pas en voyant son fils s'éloigner.

Le garçon attendit avant de répondre.

– Régler une affaire.

L'œil d'aigle de Nate en avait déjà repéré la raison.

– La fille O'Rourke se baigne à poil, monsieur Calder.

Webb poussa un soupir dégoûté.

– Il va lui cacher ses vêtements. Quel enfantillage! Je croyais que mon fils avait dépassé l'âge des gamineries, déclara-t-il en poussant son pur-sang vers la grille est.

Après avoir traversé le gué, Chase suivit la rivière pendant deux cents mètres jusqu'à l'endroit où il avait repéré la baigneuse. Il trouva le raccourci qu'elle avait emprunté pour atteindre la plage sablonneuse: le jeune homme n'avait qu'à suivre les empreintes de sabots. A son approche, la jument baie de Maggie poussa un hennissement, mais toute à ses ébats aquatiques la fille ne remarqua rien. Chase s'approcha de la grosse branche et sans descendre de selle se pencha pour attraper les vêtements.

Le froid était revigorant, mais Maggie s'était rendu compte qu'à condition de bouger la température était supportable; inconvénient mineur par rapport au plaisir procuré par toute cette onde claire qui brillait sur la peau. Dans cette partie de la rivière, on avait de l'eau jusqu'à la poitrine. Maggie laissa ses pieds toucher le fond et rejeta en arrière ses longs cheveux mouillés, puis elle essuya l'eau qui ruisselait sur son visage.

– A qui croyez-vous que ces habits appartiennent?

La question ironique traversa la jeune fille comme une onde électrique. Elle pivota brusquement sur ses talons, manquant de perdre l'équilibre, et chercha l'intrus des yeux. Chase Calder penché en avant sur sa selle, un bras appuyé sur le pommeau, brandissait un jean et une chemise. L'embarras de Maggie fit rapidement place au courroux.

– Remettez ces habits où vous les avez trouvés et décampez!

Maggie affrontait son ennemi, les deux bras étendus sur l'eau pour conserver l'équilibre.

– Ils sont à vous?

Calder feignant la surprise, la rage de la jeune fille ne fit qu'augmenter.

– Vous le savez parfaitement.

Chase leva le bras pour examiner les guenilles.

– Impossible, ce sont des vêtements d'homme. De plus ils sont beaucoup trop grands pour une petite chose comme vous, se moqua-t-il.

– Ils m'appartiennent et vous le savez.

En parlant Maggie s'était immobilisée; l'eau glacée commençait à l'engourdir et elle était obligée de serrer les mâchoires pour ne pas claquer des dents.

– Je n'en sais rien, insistait le cow-boy.

– Reposez ça, Chase Calder.

La voix de Maggie tremblait de colère et de froid.

– Reposez-les et filez!

– Je ne peux pas faire ça.

Après avoir roulé les habits en paquet, Chase les attacha sur l'arçon arrière de sa selle. Maggie le regardait avec une terreur grandissante.

– Qu'allez-vous faire?

– Emporter ces affaires bien sûr, expliqua-t-il en finissant de les fixer.

Il saisit les rênes.

– Il doit bien y avoir quelque malheureux cow-boy en haillons dans les parages.

Calder éperonna sa monture et fit mine de s'éloigner.

La panique inonda Maggie lorsqu'elle se rendit compte qu'il partait avec ses vêtements.

– Non! C'est à moi, rendez-lez-moi! hurla-t-elle d'une voix empreinte de terreur.

Chase fit faire demi-tour à son cheval et vint se placer parallèlement à la rivière. Les sabots ferrés de l'animal piaffaient d'impatience sur le gravier de la berge. La bête attendait que son maître se décide. Le soleil frappait la surface transparente de l'eau comme du cristal, la rendant semblable à un miroir. De là où il se trouvait, Chase distinguait la blancheur du corps nu. La fille était mince, avec une poitrine haute, et Calder était un jeune mâle auquel le rabattage du printemps avait imposé une longue abstinence. Le spectacle de cette nudité éveillait son désir.

Au début, il avait seulement eu l'intention de prendre les vêtements et de s'en aller; par la suite il avait changé son plan : le garçon voulait voir Maggie nue, sans l'écran aquatique.

– Si ces habits vous appartiennent, pourquoi ne pas venir les prendre?

Il provoquait la baigneuse.

Maggie percevait un changement dans l'atmosphère, un courant de fond vaguement menaçant. En s'enfonçant dans l'eau glacée pour se protéger, elle sentit le froid lui mordre les clavicules.

– Non, s'obstina-t-elle.

– Si vous les voulez, il vous faudra venir les chercher.

– Non.

Cette fois le refus était encore plus catégorique, bien que la jeune fille claquât des dents. Elle agita les bras à la surface de la rivière pour tenter de faire circuler le sang.

– Laissez mes vêtements là où vous les avez trouvés! répéta-t-elle d'une voix brisée cette fois.

– Pas question, lança le cow-boy en secouant vivement la tête.

Il s'installa confortablement sur sa selle.

– J'attendrai que vous sortiez pour me les réclamer.

– Tant que vous resterez là, je ne sortirai pas, affirma Maggie.

– Je ne bougerai pas non plus.

Chase, voyant Maggie trembler, comprit que l'eau était vraiment glacée.

– Vous allez geler dans cette rivière, vous feriez mieux de sortir avant de virer au bleu.

– Je préfère mourir de froid que poser le pied sur la berge tant que vous y serez.

La jeune fille était envahie par une rage impuissante.

– Petite imbécile!

Chase avait remarqué l'expression têtue de l'adolescente mais ne voulait pas revenir sur sa position. Il ne lui restait de possibilité que l'affrontement.

– Dans ce cas je vais vous faire sortir.

Les yeux de Maggie s'agrandirent de panique, cette fois.

– Vous n'oseriez pas.

Il y avait du doute dans sa voix.

– Je n'oserai pas?

Chase saisit le lasso, attaché au pommeau de sa selle. Aussitôt le cheval se trouva en alerte, il comprenait et adorait le langage de la corde. Lorsque le cavalier dirigea l'animal vers la forme cachée dans l'eau, celui-ci pointa des oreilles curieuses, doutant que son maître ait pris un être humain pour cible. Chase l'obligea à pénétrer dans l'eau en agitant la corde. La boucle du lasso pendait sur le côté droit, prête à être lancée au moment opportun. Durant quelques secondes, Maggie observa Chase qui s'approchait, se refusant à croire qu'il irait jusqu'au bout. Soudain elle essaya de fuir à la nage. Chase éperonna sa monture, la forçant à s'enfoncer dans la rivière. L'eau lui monta au-dessus des bottes; la température était plus basse qu'il n'aurait cru.

La fille changea brusquement de direction pour tenter de s'échapper. Sa tête était la seule cible que le cow-boy fût certain d'atteindre au lasso. Mais à cette profondeur la boucle devrait effleurer la surface de l'eau avant de s'enrouler autour du cou de sa proie. Il valait mieux manœuvrer dans un endroit moins profond, ainsi la corde la saisirait au milieu du corps.

Cette chasse se transformait en jeu du chat et de la souris, à ce détail près que le résultat était connu d'avance, le chat étant très habile et la souris engourdie par le froid. En effet, la température glaciale avait raidi les muscles de Maggie, ralenti ses mouvements. Maggie se débattait dans l'eau avec maladresse; à un moment donné, elle perdit pied et dut donner un coup de talon pour refaire surface. Le froid grandissant avait sapé ses dernières forces. Faible et grelottante, elle redoutait un nouveau danger : la noyade. Lorsqu'elle vit Chase la rejoindre à cheval, Maggie tenta dans un suprême effort de regagner la rivière et courut jusqu'à ce qu'elle eût de l'eau au ventre.

Un sourire satisfait étira les lèvres de Chase. Pendant qu'il évaluait la distance à laquelle se trouvait sa victime, une partie de son cerveau notait le renflement des seins et les fesses blanches.

La corde tournoya deux fois autour de la tête du garçon avant d'atteindre son but, puis la boucle s'abattit autour des épaules de Maggie. Chase tira vers le bas, juste au-dessus des coudes. Le cheval s'immobilisa sur-le-champ pour permettre à la corde de se tendre. Maggie luttait sauvagement afin de se libérer en poussant des cris d'animal pris au piège. Elle parvint à lancer un regard féroce par-dessus son épaule. Ses cheveux noirs mouillés lui retombaient en rideau devant le visage. Une fois son gibier capturé, Chase poussa son cheval de l'avant, tout en admirant le beau corps nu. L'étalon hésita puis obéit à l'insistance de son maître. Tout en maintenant la corde serrée, Chase enroula la partie inutile autour de sa main gauche.

De près, la perfection des formes était encore plus évidente. Le garçon se pencha sur sa selle pour cueillir la jeune fille. Lorsque son bras enserra la fine taille, ce fut comme s'il sentait un glaçon à travers son gilet. Tout à coup, Chase fut en colère contre lui-même, écœuré par son propre comportement. La gamine était frigorifiée à cause de son stupide orgueil masculin.

Chase hissa le corps qui se débattait encore à l'avant de sa selle.

– Laissez-moi!

Les cheveux trempés de Maggie se déployaient en vagues sombres sur sa poitrine. Elle croisa pudiquement les bras sur le triangle de son pubis. Chase fut stupéfait de l'autorité avec laquelle elle lui avait donné un ordre. Même terrorisée, sa victime ne criait pas grâce. Soudain il éprouvait du respect pour cette nature farouche.

– Restez tranquille et j'enlève la corde.

Il s'efforçait de maîtriser les bras et les jambes qui gigotaient, tandis que sa monture piétinait nerveusement sous cette charge indocile.

La jeune fille observait Chase avec une méfiance hostile. Il relâcha les rênes; alors le cheval regagna la rive.

Dès qu'il eut posé un sabot sur la terre ferme, Maggie essaya de descendre mais Chase la retint et enleva sa veste.

– Mettez-la, ordonna-t-il en la jetant sur ses épaules.

Le vêtement la recouvrait presque entièrement. Le cow-boy sauta de selle et souleva Maggie par la taille. Elle était légère comme une plume. Il sentait son corps tressaillir violemment, mais elle ne prononça pas un mot.

Sur le sable gisait une branche morte. Chase s'en approcha et, après avoir déposé son fardeau, s'attaqua au bois qu'il commença à casser en morceaux.

– Il me faut deux minutes pour allumer du feu, expliqua-t-il.

Il ne reçut pas de réponse. Le bois desséché par le soleil était pareil à de l'amadou et s'enflamma à la première allumette. Chase attisa le feu avec son chapeau, puis éleva un abri contre le vent. Maggie s'approcha de la chaleur, pelotonnée dans la veste qui lui descendait jusqu'aux cuisses. Le regard de Chase effleura les jambes nues encore mouillées; tout à coup il déboutonna sa chemise et s'en servit comme d'une serviette; il lui essuya d'abord les pieds, puis les mollets jusqu'au-dessus des genoux. Il frottait fort pour stimuler la circulation. Devant tant de rudesse la jeune fille étouffa une protestation. Lorsqu'il eut terminé, Chase planta une longue branche dans le sol sablonneux près du feu et y accrocha le vêtement pour le faire sécher. C'est alors qu'il se rendit compte que ses chaussettes étaient trempées, à cause de l'eau qui avait pénétré dans ses bottes. Il les enleva, les essora et les étala par terre près des flammes. Pendant tout ce temps, Maggie l'avait examiné en silence. Progressivement elle sentait son corps qui ne tremblait plus mais tressaillait de temps en temps.

Elle était reconnaissante au feu de bois et à la lourde veste d'homme qui pesait sur ses épaules. En regardant Chase de près, Maggie le comparait à son père et à son frère, moins bien bâtis et qui n'avaient ni cette poitrine large et musclée ni ces bras puissants. Au moindre mouvement les muscles du torse saillaient. Le jeune homme était tout en chair et en os. La vision de ce corps masculin impressionna Maggie. Elle s'en tira par la dérision.

– Vous êtes ridicule avec votre Stetson sur la tête, sans chemise ni bottes.

– Vous croyez?

Il enleva son chapeau, le posa par terre et passa la main dans son épaisse tignasse brune.

– Vous n'êtes pas vraiment habillée non plus, petite.

– C'est vous qui avez mes vêtements.

Les cheveux mouillés de la jeune fille lui causaient une sensation désagréable sur la peau. Elle les rejeta en arrière, en prenant soin de garder la veste fermée.

– Je ne suis pas une « petite », protesta-t-elle.

– J'ai vu, murmura Chase.

Il pouvait certifier que sous la veste se trouvait un corps de femme.

Il vint se placer derrière Maggie, effleura du bout des doigts les pommettes et le lobe des oreilles, puis dégagea les épais cheveux qu'il sortit du vêtement et étala dans le dos de la jeune fille. Ils lui brûlaient les mains telles des flammes sombres : Chase les relâcha et s'éloigna pour ramasser un morceau de bois qu'il jeta dans le feu. Les jeunes gens s'accroupirent auprès des flammes.

– Quel âge avez-vous, Maggie?

Il venait de l'appeler par son prénom sans y penser.

– Seize ans.

L'adolescente se mordit la lèvre et rectifia son mensonge.

– Je les aurai en août.

Chase tourna la tête pour l'examiner et se mit à sourire.

– Un joli cœur de seize ans qui n'a jamais été embrassé!

Le cow-boy avait une voix rauque qui démentait son regard. Maggie se recroquevilla sous la jaquette et ramassa ses genoux pour dissimuler ses jambes.

– Clyde m'a embrassée une fois, on jouait dans la cour de l'école.

– A quel âge?

Maggie baissa le menton pour éviter le regard de Chase braqué sur ses orteils.

– Treize ans.

– Personne ne saurait prétendre que vous manquez d'expérience, lança Chase avec rudesse.

– Je n'ai jamais dit que j'avais de l'expérience.

Maggie le foudroya du regard; il l'avait blessée dans son orgueil.

– Je sais, c'est différent quand un homme vous embrasse.

Le silence palpitait; soudain, la main de Chase se

posa sur la nuque de sa compagne et l'obligea à tourner la tête.

– Comment le savez-vous?

Maggie était incapable de répondre, dominée par la brûlante certitude qu'elle serait embrassée. Elle allait enfin connaître un baiser d'homme.

Chase pencha la tête vers la jeune fille et l'attira à lui. Elle ne fit rien pour s'écarter ni résister. Avant que sa bouche n'ait touché la sienne, il respira son odeur fraîche et nette comme une pluie d'été. Chase était comblé par cette simplicité de fille de la terre. Il baisa les lèvres encore serrées, cherchant une réponse; déçu de ne pas la recevoir, il s'écarta légèrement.

– Entrouvre les lèvres, laisse-toi aller, petite, la pressa-t-il dans un murmure.

Le souffle de Maggie, en l'effleurant, le bouleversa. Cette fois elle répondit à la caresse, émue par cette drôle de sensation à l'intérieur. Guidée par le désir instinctif de l'homme, elle prenait de l'assurance. Calder suivit du pouce le creux si sensible sous les oreilles. Une chaleur bienfaisante envahit le corps de Maggie, maintenant elle avait du mal à se rappeler que, quelques minutes auparavant, elle grelottait de froid.

Lorsque Chase suspendit son baiser, elle resta un instant rivée à ses lèvres, admirant la ligne virile de la bouche qui éveillait en elle des émotions si merveilleuses. Son regard s'attacha sur l'arête aiguë du nez, les pommettes saillantes. En dehors des yeux lumineux, ce visage aurait pu être sculpté dans la pierre. Maggie était tellement troublée qu'elle se demandait si c'était normal. Elle exhala un soupir.

– Est-ce qu'une femme doit vibrer comme ça à l'intérieur quand on l'embrasse?

C'était là une question naïve mais soufflée par une curiosité impossible à réprimer.

– Pas avec tous les hommes. Seulement avec quelques-uns.

La voix de Chase résonnait du plus profond de son être.

Tout doucement, Maggie approcha ses lèvres de la bouche mince. Son hésitation tenait au pressentiment que l'expérience pouvait aller au delà de ce qu'elle voulait. Cependant sa hardiesse et sa naïveté lui firent franchir les limites de la prudence. Cette fois, lorsqu'on l'embrassa, elle sut parfaitement comment répondre. La douceur de l'homme était infinie.

– Ouvre les lèvres, Maggie, murmura à nouveau le garçon tout près.

La jeune fille sentit une langue pénétrer dans sa bouche; tout d'abord elle garda sa langue recroquevillée contre le palais, évitant le contact, puis progressivement se détendit et laissa celle de Chase caresser la sienne.

D'une main il serrait la taille de sa compagne, de l'autre, il lui soutenait la nuque. L'épais tissu de la veste l'empêchait d'être aussi proche qu'il l'aurait souhaité.

Incapable de maîtriser plus longtemps sa fougue, le jeune garçon glissa ses doigts sur la gorge de Maggie, entrouvrit le col qui révéla le cou gracile et les épaules. Maggie frissonna et poussa un gémissement; Chase était heureux que ses caresses la troublent.

– Donne-moi ta main, ordonna-t-il d'une voix rauque.

Maggie sortit sa main qu'elle cachait encore sous la veste.

Chase la guida vers sa solide poitrine nue. La paume de la jeune fille toucha la peau moite, sentit les muscles tressaillir. Elle explorait le torse viril; c'était encore plus excitant de le caresser que de le regarder, les poils étaient doux au contact.

Pour la deuxième fois la bouche de Chase reprit celle de Maggie, possessive. La fougueuse poussée renversa la jeune fille et elle se retrouva allongée par terre. Aussitôt des mains montèrent le long de son bras, s'insinuèrent sous son vêtement. Soudain, l'intimité du sein paraissait naturelle.

Maggie cessa d'agripper sa veste, il n'y avait plus aucune raison de la garder fermée. L'air frais rendait le contact des doigts chauds encore plus agréable.

Ce fut la rondeur de la poitrine qui perdit Chase. S'il avait jamais eu la volonté de s'arrêter avant d'aller trop loin, elle l'abandonna à ce moment-là. Tout ce qu'il pouvait contrôler désormais, c'était l'expérience amoureuse, afin qu'elle fût enrichissante pour lui et sa compagne. Son index suivit le contour du mamelon rose durci, sa bouche goûta à tous les attraits; la gorge qui palpitait, le petit creux à la base du cou, la courbe de l'épaule.

– Ne crains rien.

Maggie n'éprouvait aucune peur, elle était nerveuse mais non craintive, elle vivait la première aventure des sens, qui lui faisait découvrir la profondeur insoupçonnée de ses désirs. Chaque nouvel attouchement la faisait pénétrer dans le royaume des sensations.

Elle glissa ses mains sur les épaules puissantes pour affirmer en silence qu'elle ne redoutait rien. Chase lui mordilla le bout des seins puis, glissant sa main vers la taille fine, la referma sur la hanche, s'arrêta sur le pubis frémissant. Maggie se tendit pour permettre aux doigts de s'introduire dans ses poils soyeux. Instinctivement, elle commença à rouler du bassin en poussant des gémissements de plaisir. Elle se cambra pour être prise. Le corps de Chase s'embrasa à ce don total. Tout en continuant à préparer la jeune fille par des caresses, il défit son ceinturon et enleva son jean.

Maggie poussa un petit cri de protestation quand sa main la quitta pour ôter ses vêtements. Puis, délicatement, avec le genou, il écarta les jambes fines et se glissa entre elles, doucement. La passion lui brûlait les veines, mais il la réprima, agissant avec une lenteur calculée.

Lorsqu'il atteignit la fragile barrière de l'hymen et

essaya de la franchir, Maggie poussa un cri de douleur et le rejeta violemment en resserrant les cuisses.

– Non, gémit-elle en détournant la tête, les yeux fermés, arrête!

Chase lui caressa les cheveux d'une main tremblante.

– Trop tard, Maggie, ne me repousse pas, ça serait pire. Ça fait toujours mal, la première fois, mais ne lutte plus, ma chérie, je te jure que tu ne souffriras pas longtemps.

Après un long moment d'attente, Chase sentit Maggie se détendre, mais elle résistait encore.

Pourtant, lorsqu'il se remit à bouger, très lentement, elle se crispa mais sans se dérober.

Malgré les efforts de Chase pour être doux, Maggie poussa un nouveau cri de douleur. Lorsqu'il la pénétra, elle lui enfonça ses ongles dans les épaules.

Il ne renonça pas pour autant, et à coups lents et réguliers agrandit la déchirure. Le plaisir était proche, mais Chase réussit à le contenir. Lorsqu'il s'arrêta pour la deuxième fois, Maggie tourna lentement la tête vers lui. Il admira la douceur de ses traits, son teint d'ivoire qui contrastait avec ses cheveux noirs. Cette association rare de fierté, de force et de beauté était bouleversante.

– C'est fini?

La question de Maggie était courte et précise, la déception assombrissait déjà ses yeux verts. Elle avait une expression de gosse malheureux à qui l'on a offert un bonbon en lui assurant qu'il était sucré et qui lui découvre un goût de craie.

– La douleur est finie (Chase la rassurait à voix basse.), maintenant le plaisir commence.

De nouveau il l'embrassa avec tendresse tout en caressant ses seins. Stimulée par les mouvements réguliers de son amant, Maggie se laissa emporter par l'ondulation naturelle, grandissante. Des gouttes de sueur perlèrent à la lèvre supérieure de Chase, tandis qu'il s'efforçait de procurer du plaisir à son amie avant de s'abandonner lui-même.

Soudain, il perdit contact avec la réalité. Ce n'étaient plus deux cœurs qui battaient, mais un. Un. Ce n'étaient plus deux corps qui vibraient, mais deux moitiés accouplées en une union frénétique. La fusion dura un instant ou une éternité; le temps que chacun atteigne l'apogée du bonheur.

Chase se retourna sur le dos en serrant Maggie contre lui. Le ciel était d'un bleu éblouissant au-dessus de sa tête, les amants frissonnaient encore de plaisir. La joue de Maggie reposait sur la poitrine de Chase; heureux, il tourna la tête pour apprécier le contact du corps lové contre le sien.

– J'avais raison, n'est-ce pas? Je t'ai donné du plaisir?

Il voulait le lui entendre confirmer pour n'avoir aucun doute. Elle le regarda dans les yeux, fière et hardie.

– Oui.

Chase prit une inspiration profonde, parcourut des yeux cette fille devenue pour lui toute la femme. A vingt-deux ans, il ne connaissait que deux sortes de créatures: celles que l'on respecte et les autres. Il fréquentait les premières et couchait avec les secondes. Or, Maggie n'appartenait à aucune de ces catégories. Elle allait avoir seize ans et était vierge lorsqu'il l'avait prise... Aussi fou que cela paraisse, Chase l'en admirait d'autant plus. Il l'enlaça. Spontanément, elle lui passa le bras autour du cou. Elle le regardait avec curiosité sans poser de questions. Il la souleva de terre, fit quelques pas et s'arrêta devant le bâton planté dans le sol.

– Attrape ma chemise.

Il attendit qu'elle l'ait saisie, porta Maggie au bord de la rivière et la déposa délicatement sur la berge. Puis, prenant la chemise, il la trempa dans l'eau et lava doucement le sang entre ses cuisses. Elle en fit autant pour lui, les joues roses d'émotion de sa propre hardiesse. Lorsqu'elle eut terminé il lui reprit le linge mouillé et le posa par terre. Maggie se releva et plongea son regard dans celui de Chase avec candeur. Sa tête arrivait à peine à l'épaule du jeune homme, ce qui le faisait se sentir très fort, son instinct de mâle protecteur prenant le dessus.

– Maggie.

Toutes les paroles de l'amant tenaient en ce seul mot. Il releva la tête, le vent venait d'emporter la chemise dans la rivière où elle disparut, happée par le courant.

– Il se fait tard, fit Chase avec une grimace en s'avançant vers le feu en train de mourir.

Il mit son pantalon et, avant de l'attacher, ramassa ses chaussettes sèches qu'il enfila en se tenant sur un pied puis sur l'autre. Au moment où il chaussait ses bottes, le jeune homme remarqua que Maggie l'observait.

– Qu'y a-t-il?

Il se redressa, l'air interrogateur.

– Tu ne m'as pas rendu mes habits, lui rappela-t-elle avec candeur.

Chase rit à gorge déployée, ce qui fit sourire Maggie.

Le monde n'avait jamais été aussi parfait. Maggie n'était pas tout à fait sûre de ses sentiments mais elle savait qu'ils étaient beaux.

Pendant tout ce temps, le cheval de Chase s'était promené entre les peupliers à la recherche de pousses tendres et il était parvenu à l'arbre où se tenaient les jeunes gens. Chase n'eut qu'à détacher les vêtements de la selle et les tendre à sa compagne. Tandis qu'elle s'habillait, il s'approcha de la rivière comme s'il cherchait quelque chose. Maggie ne le quittait pas des yeux; elle imaginait que certains auraient réprouvé sa façon ouverte de détailler un corps d'homme, mais elle ne comprenait pas où était le mal : les garçons ne se privaient pas de détailler les filles. Maggie glissait sa chemise dans ses jeans lorsque Chase revint, toujours torse nu. Il ramassa sa veste avec un haussement d'épaules. Alors elle demanda :

– Ta chemise?

– La rivière l'a emportée.

Il ne semblait nullement inquiet; il devait en avoir bien d'autres chez lui. De son pied il étala du gravier sur le feu pour l'étouffer.

– Prête?

– Bien sûr!

Maggie releva ses cheveux sous son chapeau et marcha vers la branche où était attachée sa jument. Chase était déjà en selle, attendant qu'elle monte.

– Je t'escorte un bout de chemin.

Maggie s'engagea sous les arbres et choisit le sentier qui grimpait jusqu'à la vaste plaine. Là elle prit le trot, serrée de près par Chase. Les cavaliers coupèrent les traces laissées par le bétail marqué du « Trèfle d'Irlande ». Jusqu'à la clôture il y avait presque deux kilomètres. Les barbelés obligèrent les jeunes gens à s'arrêter; Chase abaissa les fils pendant que Maggie, ayant mis pied à terre, passait dessous.

– On se reverra, déclara-t-il.

Cette phrase ne le satisfaisait pas, mais il ne trouvait pas les mots pour exprimer ce qu'il ressentait.

– Prends soin de toi, fit Maggie en guise de réponse.

Puis se dressant sur la pointe des pieds, elle se pencha par-dessus les fils de fer pour que Chase l'embrasse une dernière fois. Elle s'éloigna de la clôture avant lui et sauta prestement en selle. Ensuite elle guida son cheval vers la pente qui conduisait à la montagne; parvenue là, avant de disparaître, elle fit un geste d'adieu auquel Chase répondit. Soudain la jeune fille se sentit triste à cause du bruit des sabots de sa jument qui s'éloignait au galop.

Tout près de la crête, Angus O'Rourke attendait en

silence sur son cheval, embusqué derrière un bouquet de pins. Il était revenu en arrière pour savoir ce qui retardait tant sa fille et s'était arrêté en la voyant s'approcher du barbelé. Maggie se trouvait en compagnie de Chase Calder. La première pensée d'Angus fut que le jeune homme la conduisait hors de sa propriété, mais Maggie l'avait embrassé comme un amoureux. Cette vision ébranla le père; sa gamine n'était qu'une enfant. Il était temps de lui parler, de lui expliquer les choses de la vie. Si seulement Mary-Frances avait été là! Elle s'y serait mieux pris, entre femmes... Pour un homme, c'était difficile de trouver les mots appropriés à l'oreille d'une demoiselle.

Angus regarda Maggie gravir la colline, ignorant qu'elle se dirigeait vers son père. Lorsqu'elle l'aperçut elle perdit son expression joyeuse, ce qui obligea Angus à justifier sa présence insolite.

– Je venais seulement te chercher.

Le sol inégal contraignait la cavalière à avancer au pas.

– Bien sûr, Pa.

Quelque chose dans le comportement de la jeune fille irrita le père, une sorte de plénitude, comme si elle avait découvert un magnifique secret qu'elle n'aurait pas voulu partager.

– Pourquoi le fils Calder était avec toi? Où est-ce que tu l'as rencontré?

– A la rivière.

Maggie fixait le sol devant elle. Sa réponse n'expliquait rien et certainement pas ce qu'O'Rourke avait derrière la tête.

– Il t'a embrassée?

– Oui, il m'a embrassée.

Maggie lança à son père un regard glacial qui éveilla sa suspicion; ses lèvres avaient un doux renflement et une sorte d'aura l'entourait.

– Qu'est-ce qu'il t'a fait d'autre?

Maggie détourna la tête et regarda un point devant elle puis, levant le menton en signe de défi :

– Ça ne te regarde pas.

O'Rourke se pencha et attrapa les rênes de la jument, pour l'obliger à s'arrêter.

– Je suis ton père et ça me regarde. Je te demande ce qui s'est passé.

– Pourquoi? demanda Maggie. (Ses yeux verts lançaient des éclairs.) Et s'il s'était passé quelque chose? Que ferais-tu, Pa?

– Bon sang, s'il a mis la main sur toi! Je...

– Oui? Que vas-tu faire? Dis-moi, Pa.

Elle se moquait effrontément. Angus refoula sa rage, il ne voulait pas s'emporter avant d'être sûr.

– Je veux savoir s'il a... s'il t'a fait...

Il trébuchait sur les mots.

La colère de Maggie s'évanouit devant tant de maladresse; pour les pères la sexualité de leurs filles était une affaire plus délicate qu'elles ne supposaient.

– Oui, Pa, il m'a fait l'amour, soupira-t-elle avec lassitude.

Maggie n'avait jamais menti de sa vie. Il s'écoula un long moment avant qu'Angus réponde, furieux :

– Le salaud! (Il maudissait d'une voix tremblante.) Les Calder ont toujours tout!

– Pa, tu devrais blâmer celui qui le mérite, protesta Maggie exaspérée. Si c'est la faute de quelqu'un, alors c'est la mienne.

O'Rourke secoua la tête en signe de dénégation.

– C'est l'homme qui abuse de la femme. Calder mérite le fouet, il a profité de toi.

Maggie comprit qu'il serait inutile de protester. Son père ne reconnaîtrait jamais la vérité; cela signifierait qu'il avait échoué en tant que parent. Il n'accepterait jamais cette faillite personnelle. Les Calder lui servaient d'exutoire.

– Ne t'inquiète pas, fillette, personne ne te déshonorera pour te rejeter ensuite.

C'était là une nouvelle raison pour haïr ses ennemis, une raison que n'importe qui aurait comprise; mais pour Maggie, Angus O'Rourke jouait les martyrs.

3

Après avoir laissé Maggie, Chase éperonna son cheval bai et galopa à bride abattue. Il allait passer un mauvais quart d'heure pour avoir fait attendre son père. Le cavalier et sa monture traversèrent le gué, éclaboussant tout sur leur passage et gravirent la rive opposée en direction de la porte est. Derrière lui, un hurlement couvrit le bruit de tonnerre des sabots. Chase se retourna et vit Nate More qui agitait les bras. A contrecœur, le jeune homme ralentit, puis s'arrêta.

– J'ai parcouru la moitié de la rivière à ta recherche. Où diable étais-tu?

Le contremaître ne cachait pas son mécontentement. Il avait dû abandonner le troupeau pour retrouver cet écervelé.

– Désolé.

Mais Chase ne donna pas d'explication.

– Ton père n'a pas pu attendre plus longtemps, il est parti il y a une demi-heure. Il a dit que, quand je t'aurais mis la main dessus, je te rappelle qu'il t'attendait pour dîner à la maison. Pour ton retard, tu as intérêt à inventer une bonne excuse.

– Bien, murmura Chase, les lèvres serrées.

A nouveau il pressa les flancs de sa monture et la lança ventre à terre. Lorsque Nate parvint à la piste qui coupait la rivière, un objet attira son attention. De loin, on aurait dit du tissu accroché à une pierre, une chemise peut-être... Poussé par une curiosité aiguë, le cow-boy s'approcha pour se rendre compte de plus près. Le vêtement se trouvait de l'autre côté du gué. Nate traversa, descendit de cheval et le ramassa. C'était bien une chemise. Rien de suspect jusqu'ici, si ce n'est qu'elle portait les initiales « C.C. »; Nate l'essora et la mit dans une poche de sa selle avant de remonter à cheval.

Qui avait bien pu perdre cette chemise? Et dans la rivière?

Cette découverte troublait Nate; or, si quelque chose le rendait fou, c'était de ne pas avoir toutes les pièces d'un puzzle. Le bonhomme remonta le cours d'eau, persuadé qu'une investigation plus poussée lui fournirait les éléments manquants. Suivant les traces de deux chevaux, il arriva au raccourci qui menait à la plage de gravier. Là, il s'arrêta pour étudier le sol; l'herbe était broutée sous un peuplier, tout autour, des branches jonchaient la terre, près d'un feu étouffé avec du gravier. Nate comprit toute l'histoire. Il ôta son chapeau puis le remit, geste qui exprimait son malaise.

– Quelquefois, cheval, je suis trop curieux, je découvre des choses qui ne sont pas mes affaires.

Au moment de partir, le contremaître aperçut un lasso en partie déroulé, recouvert par des gravillons. La souplesse était une qualité indispensable pour une corde qui, si elle restait exposée aux éléments, se durcirait. Nate mit pied à terre, finit d'enrouler le lasso et l'attacha à sa selle. Vite, il renfourcha sa monture et gagna le ravin qui grimpait vers le haut de la berge. Sa curiosité l'avait détourné de ses devoirs suffisamment longtemps.

De la porte est, la voie qui menait au ranch était constituée par un réseau de petites routes qui se croisaient à l'intérieur du vaste domaine des « Trois C ». Certaines, comme celle où se trouvait Chase, se réduisaient à deux étroits sillons parallèles creusés dans la terre par les pneus des camions. Soucieux d'éviter les ornières, le jeune cow-boy conduisit son cheval sur le bord herbu. Pendant sept kilomètres il fit galoper le pur-sang bai, puis poursuivit au trot sur trois kilomètres pour qu'il souffle un peu. Après s'être arrêté dans un pré pour le faire brouter, Chase couvrit les cinq derniers kilomètres au triple galop. Vers la fin, l'étalon commença à peiner.

Le quartier général des « Trois C » ressemblait à une ville miniature.

L'ensemble des bâtiments comprenait : la maison de maître avec des granges, un hangar et des couchettes pour les bûcherons; plus un petit entrepôt où étaient stockées toutes sortes de fournitures indispensables. Une partie était réservée à la quincaillerie et aux véhicules, l'autre aux vêtements et aux provisions. C'était là également qu'on ramassait et distribuait le courrier. Dehors se trouvaient des pompes à essence destinées à alimenter les voitures du ranch. Un autre bâtiment servait de centre de premier secours et d'infirmerie, aussi bien pour les hommes que pour les animaux. L'ensemble était complété par un atelier à souder et une forge.

Une massive demeure dominait le tout, appelée familièrement « La Maison » par les cow-boys. Sur la face sud, un large porche ménageait la vue sur les autres constructions regroupées plus bas. Des cheminées de pierre coupaient çà et là le toit en pente, mais la plupart étaient inutilisées, le chauffage central ayant été installé depuis plusieurs années.

Dès qu'il eut pénétré dans le ranch, Chase fit prendre le petit galop à son cheval écumant, en direction des écuries. Avant que l'étalon bai ne se soit arrêté, le jeune homme avait sauté de selle et le guidait à l'intérieur en le tenant par les rênes.

– Le sénateur a-t-il atterri?

– Il y a une demi-heure, à peu près.

Un vieux cow-boy, Abe Garvey, né aux « Trois C », émergea de l'obscurité. A cause de son âge avancé, on l'avait relégué à l'écurie. Chase essuya la sueur de son bai avec sa couverture de selle humide. Le cheval de lasso était un animal trop précieux pour le laisser en nage. Peu importait à Chase que son père attende. Les hommes étaient responsables de leur bête, et le fils Calder n'était pas différent des autres cow-boys. D'ailleurs, au ranch, il était traité comme un garçon ordinaire, surtout par les anciens. Ils l'exerçaient, ainsi, à son futur rôle de patron. Chase devait tenir compte de leur valeur, s'il voulait gagner leur respect et régner sur leurs vies. Lorsque le pur-sang fut reposé, Chase le mena à la mangeoire. Abe était assis sur un banc à réparer une courroie cassée, ses pauvres jambes rhumatisantes repliées sous lui.

– Veille à ce que mon bai ait une ration de grain supplémentaire, Abe, demanda Chase.

Le jeune homme quitta la grange et parcourut le chemin qui menait à « La Maison ». Cette éprouvante randonnée lui avait rompu les os, ses muscles endoloris exigeaient du repos.

Les alentours de « La Maison » étaient toujours très animés, des cow-boys allaient et venaient sans cesse. De loin, Chase fit un petit signe amical de la main. Puis d'un pas résolu, gravit l'escalier. Ses éperons résonnèrent, à l'unisson avec ses bottes aux lourdes semelles, sur le plancher du porche. En franchissant le seuil de la porte principale, il entendit la voix retentissante du sénateur, à gauche dans le fumoir. Chase s'arrêta dans le hall qui communiquait avec le living, séparé seulement par des meubles. Son regard s'attarda sur la rampe en chêne ciré, mais il résista à la tentation de monter et, après avoir ôté la poussière de ses vêtements, entra sans frapper, car la porte était ouverte. Chase enleva son chapeau. A côté du jovial sénateur et de Calder se tenaient trois autres hommes. Chase reconnut deux d'entre eux pour les avoir vus avec Bulfert. Le troisième était un membre important du gouvernement, George Bidwell.

L'arrivée du jeune homme attira l'attention de ces

messieurs et lui valut un coup d'œil réprobateur de son père. Respectant le protocole, le jeune homme s'avança vers l'invité d'honneur.

– Bienvenue aux « Trois C », sénateur.

Celui-ci lui donna une poignée de main.

– Très heureux de vous voir de retour. Je suis désolé, mais il m'a été impossible de vous accueillir à l'atterrissage.

– Votre père nous avait prévenus que vous seriez retenu; le rabattage, si j'ai bien compris?

Bulfert avait posé la question avec une inflexion joyeuse dans sa voix de stentor.

– C'est exact.

– Du boulot à cette période de l'année!

L'homme parlait en phrases courtes et ramassées.

Il donna au jeune homme une bourrade amicale.

– Chaque jour vous ressemblez de plus en plus à votre père. Vous ne trouvez pas, George?

– Oui, mais en plus beau.

George Bidwell quitta son fauteuil de cuir.

– Salut, Chase.

Les salutations terminées, Chase se retourna à côté de Bulfert.

– Vous joindrez-vous à nous pour prendre un verre?

– Si vous n'y voyez pas d'inconvénient, sénateur, je préférerais me débarrasser de cette chemise sale qui pue le bétail, avant de boire en votre compagnie. Vous m'excuserez...

Cette requête polie s'adressait à tous, cette fois.

Chase quitta le fumoir et traversa le living qui donnait sur la cage d'escalier. A chaque pas les éperons cliquetaient. Il était presque à l'autre bout de la pièce lorsqu'une voix de femme l'arrêta.

– Chase Calder! N'as-tu pas honte de marcher sur mon beau plancher de chêne avec tes éperons!

Une femme se tenait dans cette partie de la pièce reliée à la cuisine par un petit corridor. Des mèches blanches aéraient ses cheveux blonds. L'expression sévère de Ruth Haskell rappela à Chase le temps où il était petit. Alors, elle n'hésitait pas à le gronder pour ses bêtises, tout comme son fils Buck. D'ailleurs, Chase n'avait jamais compris comment Ruth était toujours au courant quand il faisait quelque chose de mal.

– Désolé.

Il s'avouait coupable avec un sourire innocent. Il se baissa pour défaire ses éperons. Pendant ce temps, la brave femme était retournée à ses fourneaux. Les éperons et le chapeau à la main, le jeune Calder monta les escaliers, coupés au milieu par un palier. Ils débouchaient plein sud, alors que la chambre de Chase se trouvait au nord-ouest. C'était la seule à avoir une salle de bains particulière, contrairement aux chambres d'amis.

Chase entra chez lui, jeta son chapeau et ses éperons sur le couvre-lit en piqué et commença à enlever sa veste.

Dans le fumoir, Webb avait entendu la réprimande de Ruth Haskell. Lorsqu'elle se fut retirée et que Chase fut monté, le vieil homme s'excusa auprès de ses invités sous prétexte de jeter un coup d'œil sur le dîner. A la suite de son fils, il monta l'escalier, frappa à sa porte et ouvrit sans attendre la permission d'entrer. Torse nu, Chase se trouvait au milieu de la pièce. La situation incongrue – une veste sans chemise – se grava dans l'inconscient de Webb mais, pour le moment, son esprit était occupé ailleurs.

– Qu'est-ce qui t'a retenu?

Calder ne s'ennuyait pas avec des préliminaires et il alla droit au but.

– Je n'ai pas d'excuse, monsieur.

Chase s'avança vers la porte pour suspendre ses vêtements à la patère.

– Je suis heureux que nous soyons d'accord sur ce

point. Sais-tu combien de temps je t'ai attendu à la porte est? Pourquoi as-tu autant tardé?

Le jeune homme haussa ses épaules nues.

– J'avais perdu la notion de l'heure.

Chase passa devant son père et s'arrêta devant la commode.

– Tu t'amusais si bien que tu n'as pas vu passer le temps! conclut Webb avec une certaine impatience.

– Quelque chose comme ça, souffla Chase.

Il ouvrit le tiroir et sortit un slip et une paire de chaussettes propres. Les muscles du jeune homme saillirent sur ses épaules. Ce mouvement attira l'attention de Calder, de minuscules empreintes en forme de lunules marquaient la chair. Quatre. Il s'agissait à coup sûr de traces d'ongles. Cette découverte raviva chez Webb la vision de Chase, sans chemise... sous sa veste.

Alors Webb, muni de ces éléments, reconstitua la scène : une adolescente en train de nager nue dans la rivière, un garçon viril avec trois semaines d'abstinence forcée, tous deux seuls dans un lieu désert. Le résultat était aisé à deviner.

Chase referma le tiroir et examina son père, devenu soudain silencieux. L'intérêt excessif qu'il accordait à l'épaule de son fils l'obligea à tourner la tête.

– Quelque chose ne va pas? fit-il, interrompant ainsi la réflexion paternelle.

Webb darda son regard sur le jeune homme.

– J'essayais de me souvenir; quel âge a la fille O'Rourke?

Au brusque mouvement de tête de Chase, Webb comprit qu'il avait touché une fibre sensible. Mais le jeune homme se reprit vite.

– Seize ans. Pourquoi?

Les questions de son père le mettaient mal à l'aise, mais il ne voulait pas le montrer.

Webb put observer de près l'expression embarrassée de son fils, toutefois il garda ses doutes pour lui. Il parlerait en temps opportun.

– Pour rien.

Calder fit mine de s'en aller.

– Dépêche-toi de prendre ta douche. Ruth sert le dîner dans trois quarts d'heure.

– Je descends tout de suite, affirma le jeune homme.

Mais tant que son père resta dans la chambre, il ne bougea pas. Dès qu'il entendit les pas de Calder sur le seuil de la porte, Chase se précipita dans la salle de bains, pour se regarder dans la glace. En se tournant de côté, il aperçut les marques rouges sur ses épaules, là où Maggie avait enfoncé ses ongles. De toute évidence son père les avait remarquées. Le garçon s'avança vers la douche avec un soupir las.

Au cours du repas, Chase essaya de s'intéresser à la conversation mais la plupart du temps son esprit fut ailleurs. La fumée blanche des cigares lui rappelait la perfection laiteuse de la peau de Maggie. Cette fille avait éveillé en lui des instincts protecteurs. Soudain Chase se mit à sourire; il voulait protéger une femme qui l'avait frappé devant une douzaine de cow-boys!

– Voyez! s'exclama le sénateur Bulfert, Chase apprécie ma plaisanterie.

En entendant prononcer son nom Chase revint à la réalité.

Après avoir retiré la bassine du fourneau, Maggie rinça les assiettes qui se trouvaient dans l'évier. Son père et son frère étaient installés à la table de la cuisine dont la peinture blanche écaillée, avec l'âge, tournait au jaune. Elle ne les ennuierait pas en leur demandant d'essuyer la vaisselle, alors qu'elle avait aussi préparé à manger. Les O'Rourke ne faisaient pas le travail des femmes! Maggie attrapa un torchon suspendu au crochet et essuya les assiettes.

L'atmosphère était lourde et Maggie en sentait le

poids. Culley n'avait rien dit, mais la jeune fille était sûre que son père lui avait donné sa version de ce qui s'était passé entre elle et Chase Calder. Culley avait évité le regard de sa sœur toute la soirée.

– Ta mère me manque, murmura le père à l'adresse de son fils avec une voix mélancolique.

Il but une nouvelle gorgée de whisky. Un gentleman boit toujours du whisky après le repas. En tout cas c'est ce qu'O'Rourke avait toujours prétendu auprès de sa femme pour justifier cette habitude. Il se pencha par-dessus la table vers Culley. Lui racontant pour la énième fois sa rencontre avec Mary-Frances, Angus O'Rourke remplit son verre encore à moitié plein.

En regardant objectivement son père, Maggie pouvait voir combien il avait été beau jadis. Rien d'étonnant à ce qu'il ait eu sa femme à ses genoux. O'Rourke poursuivait, la voix pâteuse :

– Dès que j'ai aperçu ta mère, Culley, j'ai su que c'était une fille pour moi. On s'est mariés quatre semaines après, je croyais posséder le monde.

Angus ne racontait pas l'histoire jusqu'au bout, mais Mary-Frances l'avait terminée pour sa fille. Elle lui avait dit que son mari avait été incapable d'obtenir un travail décent en Californie, après son service dans la Marine. Depuis toujours, il rêvait de posséder une propriété avec du bétail. Pour cela il avait emprunté à sa belle-mère et acheté le ranch dans le Montana sans même le voir. Maggie se rappelait sa mère en train de faire des plans pour réparer la maison, plans qui n'avaient jamais été réalisés. Au cours des deux années qui avaient précédé sa mort, Mary-Frances n'avait plus fait allusion aux rénovations. Elle connaissait les rêves follement irréalisables de son époux. Tout ce que Maggie savait des premiers temps, elle l'avait « lu entre les lignes » en quelque sorte. Tout d'abord Angus O'Rourke avait cru que gérer un domaine était chose facile. Tout ce qu'il avait à faire, pensait-il, était de lâcher quelques vaches dans un pré avec un taureau;

l'année suivante il vendait les veaux avec un large bénéfice. Il ne se doutait pas de l'énorme travail qu'il faudrait constamment fournir : vérifier et réparer les clôtures, ramasser du foin pour l'hiver, sans parler des soins quotidiens aux animaux. La terre sur laquelle était bâti le ranch du « Trèfle d'Irlande » avait paru idéale pour l'élevage; en fait le sol aride supportait une herbe rare.

Tous les ans, des vaches mouraient après s'être brisé les pattes, ou bien sous les coups des serpents qui exigeaient leur droit de passage, des coyotes qui s'emparaient des veaux ou de bêtes blessées. Même l'eau était insuffisante et les pires années la maison était à sec. A côté, le ranch Calder regorgeait de tout.

Le père de Maggie avait toujours rêvé d'améliorer le sien; à un moment donné, il crut découvrir dans sa terre un filon d'or... C'était trop dur.

Angus n'avait même pas eu assez d'argent pour permettre à Mary-Frances de rendre visite à ses parents en Californie, et à leur mort, il n'avait pas eu de quoi permettre à sa femme d'assister aux obsèques. Alors, la mère de Maggie avait pleuré. De nouvelles, elle ne recevait plus qu'une carte de Noël, de sa sœur qui habitait à Los Angeles.

Angus frappa du poing sur la table. Cette explosion d'un tempérament bien irlandais sortit Maggie de sa rêverie. Elle se retourna et remarqua son expression sinistre.

– Calder ne l'emportera pas comme ça!

– Pa, ne recommence pas, protesta durement Maggie.

Angus avala une gorgée de whisky sans prêter attention à sa fille. Que lui importait qu'elle soit une bonne petite, ce Chase l'avait-il respectée pour cela? Non, c'était bien un Calder, qui faisait tout ce qui lui plaisait sans se soucier de l'innocence de sa victime.

Maggie comprit que son père avait fomenté cet éclat

toute la soirée. Elle ne pourrait rien dire ou faire pour le réduire au silence. Elle préféra se taire.

– Calder ne fermera pas sa gueule, poursuivit O'Rourke, il va colporter des saletés sur Maggie.

– S'il l'ouvre, je la lui fermerai, moi, fit Culley, menaçant.

Angus O'Rourke se leva en titubant, le visage livide sous le hâle.

– C'est moi qui parlerai au vieux Calder. S'il croit qu'il peut tout se permettre, avec son fils, je lui dirai que non. Je vais leur mettre la peur au ventre.

– Pa, cesse de dire des choses que tu n'as pas l'intention de faire.

Maggie retourna vers l'évier. Elle était lasse d'entendre des paroles vides.

Le lendemain, le sénateur et sa suite partirent à midi. Chase et son père les accompagnèrent à l'aérodrome. Dès que l'avion eut décollé, ils agitèrent la main en signe d'au revoir; il scintilla dans le soleil avant de disparaître. Chase craqua une allumette sur le coton raide de son pantalon et alluma le cigare que le sénateur lui avait offert avant de monter dans l'appareil. Il tira une bouffée, puis le coinça entre ses dents tandis que la fumée odorante lui montait aux narines. En retournant à la voiture avec son père, le jeune homme sortit le Havane de sa bouche et déclara à Webb avec un regard en coin :

– A défaut d'autre chose, le sénateur connaît les bons cigares.

– Ta mère n'a jamais pu supporter l'odeur de ces machins.

L'expression de Calder se radoucit à ce souvenir. Il plaisanta :

– Je ne comprends pas pourquoi les cigares rendent les femmes malades.

– Je ne comprends pas non plus, reconnut Chase en

ouvrant la portière par laquelle il engouffra sa grande carcasse.

– Tu me déposes à la grange n° 2, j'y récupérerai ma selle.

– Ce n'est pas pressé.

Webb fit demi-tour avec la voiture et gagna le chemin carrossable.

– J'ai des choses à te faire faire.

– De toute façon, il me faut récupérer mon harnachement.

– Aucun problème, répliqua tranquillement Calder. J'y enverrai Nate lorsqu'il viendra.

Chase perdit soudain son envie de cigare et l'écrasa dans le cendrier de devant. Il regarda par la fenêtre, la mâchoire durcie, la mine sombre.

– Tu n'as pas l'air en forme. Quelque chose te tracasse, mon fils?

– Non.

Chase atténua cette réponse, incisive et rapide, en offrant au regard paternel un visage dépourvu d'émotion.

– Qu'est-ce qui n'irait pas?

– Je pensais que tu allais me le dire, justement.

Le regard sagace de son père obligea Chase à détourner les yeux.

– Il n'y a rien à dire, fit-il en haussant les épaules.

– Même pas sur la fille O'Rourke? Lorsqu'un homme a besoin de faire l'amour, il évite les jeunes filles. Il ne manque pas de professionnelles et de femmes qui ont vécu pour satisfaire ses appétits sexuels.

Calder s'interrompit pour regarder son fils.

– Songe à ce conseil tout paternel, petit, médite-le.

Mais un pressentiment disait à Webb que l'avis venait trop tard.

Le soir, Chase découvrit sa selle et son harnachement dans sa chambre. Parmi ses vêtements se trouvait « la » chemise. Il l'examina, songeant aux questions qu'elle soulèverait et sachant qu'on ne pourrait répondre à aucune d'entre elles.

Cette nuit-là, Chase resta longtemps dans son lit à regarder le plafond. Son père avait raison, Maggie n'était qu'une enfant.

Dans l'entrepôt qui servait au ravitaillement, Webb était penché sur le comptoir pour vérifier la liste des commandes.

– Tu as rudement forcé la quantité en sucre, Bill.

Bill Vernon appartenait à la quatrième génération des « Trois C ». En dehors des cinq années où il avait travaillé en ville sur un ordinateur, le bonhomme avait toujours vécu au ranch. Il était revenu, déçu malgré les salaires élevés qu'offrait la ville, pour retrouver sa vie de cow-boy. Trois mois après son retour, Bill était resté paralysé après une chute de cheval. On lui avait alors confié le ravitaillement, avec la responsabilité de magasinier. Bill, sa femme et leurs deux enfants habitaient dans une maison du ranch. Les descendants des « Premiers Calder » avaient le sens de la famille. Ils étaient attachés à la terre et liés les uns aux autres, rien à voir avec les journaliers qui travaillaient un mois ou un an et s'en allaient.

– Ça paraît beaucoup de sucre, je reconnais, admit Bill Vernon, mais avec l'été qui approche les femmes vont vouloir faire des confitures; il faudra plus de sucre que d'habitude.

Son sourire s'élargit en une grimace chaleureuse.

– C'est Marlyss qui l'a dit.

Marlyss était l'épouse de Bill, une petite femme pleine de taches de rousseur, qui venait du nord du Montana.

– Je suis sûr que Marlyss sait de quoi elle parle.

C'était une bonne maîtresse de maison, Calder le savait bien.

– Patron!

Un aide se tenait sur le seuil de la porte à travers laquelle le soleil pénétrait à flots. Webb se retourna.

– O'Rourke est dehors, il demande à vous parler.

Durant un quart de seconde, Calder resta sans bouger. Au cours des quatre derniers jours, il s'était attendu à une réaction, sans savoir laquelle. O'Rourke se manifestait enfin.

– Dis-lui que je viens, lança Webb au cow-boy.

Il regarda Bill, apparemment calme, et sur un ton naturel demanda encore :

– Y a-t-il besoin d'autre chose?

– Non, je ne crois pas.

Bill Vernon secoua la tête et actionna sa chaise roulante pour venir prendre la commande des mains de Webb.

Ce dernier prit congé avec un petit signe de tête :

– Prends bien soin de toi.

Calder se retrouva au grand soleil.

Après quatre jours de déclarations extravagantes et de vociférations, aiguillonné par les provocations de Maggie qui l'accusait de ne savoir que « parler », Angus O'Rourke avait accumulé en lui une haine telle qu'elle l'avait conduit à affronter Webb Calder.

Webb s'immobilisa devant le petit propriétaire. Sa stature et sa large poitrine faisaient paraître Angus minuscule. Il était obligé de lever la tête pour regarder Webb en face. O'Rourke détestait les gens qui le dépassaient et tout spécialement Webb Calder. Il afficha un air suffisant, bien qu'il fût au supplice devant son adversaire tout-puissant.

– Hello, O'Rourke. Tu voulais me voir?

Angus leva un menton batailleur.

– Ouais, j'ai à vous causer.

Soucieux de montrer sa bonne volonté, Webb Calder proposa :

– Justement je rentrais à la maison. Pourquoi ne parlerions-nous pas là-bas?

Angus prit une profonde inspiration, ses accusations s'envolaient. Cette offre d'hospitalité lui ôtait toute agressivité. Les rares fois où il s'était rendu aux « Trois C », on ne l'avait jamais invité à entrer. Cette seule idée le mettait mal à l'aise, mais il se rassura : enfin il allait être traité en égal.

A peine entré, O'Rourke tomba en arrêt devant la vaste salle de séjour, avec son mobilier solide et confortable, fait pour durer. C'était un intérieur d'homme, sans la délicatesse d'une touche féminine. En comparaison, la maison d'Angus était une masure. Son rêve de vivre dans un endroit comme celui-ci lui semblait encore plus irréalisable. Il se sentit envahi par un désespoir sauvage.

Calder ouvrit la porte à double battant sur sa gauche, Angus comprit aussitôt que la discussion n'aurait pas lieu dans l'immense living. Il suivit Webb dans la bibliothèque. Elle renfermait une cheminée grande comme une caverne, avec au-dessus la magnifique paire de cornes d'un taureau longhorn. Fauteuils et chaises étaient recouverts de cuir. La bibliothèque contenait de nombreux ouvrages reliés, et notamment des encyclopédies sur l'élevage. Derrière un énorme bureau, au mur, trônait une carte encadrée, jaunie par les ans. Elle marquait les frontières de l'empire Calder. Angus l'examina tandis que Webb Calder s'installait dans un fauteuil capitonné, derrière son bureau.

– C'est la première carte du ranch, expliqua-t-il. Elle a presque cent ans maintenant.

Une nouvelle fois, Angus se révolta; il n'était pas juste qu'un homme possédât autant à lui seul. Ce sentiment se répandit en lui, comme une blessure infectée qui l'empoisonnait.

– De quoi voulais-tu me parler, Angus?

Calder interrogeait avec calme et autorité.

– Ma fille, Maggie... votre fils, il a abusé d'elle. Il l'a rencontrée en train de nager dans la rivière et il l'a forcée.

O'Rourke parlait à toute allure, d'une voix remplie de haine.

– C'est vrai, elle me l'a avoué elle-même. Inutile que vous alliez le nier.

– Je n'ai jamais douté de la franchise de ta fille, répliqua Calder d'un ton uni. Mon fils est un jeune mâle, et ta Maggie commence à devenir femme.

O'Rourke s'attendait à une dénégation, sa colère se trouva sur le coup sans exutoire. Il repartit de plus belle, songeant que Calder n'avait rien reconnu.

– Votre rejeton ne va pas s'en tirer comme ça. Je suis ici pour y veiller. Elle est mineure, votre Chase peut aller en prison.

Il y eut un court silence durant lequel Webb Calder observa O'Rourke sans broncher.

– Je suis certain que tu as déjà réfléchi à la question. Si tu portes plainte, ta fille devra comparaître au tribunal et son témoignage aura une audience publique. Malheureusement, dans les cas de viol, c'est la réputation de la jeune fille qui souffre le plus. Aucun père ne souhaiterait voir son sang, son enfant traîné dans la boue.

Le déshonneur qui rejaillirait sur sa famille, le procès dont tout l'Etat ferait des gorges chaudes, les gens qui parleraient par-derrière, Angus y avait pensé et repensé...

Son visage livide se marbra de dépit. Calder savait pertinemment que les O'Rourke subiraient les plus grands préjudices.

– Votre fils a pris ma fille, il a abusé d'elle pour son plaisir, insistait Angus d'une voix étranglée. Je demande réparation pour elle.

Calder leva un sourcil hargneux pour bien montrer à O'Rourke qu'il n'était pas dupe.

– J'espère que tu ne songes pas au mariage, Angus. Ce serait la plus grande erreur que nous pourrions faire. Ta fille est trop jeune pour devenir une épouse. Quant à mon fils, il n'est pas prêt à s'établir. Maggie serait malheureuse avec Chase. Je suis sûr que tu ne le souhaites pas.

Angus détestait Webb, son habileté et son sens pratique.

Il changea de position sur sa chaise, conscient de passer pour un imbécile et ne sachant pas comment y remédier. Il se raccrocha donc à une pensée qui couvait au fond de lui depuis le début.

– Il ne va pas s'en sortir comme ça, il va falloir qu'il paye, votre fils.

– Si j'avais une fille (Webb Calder se pencha en avant en croisant les bras sur le bureau, pour mieux scruter son interlocuteur) et si je pensais qu'un accident de cette nature lui soit arrivé, je me sentirais outragé tout autant que toi et j'insisterais pour que des dommages me soient accordés.

– Vous insinuez qu'on peut m'acheter? se révolta Angus, les yeux rétrécis, blessés dans son amour-propre par cette proposition. Vous croyez que l'argent peut effacer le souvenir de ce qui s'est passé au bord de la rivière?

Calder sourit, d'un sourire teinté de ruse.

– Aucun argent ne serait une compensation convenable. Il s'agit tout juste d'un geste de bonne volonté. Toi et moi sommes des hommes raisonnables, Angus. Personne ne gagnerait à ce que l'histoire se répande et crée un scandale.

Angus vacilla. Il n'avait même pas eu la satisfaction de voir Calder gêné par ses reproches. Avant que le silence ne devienne trop lourd, Calder attrapa un stylo.

– Et si je t'établissais un acte de vente, à ton nom, disons... vingt-cinq têtes de ton choix parmi mes plus belles bêtes, et si je marquais « payé »...

Calder sortit une feuille de papier. La tête d'Angus fonctionnait à toute vitesse. S'il quittait le ranch sans même avoir eu la satisfaction de mettre son rival en difficulté, il n'aurait rien fait, si ce n'est passer pour un imbécile. Il ne pourrait même pas se vanter d'avoir ennuyé Calder. Il fallait absolument sauver la situation. Ce n'était pas à Calder à dicter les termes de l'accord, c'était à lui, Angus. Webb déjà commençait à écrire.

– Marquez cinquante têtes de mon choix.

Calder leva la tête et lança à Angus un regard tranchant comme une lame.

– Cinquante, c'est d'accord.

O'Rourke se demanda s'il n'aurait pas dû exiger davantage, cent peut-être... il se maudissait d'avoir donné un chiffre aussi bas. Calder en possédait deux cents fois autant, peut-être plus. Tandis qu'il le regardait rédiger l'acte de vente, Angus avait les mains moites. La plume crissait sur le papier. Quand il eut terminé, Webb tendit le papier à Angus, le forçant à se lever de sa chaise. Celui-ci se rassit pour lire et comprit à nouveau qu'il n'avait pas assez demandé.

Cinquante bêtes, c'était considérable pour Angus qui possédait peu, mais pour Calder c'était une égratignure à son portefeuille. Ce n'était pas Calder qui avait payé, c'était O'Rourke qui venait d'être acheté. Au plus profond de lui il se sentait faible et misérable.

Webb saisit le téléphone qui se trouvait sur son bureau et composa un numéro en observant Angus du coin de l'œil. Il en était toujours ainsi lorsqu'on faisait une affaire. Le « vendeur » s'interrogeait toujours pour savoir s'il n'aurait pas pu demander plus cher.

La sonnerie retentit.

– Webb à l'appareil. Nate est-il par là?... Alors dites-lui que je veux le voir, je suis chez moi.

Calder raccrocha le combiné, repoussa son fauteuil et se leva. O'Rourke, absorbé par le papier, ne remarqua rien tout d'abord, mais lorsque Webb s'éloigna du bureau il se redressa prestement.

– Nate More est mon contremaître.

Webb se dirigea vers le vestibule, Angus le suivit.

– Il a le coup d'œil pour les bêtes, c'est un homme d'expérience très qualifié, je suis certain qu'il te sera d'un grand secours. Tu le connais, pas vrai?

Calder ouvrit la porte et s'effaça pour laisser passer O'Rourke.

En s'approchant des marches du perron, Nate More effleura du regard le petit homme. Il scruta ensuite son patron d'un œil inquisiteur qui en disait long, mais se contenta de saluer les deux hommes.

– Vous vouliez me voir?

La question s'adressait à Calder.

– Oui, je viens de vendre du bétail à O'Rourke : cinquante bêtes de son choix. Le mieux serait que tu t'arranges avec lui pour lui montrer les vaches et fixer le moment de la livraison.

Nate se tourna vers Angus.

– On peut voir le troupeau demain matin à neuf heures, si ça vous va.

– Neuf heures, c'est bien.

Le petit propriétaire se tortillait, mal à l'aise.

Le contremaître haussa les épaules.

– On peut vous livrer en fourgon, ou vous pouvez venir chercher les bêtes, c'est comme vous voulez.

– Je vous le ferai savoir demain matin, grommela Angus de mauvaise humeur.

Il plia l'acte de vente et l'enfouit dans sa poche.

– Demain, devant les granges à neuf heures.

Nate avait fixé le lieu du rendez-vous.

O'Rourke approuva de la tête et jeta un regard sombre à Calder. Ensuite, il descendit les marches et se dirigea vers sa camionnette garée dans la cour. Nate et Webb le regardèrent s'en aller.

– Il n'a pas l'air ravi, constata More à voix basse.

– Personne ne l'est jamais, répondit Webb en rentrant dans la maison.

Nate traîna un peu avant de retourner dans la grange. D'une façon ou d'une autre, les femmes étaient toujours responsables des soucis des hommes. Nate se réjouissait de ne pas avoir été assez fou pour se marier; les « Trois C » lui servaient largement de famille.

Le dîner terminé, Chase et Webb laissèrent Ruth desservir la table, et prirent leur café dans le fumoir. Chase s'approcha du bar en bois sculpté qui se trouvait dans un angle de la pièce et sortit une bouteille de cognac.

– Tu en veux dans ton café? demanda le jeune homme à son père sans se retourner complètement.

– Non, pas ce soir.

Webb jaugeait les larges épaules de son fils.

– O'Rourke est venu me voir, ce matin.

Chase allait poser la bouteille, il suspendit son geste et, sans se retourner...

– A quel sujet? fit-il, brisant le silence.

Webb ne put s'empêcher d'admirer sa maîtrise de soi. Il n'était bon pour personne de laisser lire dans ses pensées.

– Il a prétendu que tu avais couché avec sa fille. Le nies-tu?

– Non.

Chase dégustait son café, tourné vers le bar.

Webb aimait ce franc-parler, cette manière de respecter la jeune fille, d'accepter l'entière responsabilité de ses actes.

– As-tu fait une quelconque promesse?

– Non.

C'était à nouveau un « non » catégorique. Soudain, le calme de Chase était bouleversé par une sourde colère.

– O'Rourke n'avait pas le droit de te mêler à cette affaire, c'est à moi qu'il aurait dû parler.

– Tout est réglé.

– Réglé? Comment?

– Je lui ai signé un acte de vente pour cinquante têtes.

– Cinquante têtes! Et il a accepté?

– Oui.

Chase tourna la tête à moitié, sa bouche exprimait un immense dégoût.

– J'aurais eu plus de respect pour ce type s'il m'avait attaché à un poteau pour me fouetter.

Webb conclut avec amertume :

– Il est naturel pour l'homme de semer des graines, mais il ne doit pas le faire sur une terre vierge.

Chase abandonna sa tasse de café, inachevée.

– Je vais prendre l'air dehors un moment.

4

La ville la plus proche des « Trois C » s'appelait Blue Moon. On l'avait baptisée ainsi par pure plaisanterie, car il s'y déroulait un événement extraordinaire tous les trente-six du mois.

La station-service faisait à la fois office d'épicerie, de tabac et de poste. L'hôtel de jadis avec ses chambres de voyageurs était devenu un saloon appelé le « Jake »; avec une salle de jeux, derrière, et un bordel à l'étage où « les nièces » de Jake faisaient leurs affaires... Le café-restaurant attenant au saloon était prospère, à cause de son propriétaire, Bob Tucker, qui avait la réputation d'être le meilleur cuisinier du Montana.

Cet ensemble se complétait par un entrepôt d'aliments déshydratés, une quincaillerie et un aspirateur à céréales qui ne fonctionnait plus. Une maison avait été transformée en clinique dans laquelle le Dr Barlow tenait sa consultation deux fois par semaine. Outre cela, l'agglomération se limitait à une douzaine de résidences qui abritaient les trente habitants de Blue Moon.

Une camionnette portant la marque des « Trois C » passa bruyamment, en rebondissant sur les ornières.

Dans un nuage de poussière elle freina et s'arrêta sur le parking situé entre la pompe à essence et le saloon.

Buck Haskell jaillit de la cabine, ses bottes touchèrent le sol avant même que Chase ait ouvert la portière.

– Tucker a intérêt à avoir gardé de la tarte aux myrtilles, déclara Buck.

– Tu n'as cessé d'en parler pendant quinze kilomètres, répliqua Chase sur un ton plutôt sec.

– Hé, Chase! T'as des cigarettes sur toi?

Buck tapait sur la poche vide de sa chemise.

– Je suis à sec.

– Je n'ai que des cigares.

– Attends-moi, je vais au tabac, je reviens tout de suite.

Buck fonça vers la boutique en plongeant la main dans la poche de son jean étroit, à la recherche de monnaie.

Chase s'appuya contre une aile de la camionnette pour l'attendre et rejeta son chapeau en arrière. La porte de l'épicerie retentit deux fois – la première, lorsque Buck entra, et tout de suite après, lorsque quelqu'un sortit. Chase regardait sans la voir cette scène sans intérêt. La vue de Maggie O'Rourke lui fit l'effet d'un vent rafraîchissant. Pendant ces deux semaines il avait vainement essayé de la chasser de son esprit.

Les cheveux noirs de la jeune fille étaient retenus sur la nuque par un ruban bleu fané. Elle portait un blue-jean, des bottes et un chemisier blanc. Chase ne la voyait pas bien à cause des deux gros cabas remplis de marchandises qu'elle portait au bras. Maggie, éblouie par le soleil, faisait la grimace. Chase comprit qu'elle ne l'avait pas remarqué et s'avança.

– Salut, Maggie!

La jeune fille s'arrêta pour le dévisager, une légère émotion brillait dans ses yeux verts.

– Salut, Chase.

Elle n'avait pas hésité sur son prénom, bien qu'elle eût l'air de rencontrer le jeune homme pour la première fois.

– Comment ça va?

La question se voulait courtoise. Chase remarqua les lèvres pleines de la jeune fille.

– Plutôt occupée.

Le garçon détacha ses yeux de la bouche juvénile.

– Laissez-moi porter vos sacs.

Maggie hésita un instant puis céda un cabas. Sa poitrine ronde tendait le tissu du chemisier, entre les boutons.

– Nous aussi, nous avons eu à faire.

Maggie reprit sa marche. Chase aligna son pas sur le sien, tout en portant le sac.

– Inimaginable, le travail supplémentaire que donnent cinquante bêtes de plus.

Maggie avait la voix et la démarche fières.

– Qu'est-ce que ça veut dire? demanda Chase, irrité par ce ton.

Elle lui glissa un de ses regards obliques dont elle avait le secret.

– Ça veut dire que je ne suis pas de ces traînées qu'on achète avec cinquante têtes de bétail. J'ai peut-être fait le mal, mais je ne suis pas mauvaise.

– Maggie, tu n'as rien fait de mal, c'est moi, c'est ma faute. Donner du bétail, c'était une façon de dire : Pardonnez-moi.

Maggie pinça les lèvres.

– Je ne croyais pas que Pa ferait des ennuis, je veux dire... il parlait beaucoup mais je ne pensais pas qu'il agirait. Quand je pense qu'il est allé voir ton père pour lui parler de nous, je me sens comme... (Les jeunes gens venaient de dépasser l'auberge. Maggie s'arrêta et jeta un rapide coup d'œil vers les fenêtres du premier étage.)... une « nièce » de Jake.

– Tu n'es pas censée connaître ces filles, répliqua Chase, amusé par tant de franchise.

Maggie se tourna vers lui.
– Que penses-tu de moi, Chase?
– Que tu es une fille belle et remarquable.
Le cow-boy plongea son regard dans les candides yeux verts. Maggie l'attirait incroyablement mais il résista au désir de la prendre dans ses bras.
– Belle? Et avec ça?
Elle jeta un regard sceptique sur ses vêtements.
– J'imagine que tu essaies de te montrer poli. Inutile, je sais ce que les gens pensent de Pa... et de la famille O'Rourke. Après l'esclandre fait par mon père, je voudrais que tu saches : je ne m'attends pas à te revoir.
– Pourquoi pas?
La tendresse adoucissait les traits rudes de Chase.
– Parce que...
Une fine ride barra le front de Maggie.
– Chase!
C'était Buck qui appelait, il revenait du tabac.
– Qu'est-ce que tu fais? Tu joues au porteur?
– Demain, rendez-vous à la clôture à dix heures. Tu y seras? fit Chase à voix basse.
Maggie ébaucha un signe de tête. Le jeune homme lui demanda d'une voix forte :
– Où désirez-vous que je laisse votre cabas? Dans la cabine ou à l'arrière du camion?
– Derrière, ça ira.
Après avoir déposé son sac, Chase prit celui de Maggie, le mit à côté du premier puis porta la main à son chapeau d'un geste plein de respect.
– A bientôt, Maggie.
Tout de suite après, il se tourna vers son ami.
– Tu es prêt pour la tarte aux myrtilles?
– Pour sûr!
La dernière fois que Buck avait vu la fille O'Rourke, il l'avait qualifiée de chat sauvage et de garçon manqué. Cette fois, elle lui faisait une impression toute différente. L'air hardi du garçon rendit Maggie cons-

ciente de sa personne. Elle glissa les mains dans les poches de son jean et rentra les épaules pour atténuer la tension de son chemisier. Cependant, tête dressée, elle défiait Buck. Chase s'esquiva en entraînant son camarade.

– Laisse-la, ordonna-t-il sur un ton dur et autoritaire.

– Pourquoi donc? répliqua Buck avec un sourire qui était une question.

A regret il suivit Chase dans le café. Celui-ci s'efforçait de contrôler son agacement; il expliqua d'une voix forte :

– C'est moi qui l'ai connue le premier, c'est tout.

– Bon sang, ce que tu es égoïste, Chase! (Buck le taquina :) On a tété le même sein, pas vrai? J'ai même renoncé à mon droit d'aînesse, et c'est comme ça que tu me remercies?

Haskell feignait d'être blessé. Il enjamba une chaise et s'assit à califourchon devant la table.

– Pour la peine, tu vas me payer un gâteau. Hé, Tucker! (Buck appelait le type derrière le comptoir :) Deux morceaux de tarte, c'est Chase qui régale!

Le fils Calder venait de remarquer O'Rourke, assis sur un tabouret au bar.

– Seulement un café pour moi, Tucker, puisque je dois payer l'addition.

Buck éclata de rire, sa cigarette faillit lui échapper de la bouche.

– Tu as du feu?

– J'ai un mendiant pour ami, gronda Chase en lançant une boîte d'allumettes sur la table. Que fais-tu de ton argent?

– Je bois du whisky, je joue au poker et je rends les femmes heureuses, grimaça Buck en tirant une bouffée.

Tucker traversa la salle avec une tarte et deux cafés dans ses énormes pattes, son tablier blanc maculé de taches de graisse et de nourriture. La tête du bonhomme, presque chauve, était trop petite pour son robuste corps. Tucker s'arrêta devant Chase.

– Dis à Webb que mon freezer est presque vide. Je viendrai lui acheter des bêtes un de ces jours.

La voix était monocorde; en modifier la tonalité aurait exigé un trop grand effort.

– Je lui en parlerai, promit Chase en observant le gros homme qui regagnait son comptoir.

Son ventre proéminent était dur comme fer, il valait mieux ne pas chercher querelle à ce type. D'ailleurs tous les cow-boys filaient doux devant lui, sinon il les jetait dehors. Peu importe son caractère, la cuisine de Tucker était la meilleure à des kilomètres à la ronde, et ses prix raisonnables. Malgré tout, Chase ne faisait pas confiance au bonhomme, il n'aurait su dire pourquoi.

Au comptoir, Angus O'Rourke avait surpris le message transmis à Calder par l'intermédiaire de son fils. Depuis deux semaines, Angus ressassait les résultats de sa confrontation avec Webb Calder, se persuadant chaque jour un peu plus qu'on l'avait roulé. La vision de Chase, assis dans le café, apparemment impuni pour son crime, avait réveillé son hostilité. Au lieu de diriger sa colère sur celui qui l'avait provoquée, il la déversa sur le cafetier.

– Alors tu fais des affaires avec ce Calder? demanda O'Rourke.

Il parlait à voix basse pour ne pas être entendu.

– Est-ce qu'il n'est pas assez riche, pour que tu ailles encore lui acheter de la viande? Qu'est-ce que tu as contre les petits rancheros du pays?

Tucker jeta sur Angus un regard de marbre.

– Si je traite avec Calder, c'est parce que je n'ai pas le choix. Je n'aime pas ce type, pas plus que vous, mais je sers uniquement du bœuf de qualité, figure-toi. Vous, les petits propriétaires, vous n'avez que du cuir!

– Si c'est la seule raison pour faire affaire avec

Calder, alors tu peux m'acheter de la viande, rétorqua Angus, provocant. Je lui ai acheté cinquante bêtes, et des meilleures, il y a quinze jours.

– Cinquante têtes?

Tucker écarquilla les yeux, sceptique.

– Où as-tu trouvé l'argent pour acquérir du premier choix?

– Occupe-toi plutôt de tes satanées affaires.

Angus se redressa sur son tabouret. Cette question l'offensait car elle sous-entendait qu'il était trop pauvre pour acheter à Calder.

– Ça t'intéresse, ma viande, oui ou non?

– Tu as probablement acheté des laissés pour compte. Enfin, je viendrai sur place demain pour jeter un coup d'œil.

Tucker n'accordait, apparemment, pas grande confiance aux déclarations d'O'Rourke.

– Je passerai demain dans la matinée.

– Et n'oublie pas ton argent!

Angus poussa sa tasse vide vers le gros homme.

– Reverse-moi du café au lieu de rester là à ne rien faire.

Après le départ de Chase, Maggie traîna autour de la camionnette. Son père était toujours au café et Culley faisait les courses. Entrer dans le bistrot alors que Chase s'y trouvait ne manquerait pas de provoquer Angus, qui lancerait alors une de ces fameuses tirades contre les Calder. Le mieux était encore d'attendre que Culley ait fini ses achats. Comme elle s'éloignait du café, Maggie aperçut son frère qui revenait de la quincaillerie. Elle alla le rejoindre près du camion et remarqua tout de suite son air renfrogné.

– Je t'ai aperçue avec Calder. Qu'est-ce qu'il voulait? demanda le jeune homme en se plantant devant sa sœur.

– Il m'a aidée à porter les cabas de provisions.

Il y avait une pointe de défi dans la voix de Maggie, comme si elle contestait les droits de son frère.

– Tu as trouvé la pièce pour la pompe à eau?

– Elle n'est pas arrivée, répondit Culley avec impatience. Tu veux me faire croire, j'imagine, que vous étiez tout simplement en train de parler de provisions!

– Nous avons parlé de pas mal de choses... qui ne te regardent pas, répliqua Maggie.

La bouche de Culley s'étira en une ligne amère.

– Il veut te revoir, je suppose.

– Et alors? contesta la jeune fille.

– Il t'a demandé de le retrouver quelque part. Tiens-toi à l'écart, Maggie; ce type n'en veut qu'à ta culotte. Pour lui tu es la fille d'un misérable propriétaire; ne va pas croire qu'il prend l'affaire au sérieux.

– Qui te dit que je le prends au sérieux? explosa Maggie. Les filles aiment qu'on s'intéresse à elles, cela ne signifie pas qu'elles veulent se marier! Toi, tu es heureux d'être le fils d'un petit ranchero tout juste bon à échafauder des rêves. Eh bien moi, non! Je désire m'instruire, je ne vais pas vivre ainsi toute ma vie!

Le jeune homme pouvait, à l'occasion, réagir avec autant de violence que sa cadette.

– Tu es ma sœur, je ne veux pas que tu aies mal, et tu auras mal si tu revois Chase Calder. Un de ces jours, il va t'arriver des ennuis.

– Il ne m'arrivera aucun ennui, protesta Maggie, et Chase s'est montré gentil avec moi.

– C'est parce qu'il *te* veut, et quand il t'aura eue il te rejettera comme une chose sale. C'est un Calder. S'il te reste encore un peu de raison, oublie-le. La seule chose qui l'intéresse, c'est de se rouler avec toi dans l'herbe. Ne le fréquente pas, Maggie, ne me prouve pas que j'avais raison, gronda Culley en bousculant sa sœur pour entrer dans le café.

Maggie le regarda partir, tremblante de colère, puis,

tirant d'un coup sec la portière de la camionnette, monta dans la cabine. Là, elle attendit en silence le retour de Culley et de son père. Ces paroles menaçantes obscurcissaient les pensées de la jeune fille.

Le lendemain matin, Chase se trouvait déjà devant la clôture lorsque Maggie arriva à cheval. Elle s'était interrogée pendant plus d'une heure avant de se décider finalement à venir, pour savoir si Culley avait raison au sujet de Chase.

Le jeune homme se glissa sous les fils de fer barbelés et saisit le cheval de Maggie par la bride. Elle répondit au sourire de bienvenue du garçon par un regard de doute.

– Tu es en retard.

Chase s'approcha de la selle, saisit la jeune fille par la taille pour l'aider à descendre.

– Je commençais à penser que tu avais renoncé.

– Je n'arrivais pas à me décider, est-ce que je venais, est-ce que je ne venais pas..., répondit Maggie en toute honnêteté.

Bien qu'elle fût à terre, Chase avait gardé ses mains autour de Maggie et s'impatientait de sa raideur. Il pencha la tête pour s'emparer de ses lèvres mais le baiser qu'elle lui rendit était froid.

– Je suis content que tu sois venue.

Il essayait de la dérider avec un sourire.

– Pourquoi?

– Je voulais te parler.

Maggie repoussa les bras qui lui enserraient la taille et s'écarta.

– Je sais ce que tu vas me dire. Culley prétend que le sexe est la seule chose qui t'intéresse en moi.

Un moment, Chase demeura stupéfait devant des paroles aussi directes, mais sa bonne humeur reprit le dessus.

– Tu es toujours aussi... franche?

– C'est vrai? insistait Maggie. Cette pour cette raison que tu me vois?

L'expression têtue de la jeune fille fit comprendre à Chase qu'elle exigeait une réponse sans détours. Il allait lui expliquer qu'elle était trop jeune et inexpérimentée, qu'en la séduisant il avait commis une faute, qu'il ne recommencerait plus. Mais, en regardant les yeux verts, Chase comprit qu'il se racontait des sornettes. Il referait l'amour avec cette fille. Cet endroit avait été foulé par leurs ébats et le serait à chaque occasion qui s'offrirait. Il n'y avait aucun retour possible à une relation innocente.

– Je ne sais pas si les « Trois C » pourraient se permettre de payer cinquante têtes de bétail pour toutes les fois que je te fais l'amour, plaisanta Chase.

Les yeux de Maggie flamboyèrent de colère. Elle se détourna.

– Ce n'est pas drôle du tout.

Chase soupira en la voyant s'écarter.

– En effet, mais la réponse à ta question n'est pas simple.

Maggie lui glissa un regard oblique.

– Je mentirais en prétendant ne pas désirer refaire l'amour avec toi. Le sexe n'est pourtant pas l'unique raison, les filles de Jake sont faites pour cela. La vérité, c'est que tu me fascines.

– Pourquoi?

Cette fois-ci la question était moins pressante.

Chase hocha la tête, hésitant.

– Peut-être parce que tu es tellement honnête et directe.

– Ce n'est pas bien? interrogea la jeune fille en penchant la tête de côté.

– Si, cela te rend unique, dit Chase avec un sourire.

Il découvrit en disant cela combien c'était vrai. Il éprouvait du plaisir à posséder son corps, mais il désirait davantage. Cette rencontre était une épreuve; s'il essayait de la caresser aujourd'hui il la perdrait, mais il savait aussi que s'il ne la prenait pas cette fois, il le ferait la fois suivante, et encore et encore... Elle lui reviendrait, tout aussi consentante que la première fois. Avec cette certitude rassurante, Chase pouvait attendre.

– Ton père et ton frère ont dû te mettre en garde contre moi. (Il poussait Maggie pour connaître clairement ses intentions.) Alors pourquoi es-tu venue me retrouver?

– Je le voulais.

La jeune fille haussa les épaules pour montrer son indépendance mais son regard fuyait.

– Pourquoi? insista Chase.

– Peut-être... (ses yeux revinrent au garçon, brillants d'émotion) parce que tu n'es pas comme je croyais.

– Comment croyais-tu que j'étais?

– Plein de suffisance et arrogant, avoua Maggie un peu malgré elle, et sans cœur. Mais tu es gentil.

Chase eut du mal à retenir un sourire.

– Beaucoup de gens nous prennent pour des sauvages et sont étonnés quand ils découvrent que nous sommes faits de chair et de sang comme eux, comme tout le monde.

Le rire de Maggie résonna clair et pur.

– Non, pas comme tout le monde. Tout le monde ne possède pas autant de terres, de bétail, de chevaux...

– Mais nous avons tous les mêmes besoins.

Il prit la main de Maggie dans la sienne. Elle le regarda et sourit; le soleil brillait, le ciel était clair, dans les hautes herbes une sturnelle à collier (1) chanta.

(1) Passereau qui vit dans les prairies d'Amérique du Nord, de la famille des ictéridés.

L'énorme charpente de Bob Tucker occupait toute sa selle. Parvenu devant le troupeau de vaches en train de paître, il stoppa son cheval et se souleva sur les étriers. La selle gémit sous le poids.

– Je retire ce que j'ai dit, Angus, ces bêtes sont bien de premier choix! Comment as-tu persuadé Calder de te les céder?

Le cafetier éclata d'un gros rire.

– Si tu les avais volées, tu n'irais pas le chanter sur les toits, j'imagine.

– Bien sûr que non, protesta Angus. Mais ne t'y trompe pas, ce bétail m'appartient, j'ai même l'acte de vente.

– Je ne doute pas de ta parole, répliqua Tucker en riant encore. De toute façon, pour moi ça n'a aucune importance, ce ne serait pas la première fois que j'achète des animaux volés!

– Je ne me serais jamais douté que tu étais un bandit jusqu'au fond de l'âme, Tucker. Je te surveillerai quand tu prendras livraison du bétail, je ne veux pas que tu me trompes.

– Mais non, Angus, dans le fond je suis honnête, je ne roule jamais les types avec qui je traite, seulement... les autres!

– J'espère bien, fit O'Rourke, peu convaincu.

– Malheureusement, poursuivit le cafetier, le crime paye de nos jours. Regarde donc autour de toi cette immense étendue du Montana. Si un voleur voulait par exemple... dérober du bétail à Webb Calder, personne ne serait là pour l'en empêcher ou le surprendre. Les hommes de Calder ne peuvent pas surveiller tout le terrain.

– Tu as sans doute raison, affirma O'Rourke encore un peu sceptique.

Tucker promena son regard sur les environs puis plaça son cheval, la tête tournée vers la montagne.

– Tu vois cette petite route là-bas? fit-il en montrant du doigt une étroite bande de terre au loin. Tout ce qu'un voleur de bétail aurait à faire, ce serait de venir avec un semi-remorque et deux cavaliers. Les types pousseraient les bestiaux de l'autre côté de la clôture et lui n'aurait qu'à charger. Une opération qui prendrait moins d'une heure. Personne ne verrait ni n'entendrait, et il faudrait des jours avant qu'on s'aperçoive de l'absence des bêtes.

Tucker regarda O'Rourke furtivement et changea de sujet.

– Au fait, tu ne m'as pas fixé le prix de la viande.

– Tu ne m'as pas dit combien tu comptais la payer!

D'une torsion de son énorme poignet sur les rênes, le cafetier obligea son cheval à faire demi-tour. Il avait remarqué un mouvement le long de la frontière qui séparait l'empire Calder de la propriété d'O'Rourke. L'intérêt de Tucker redoubla lorsqu'il reconnut le couple qui marchait main dans la main.

– Alors Chase Calder fait la cour à ta fille? Je savais bien que tu avais une combine : le vieux ne vend pas des bêtes de cette valeur à n'importe qui.

O'Rourke tourna la tête pour voir les amoureux et son visage prit une expression rageuse mais, comme il était de côté, Tucker ne se rendit compte de rien. Sans donner aucune explication, Angus planta alors les talons dans les flancs de son cheval et se dirigea en amont de la rivière, loin du couple.

Angus rumina la scène pendant trois jours. Il ne révéla pas à sa fille qu'il était au courant de son rendez-vous avec Calder et elle n'y fit aucune allusion. Perdu dans ses sombres pensées le malheureux père comprit que sa visite aux « Trois C » n'avait rien réglé et qu'il serait inutile de protester de nouveau. La justice n'existait pas dans un monde où un homme pouvait ravir l'innocence d'une jeune fille et rester impuni.

Avant de s'occuper sérieusement de l'affaire, O'Rourke décida pourtant de donner une nouvelle chance à Calder. Si le garçon se tenait éloigné de Maggie, il laisserait tomber l'affaire. Dans le cas contraire, Chase paierait. Angus se le promit.

Son estomac criait famine, lui rappelant qu'il était bientôt midi. Angus abandonna le moteur de la pompe à eau à moitié monté et regagna la maison. Un cheval qui arrivait au petit trot le fit s'arrêter. Le bonhomme plissa les paupières d'un air soupçonneux en reconnaissant sa fille qui entrait dans le corral. Il la rejoignit au moment où elle débarrassait son cheval de la selle.

– Excuse-moi, Pa, je suis en retard. Le repas sera prêt dans quelques minutes.

Le visage de Maggie était rose de plaisir et ses yeux brillaient.

Le regard d'Angus s'attarda sur la bouche légèrement gonflée.

– Tu étais encore avec Chase, accusa-t-il.

La jeune fille concentrait toute son attention sur la courroie qu'elle était en train de défaire.

– Je ne suis plus une enfant, Pa, répondit-elle d'une voix inflexible.

Angus serra les mâchoires, en proie à une colère noire, mais elle n'était pas dirigée contre Maggie qu'il considérait comme une victime malheureuse, une femme vulnérable, incapable de savoir ce qu'elle voulait.

– Ne te fatigue pas à préparer le repas pour moi, je dois retourner en ville pour le moteur de la pompe, déclara-t-il.

Ce n'était pas tout à fait un mensonge. Angus allait bien à Blue Moon, mais pas à cause de la pompe.

Maggie avait perçu la fourberie.

– Pa, tu ne vas pas...

– Je retourne en ville, je t'ai dit! tonna Angus.

Il traversa le corral, poussé par une rage contenue, et

pénétra dans la cour encombrée de détritus. Au moment où Maggie déposait la selle et la couverture dans la grange, elle entendit claquer la portière. Le moteur poussif cracha avant de se mettre en marche. Lorsque la jeune fille ressortit, le véhicule rebondissait sur le chemin cahoteux. Il fallait encore faire manger Culley. Maggie se lava les mains dans l'évier avant de préparer le repas. Elle se regarda dans le miroir, se demanda comment son père avait deviné qu'elle avait rencontré Chase ce matin et fait l'amour avec lui.

Angus ne lâcha pas la pédale de l'accélérateur jusqu'à la ville. Là, le camion s'immobilisa dans un grand tintamarre, juste devant le café. Angus jaillit de la cabine, claqua la portière et fonça dans le bistrot. C'était l'heure du repas et la salle était remplie de clients. O'Rourke les regarda avec irritation puis alla s'asseoir sur un tabouret au bar. Le propriétaire au cou de taureau se tenait devant le gril, la spatule à la main.

– Qu'est-ce que tu veux, Angus?

Il tourna la tête vers son client, sans se déplacer.

– Un café.

Tucker fit sauter une paire de hamburgers avec sa spatule, puis se résolut à déplacer son énorme carcasse vers le percolateur. Il remplit une tasse en porcelaine blanche et l'apporta à O'Rourke.

– Rien d'autre?

Il s'arrêta pour essuyer ses grosses pattes à son tablier à bavette.

– Si.

– Patience, conseilla Tucker. D'ici une demi-heure la salle sera vide et nous pourrons causer.

Les petits yeux du bonhomme brillaient d'une lueur malicieuse. Il ajouta à voix basse :

– Mon associé.

Deux semaines plus tard, la pleine lune pointa derrière un nuage, éclairant deux cavaliers, dissimulés dans les hautes herbes du ranch Calder. Le cuir d'une selle craqua dans le silence. Angus regarda son fils dont la tête bougeait comme une girouette à force de surveiller les alentours. Angus avait l'estomac serré et la gorge sèche; bon sang, il aurait bien bu quelque chose. Il regarda devant lui, puisant du courage dans la haine qui le consumait.

– Les bestiaux que nous avons repérés devraient être sur cette butte, chuchota-t-il à Culley.

– Pa, qu'est-ce qui se passera si on se fait prendre?

– On se fera pas prendre. On a tout arrangé avec Tucker, il n'y aura qu'à guider le bétail, jusqu'à la route où attendra le semi-remorque.

Quelques secondes de silence s'écoulèrent avant que Culley interroge :

– Tu es... nerveux, Pa?

Cet adjectif convenait à la situation.

– Plutôt, mais j'imagine la tête de Calder quand il s'apercevra qu'il lui manque des bêtes. Le salaud sera furieux! C'est nous qui deviendrons riches et lui qui deviendra pauvre. Il va regretter le jour où son fils a touché ta sœur, il va rudement regretter.

– Pour sûr, murmura Culley dans une fervente approbation.

Chase ôta son Stetson, passa les doigts dans ses cheveux décoiffés puis remit son chapeau. Le soleil frappait verticalement la carrosserie du camion que ne protégeait point l'ombre des arbres. Le jeune homme scruta la colline en direction de la maison de Maggie. Elle avait presque une heure de retard. Les amoureux avaient l'habitude de se retrouver deux fois par semaine. Ce n'était pas une solution idéale de se rencontrer en plein jour pour un temps si court. Et même en admettant que le père de Maggie lui ait accordé la permission d'aller à ses rendez-vous, où Chase aurait-il fait l'amour avec une fille de quinze ans? Le seul lieu public était le bordel de Jake, et il n'aurait jamais pu l'y amener!

Ainsi, les jeunes gens se donnaient rendez-vous quand et où ils pouvaient. Le travail du ranch avait retenu Chase à une ou deux reprises, mais c'était la première fois que Maggie ne se montrait pas. Chase, dévoré d'impatience, avait les nerfs à vif. Après avoir attendu tant et plus, il abandonna son poste d'observation et se dirigea vers le camion. Au moment où il ouvrait la portière, lui parvinrent des bruits de sabots. Le jeune homme regarda de ce côté. Toute la tension qu'il portait en lui disparut lorsqu'il aperçut la cavalière. Elle avançait sur son bai au petit trot, zigzaguant entre les arbres. Une vague de plaisir inonda Chase et lorsque Maggie s'arrêta près d'un tronc, ce fut comme si venait enfin la brise d'été.

Elle retira les pieds des étriers et glissa à terre. Aux yeux affamés du jeune homme, Maggie apparaissait comme un paysage champêtre. Il avait un besoin d'elle incontrôlable. Pourtant il resta devant la portière et la laissa venir à lui.

– Désolée, je suis en retard. J'ai dû pratiquement tirer papa et Culley du lit, expliqua-t-elle dans un souffle. Tout va bien après tout, je n'étais pas sûre que tu m'attendes.

Maggie s'avança vers Chase et releva la tête pour scruter son visage tourmenté. Ce garçon l'attirait intensément, mais la lueur qui brillait dans ses yeux sombres lui prouvait qu'elle exerçait aussi un pouvoir sur lui.

– J'allais partir.

Chase était contrarié que la chevelure brune de Maggie soit dissimulée sous son chapeau.

– Tu sembles avoir douze ans avec tes cheveux relevés.

Chase se sentait coupable chaque fois qu'il se rappelait la jeunesse de son amie. Avec un petit rire, Maggie ôta son chapeau et libéra sa chevelure provocante. Elle défiait son amoureux du regard. A travers sa chemise entrouverte elle admira sans honte le torse musclé.

– Tu aimes ce que tu vois? demanda le jeune Calder en fermant à demi les paupières.

– Oui, le *peu* que je vois!

Cette réponse audacieuse le fit rire. Il plaisanta :

– Tu deviens bien coquine!

– Etant donné que tu es mon professeur, s'agit-il d'un compliment ou d'un blâme?

– D'un compliment.

Maggie saisit les rênes de son cheval; le jeune homme fronça les sourcils et fit mine de l'arrêter.

– Où penses-tu aller?

– Tu partais lorsque je suis arrivée. Je ne veux pas te gêner dans ton travail.

Les yeux verts de Maggie brillaient d'une fausse candeur. En fait elle jouissait de son pouvoir sur Chase.

– Petite menteuse, fit-il avec un sourire en enlevant les rênes des mains de son amie.

Il accrocha son chapeau à la selle. L'instant d'après le jeune homme caressait les épaules de Maggie, ses doigts suivaient la ligne des clavicules jusqu'à l'aisselle.

– Tu sais... maintenant que tu es ici... Au diable le boulot!

Maggie effleura du bout des doigts le ventre plat de son amoureux. Sous la caresse, les muscles se contractèrent. Elle le saisit aux épaules et l'embrassa. Le baiser du garçon était chaud; Maggie sentit un feu d'artifice à l'intérieur de son corps, c'était jour de fête! Des étoiles de toutes les couleurs jaillissaient en elle. Elle se serra contre le jeune homme, passa ses bras autour de son cou et se colla au corps viril jusqu'à ce qu'elle sente sa chair lui poser son empreinte de feu. Lorsque Chase lui mordilla le cou, Maggie ne put retenir un cri.

– Parfois (et sa voix rauque n'était plus qu'un murmure) je suis persuadée qu'il n'y a que le sexe qui t'intéresse.

Chase plaqua ses mains sur les petites fesses fermes et colla Maggie contre son ventre. Elle sentit le sexe dur.

– Tu me provoques délibérément, et ensuite c'est ma faute! déclara le cow-boy, plus amusé que fâché.

Maggie baissa la tête. Elle se demandait si le désir était une manifestation convenable chez une femme, mais à vrai dire elle n'éprouvait aucune honte. A nouveau, elle pressa ses lèvres sur la poitrine de Chase, en savourant la saveur salée et la douceur.

Alors il la souleva dans ses bras et la déposa sur un tapis d'herbe.

Une fois la passion consumée, vint le moment des confidences. Chase aimait la compagnie de Maggie autant que son corps. C'était une fille précise et intelligente, avec qui il pouvait parler. La responsabilité d'une maison et d'une famille l'avait mûrie avant l'âge. Malgré leur différence de milieu, les jeunes gens avaient été élevés « à la dure ». Lui, à cause des préceptes de son père, elle, à cause de la réalité. Ils ne se faisaient aucune illusion sur la vie : rien n'était gratuit, il fallait payer le prix de toute chose. Entre eux, chacun donnait librement à l'autre sans attendre de recevoir.

A regret, Chase déclara qu'il devait s'en aller. Il venait de passer plus d'une heure avec Maggie après le temps perdu à l'attendre. Il était en retard sur l'horaire. Il s'avança vers le cheval en train de brouter et une dernière fois prit Maggie dans ses bras pour l'embrasser. Un bruit de klaxon sépara les jeunes gens qui n'avaient pas encore eu leur compte de baisers. Chase se redressa et jeta un coup d'œil impatient par-dessus son épaule. Un camion appartenant au ranch approchait en cahotant sur le chemin rempli d'ornières; dedans, trois cow-boys riaient aux éclats.

Parmi eux, apparut à la fenêtre le visage hilare de Buck. Chase se retourna vers Maggie, les traits déformés par la contrariété.

– Il vaut mieux t'en aller, déclara-t-il, soucieux de la protéger contre d'éventuelles paillardises.

Puis il aida son amie à monter en selle et lui passa les rênes. Il attendit que le bai ait disparu derrière les arbres pour s'approcher du camion qui s'était garé à côté de sa camionnette. Buck sauta du siège et vint à la rencontre de son camarade.

– Au cas où tu aurais oublié, tu devais me prendre il y a une demi-heure pour aller au pâturage de « Crosstree », rappela Haskell avec une grimace. Clay et Jerry m'ont amené dans leur camion, craignant que tu aies eu une panne.

– Je n'ai pas oublié, se contenta de répondre Chase.

– Inutile de demander ce qui t'a retenu, lança Buck en suivant des yeux la cavalière qui grimpait la colline.

Son regard se posa ensuite sur le jean de Chase.

– Oh! Comment as-tu fait ces taches d'herbe aux genoux? La fille O'Rourke, pas vrai?

Chase rougit de colère et ses traits se durcirent encore. Pourtant il décida de ne pas relever la remarque. Buck se dirigea vers la camionnette après avoir salué les cow-boys.

– On y va, dit Chase.

Au lieu de passer par la portière, Buck grimpa par derrière pour s'installer à côté du chauffeur. Chase mit le contact.

– Maintenant, je comprends pourquoi tu as acheté ces préservatifs il y a quinze jours. Attention, ils sont vieux et ne doivent plus être très efficaces.

Le fils Haskell riait, son Stetson rejeté en arrière, le bras posé sur la vitre de la fenêtre ouverte. Il adorait se moquer, surtout lorsqu'il sentait la victime mordre à l'hameçon.

– Laisse tomber, gronda Chase en écrasant la pédale d'embrayage.

Il appuya ensuite sur l'accélérateur avec plus de modération.

Mais Buck continuait de se plaindre.

– On n'a jamais eu de secret l'un pour l'autre; on est presque frères. Tu sais, je n'empiéterai jamais sur ton territoire. Alors pourquoi n'as-tu jamais parlé de cette liaison avec la fille O'Rourke?

C'était vrai, ils avaient toujours ri et plaisanté ensemble sur les femmes.

– Peut-être pour éviter les remarques déplacées.

Chase avait une expression sévère, le regard fixé sur le chemin qui se dessinait dans l'herbe.

– Allons donc, grommela Buck, qu'as-tu fait de ton humour?

– Je le retrouverai lorsque tu seras un peu plus décent.

Le fils Haskell s'enfonça dans son siège, rabattit son chapeau sur le front et regarda par la fenêtre, un moment sans parler.

– Qu'est-ce que tu dirais si on allait s'enfiler quelques bières?

Buck n'avait pu s'empêcher de rompre le silence.

– C'est vendredi, je vais en ville. Pourquoi ne viens-tu pas avec moi?

– Non, merci.

– Viens, Chase, le pressa Buck. Tu n'as pas encore goûté aux nouvelles de chez Jake. Tu as besoin d'une folle nuit passée à baiser et à boire.

– Ça ne m'intéresse pas. (Chase réitérait son refus.) Les putes ne m'attirent pas maintenant que je connais le véritable plaisir. Quant à boire, ça ne me dit rien non plus.

– Alors j'irai tout seul, fit Buck en haussant les épaules.

Il attendit quelques secondes puis, jetant un coup d'œil sur son ami :

– Prête-moi vingt dollars.

– Vingt?

Chase lui décocha un regard excédé.

– Tu m'en as déjà emprunté trente, au total cinquante, ce mois-ci.

– Eh bien? Je te rendrai tout à la fois!

– C'est ça, pour me les réemprunter la semaine suivante.

– Bon sang! Tu peux te le permettre, rétorqua Buck, c'est toi l'héritier. Où est le drame? Tout ce que je demande, c'est vingt dollars à un gars supposé être mon meilleur ami!

Chase allongea la jambe et se souleva légèrement sur son siège pour atteindre la poche de son jean.

– Tiens.

Chase se radoucit en voyant la mine renfrognée de Buck. Leurs regards se croisèrent. Buck prit l'argent en ricanant et l'enfouit dans sa poche.

– Merci, Chase. Ça te changerait les idées de venir, on se payerait du bon temps, toi et moi.

– Je viendrai la prochaine fois, mentit Chase, un peu culpabilisé d'avoir laissé tomber son copain.

Nate More se roula une cigarette, il observait les cow-boys qui rassemblaient le bétail par petits groupes. Webb Calder se tenait à ses côtés, un bras appuyé sur la cabine du camion, l'air préoccupé.

– Combien en manque-t-il, selon toi?

– D'après les premières estimations, quarante ou cinquante bêtes.

More enferma tabac et papier dans sa poche, mit la cigarette à sa bouche et craqua une allumette sur son blue-jean.

– Tu as une idée sur les voleurs? A quel moment ont-ils opéré?

– Difficile à dire. Il y a plus de dix jours en tout cas.

La fumée fit loucher le contremaître.

– Les bandits ont dû se poster près de la clôture avec un semi-remorque et charger les bêtes. C'est comme ça qu'ils ont l'habitude de procéder.

Webb prit une profonde inspiration et quitta l'appui du camion.

– Bien.

C'était là une constatation plutôt sèche.

Nate s'écarta pour céder la place à son patron.

– Dès que tu le pourras, fais-moi savoir le nombre exact, ordonna Calder en saisissant la poignée de la portière.

– D'accord.

Webb quitta le pâturage et emprunta la route du ranch qui conduisait à « La Maison ». Au passage, il héla un garçon de ferme.

– Trouve-moi Virg Haskell, et dis-lui que je veux le voir chez moi.

Vingt minutes plus tard, arrivait un petit homme brun. Il entra dans le bureau sans frapper. En effet, personne ne se pliait à cette formalité, le maître étant toujours accessible à ceux qui travaillaient pour lui. Virgil Haskell ôta son chapeau.

– Bevins m'a dit que vous vouliez me voir?

– Exact.

Webb se pencha en arrière dans son fauteuil pour mieux regarder le bonhomme. Ruth avait choisi Virg pour époux, or, Ruth était la meilleure amie de la famille Calder. Pour Webb, personne ne serait trop bon avec Ruth car, bien que ne l'ayant jamais avoué, il était amoureux d'elle. Après la mort de Lil, Webb aurait épousé Ruth si elle avait été libre. Comme elle ne l'était pas, son amour s'était peu à peu transformé en amitié fraternelle. Une des règles de Calder était que la tête commande au cœur.

– On nous a volé du bétail, cinquante têtes environ, commença Calder.

Le vieil Haskell fronça les sourcils de surprise.

– Quand?

– Il y a dix jours, peut-être quinze. Ce sont toutes les précisions que je possède.

Webb, après un silence, reprit :

– Je voudrais te demander une chose; tu te débrouilles pour faire le compte de ce qui reste, en commençant par les bestiaux qui se trouvent dans les pâturages situés près des routes. Je veux que tu envoies deux hommes pour interroger les gens du voisinage, spécialement ceux du nord de la propriété. Quelqu'un aurait pu remarquer un semi-remorque, ou quelque chose d'extraordinaire. Fais-moi un rapport immédiat de tout ce que tu découvriras.

– Je vais mener l'enquête bon train.

Ayant remis son chapeau, Virg Haskell quitta le bureau, prêt à exécuter les ordres.

Ayant ainsi commencé sa propre enquête, Webb décrocha le téléphone et demanda le shérif. Il tenait à l'informer officiellement du vol de bétail.

5

Maggie regarda la pendule. Il était presque onze heures et demie. En se dépêchant, elle aurait le temps de finir le ménage avant de préparer le repas. Elle secoua les miettes de la nappe, au-dessus d'un journal qui se trouvait sur le bureau, et heurta par mégarde la chope à bière en faïence décorée; la poterie cogna contre le rebord du bureau et tomba, se brisant en trois morceaux.

– Zut!

Tout en ramassant les débris, la jeune fille maudissait sa maladresse. Une partie de l'anse était cassée et le couvercle ne tenait plus. Au moment où Maggie replaçait un éclat pour savoir si elle pourrait le coller, elle remarqua quelque chose, à l'intérieur. Prenant soin de ne pas se blesser, elle sortit un rouleau de papier sombre. Seulement, ce n'était pas un papier mais de l'argent. Maggie s'assit sur les talons, stupéfaite. De toute sa vie elle n'en avait vu autant. Elle tâta les billets verts et bruissants; ce n'étaient pas des faux. Elle commença à les compter avec des doigts fébriles, trop absorbée par sa découverte pour entendre les pas sur le porche. La porte claqua : son père et son frère venaient d'entrer dans la maison.

– Regardez ce que j'ai trouvé!

Maggie brandissait les billets en riant.

– Il y en a plus de cent!

– Où as-tu trouvé ça? demanda le père en colère.

Il s'avança pour lui retirer l'argent des mains.

– Dans la chope. Elle est tombée...

La jeune fille s'interrompit en remarquant que ni Angus ni Culley n'étaient surpris. Culley paraissait mal à l'aise, presque contrarié. Les yeux verts de la jeune fille avaient perdu tout à coup leur éclat, ses nerfs étaient horriblement tendus.

– D'où sort cet argent, Pa?

– Ça ne te regarde pas.

Evitant le regard de sa fille, il enfouit les billets dans sa poche.

Maggie se releva avec un pincement au creux de l'estomac.

– Je veux savoir comment tu as gagné tout cela?

Le père se tourna vers Culley, une lueur folle animait ses yeux sombres.

– Nous avons fait un peu de « clair de lune », dit-il sur un ton mystérieux.

Voyant son frère sourire, Maggie sut que les deux hommes partageaient une plaisanterie secrète. Cela ne fit que renforcer ses soupçons.

– Essaierais-tu de me raconter que vous avez gagné cette somme en travaillant pour quelqu'un?

Elle ne pouvait le croire.

– Qui? Quand? Vous êtes tout le temps à la maison.

– Travail de nuit, expliqua Culley en grimaçant un sourire à l'adresse de son père.

– Du travail de nuit? Qui consiste en quoi?

Le malaise de la jeune fille grandissait au fur et à mesure qu'elle regardait les deux hommes.

– Eh bien, fillette, essaie donc de deviner!

Angus affichait un regard suffisant.

Un froid glacial envahit Maggie. Elle était obligée d'admettre ce à quoi elle se refusait; les preuves étaient flagrantes : ce travail nocturne, l'argent, le vol du bétail Calder. On ne parlait que de cela depuis deux semaines.

– Avez-vous... y a-t-il quelque chose à voir avec les vaches volées?

Maggie s'était fait violence pour poser cette question, mais sa voix était accusatrice.

Le visage d'Angus exprimait la fatuité.

– Tu as devant toi le cerveau de l'affaire.

– Imbéciles! Pauvres fous! (Maggie explosait.) Vous croyez vous en tirer comme ça?

– On ne s'est pas fait prendre les trois dernières fois, et on ne se fera pas prendre les fois suivantes!

O'Rourke s'étira de satisfaction et bomba le torse.

– Trois? (Maggie fronça les sourcils.) J'ai seulement entendu parler de...

– Ouais, ricana le père, Calder n'a pas encore découvert la dernière. Voilà le problème : quand on possède trop, il faut du temps pour découvrir ce qui manque.

– On est deux exécrables moustiques, glissa Culley. On bourdonne autour de Calder et on le pique au moment où il ne s'y attend pas. Un coup d'aiguillon par-ci, un coup d'aiguillon par-là.

Le père et le fils se mirent à rire.

Maggie les regardait, glacée jusqu'aux os, bien qu'elle ne le montrât pas.

– Que va-t-il arriver lorsqu'il deviendra fou à force d'être piqué? Il se retournera contre vous.

La jeune fille secouait la tête, incrédule.

– Vous avez eu de la chance, c'est tout.

– De la chance, Bon Dieu! Dis plutôt qu'on est débrouillards. Avec Tucker, on a travaillé pour ne laisser aucune preuve, fanfaronnait Angus. Même le gars à qui on vend la viande ne sait pas qui on est. Impossible de retrouver nos traces.

– Pourquoi as-tu fait ça, Pa? A cause de Chase et parce que?...

– Calder a fait régner la terreur dans ce pays trop longtemps. Il s'imagine qu'il peut tout faire, et sans payer. Nous les petits, il nous écrase; il prend notre terre, notre eau, il contrôle tout le marché de la viande. Aujourd'hui, David se dresse contre Goliath.

– Il faut arrêter, insista Maggie toute vibrante d'une colère intérieure. Retirez-vous, Pa, vous avez de l'argent, plus que vous n'en avez jamais eu. Retirez-vous tant qu'il est temps.

– On ne va pas abandonner, on prend aux riches pour donner aux pauvres, Calder sera brisé.

– Si vous continuez à voler du bétail, je vais trouver Calder et je vous dénonce, les prévint Maggie.

– Tu n'iras pas. (Le père secouait la tête, peu touché par la menace.) Tu n'enverras pas ton père et ton frère en prison! Maintenant, tu es aveuglée par Chase, mais un jour viendra où tu sauras qui il est.

O'Rourke avait raison. Maggie proférait de vaines menaces, jamais elle ne révélerait au vieux Calder ou à son fils que son père et son frère étaient complices de Tucker dans le vol du bétail. Elle ne pouvait se retourner contre sa propre famille.

– Tu ferais mieux de mettre le couvert, conseilla Angus, satisfait d'avoir imposé le silence à sa fille par ses arguments.

Dans une sorte d'hébétement, Maggie prépara la nourriture et la servit à table. Elle picorait dans son assiette sans appétit, tout en écoutant les confidences que faisaient le père et le fils. Elle ne remettait pas en question sa loyauté à leur égard, mais comment pourrait-elle rencontrer Chase, avec ce qu'elle savait? En se taisant, ne se faisait-elle pas la complice du vol? Mais si elle cessait de revoir le jeune homme n'éveillerait-elle pas ses soupçons? Elle était prise entre deux feux et ne savait de quel côté se tourner.

La disparition des vaches avait donné un surcroît de travail au ranch des « Trois C », et Chase n'avait vu Maggie que quelques minutes au cours de la semaine. Juste le temps de lui expliquer pourquoi. Maggie espérait qu'il ne viendrait pas non plus le lendemain après-midi. D'ici là elle aurait le temps de se décider sur la façon de reprendre la situation en main.

Mais il l'attendait lorsqu'elle arriva le jour suivant. Le cheval du jeune homme broutait dans la prairie parsemée de fleurs sauvages, au lieu-dit « La butte brisée ». Le fils de Calder s'avança vers son amie en souriant de ses dents blanches. Maggie arrêta son bai et glissa de selle avant qu'il ne puisse l'aider.

– Je pensais que tu serais trop occupé pour te libérer aujourd'hui.

Maggie donnait au jeune homme la possibilité de se dérober sur-le-champ.

– Nous avons du travail, c'est vrai, mais pas tant que ça.

Il sortit une main de derrière son dos et tendit un bouquet de fleurs des champs.

– C'est pour toi, Maggie.

La jeune fille eut la gorge serrée en voyant les couleurs exubérantes dans la large main. Elle saisit les fleurs en hésitant et les porta à ses narines pour en respirer la senteur sauvage.

– Personne ne m'en a jamais offert.

Maggie plongea son regard dans les yeux bruns de Chase. Au plus profond d'elle-même, elle avait mal. Il esquissa un sourire timide.

– Si les copains m'avaient vu en train de cueillir des fleurs, je n'aurais pas fini d'en entendre!

Maggie imaginait parfaitement les quolibets devant un geste si romantique.

– Elles te plaisent? souffla-t-il en lui prenant le menton. Alors, tu me remercies?

Maggie était en proie à un violent besoin d'être enlacée, de sentir des baisers impétueux. Elle se précipita dans les bras de son amoureux et lâcha le bouquet pour lui entourer le cou. Elle demandait, cherchait, dévorée par la fièvre de l'amour, le corps embrasé, les reins tendus. Cependant, rien ne vint la délivrer de ce sentiment de duplicité qui la rongeait. Doucement, avec des larmes intérieures, elle détourna la tête et repoussa Chase.

– Les fleurs, j'ai laissé tomber les fleurs.

Elle se servait de ce prétexte pour mettre fin à une étreinte qui bouleversait ses sens et son cœur.

Chase la lâcha à regret, sentant bien que quelque chose n'allait pas. Il laissa retomber les bras, alerté par le comportement de son amie. Maggie en profita pour se baisser et ramasser les fleurs éparses. Lorsqu'elle se redressa, Chase la saisit doucement aux épaules.

– Tu m'as manqué, Maggie, murmura-t-il seulement, d'une voix rauque.

– Je sais.

La tête baissée de la jeune fille cachait son anxiété.

– Tu m'as manqué aussi.

Mais le ton était délibérément désinvolte. L'instant d'après elle s'éloignait.

– Merci pour le bouquet, il était joli.

Une ride se creusa entre les sourcils du jeune homme, tandis qu'il regardait son amie s'approcher d'un rocher et s'assit. Il la suivit et s'arrêta, la dominant de toute sa taille.

– Qu'est-ce qui te tracasse, Maggie?

– Rien, fit-elle sur un ton sans réplique. (Puis,

levant sur lui des yeux songeurs :) Tu veux faire l'amour?

Chase ne s'attendait pas à une telle franchise, bien qu'il fût habitué à ce genre de déclarations. Il devina pourtant que Maggie ne souhaitait pas le sexe.

– Oui, j'ai envie de te faire l'amour, déclara-t-il en s'asseyant par terre à côté de son amie, mais je ne ferai rien que tu ne désires.

Il appuya son dos contre le rocher et passa un bras autour des épaules de Maggie.

– Viens, dit-il en la prenant contre lui.

– Non, je n'ai pas envie, je crois.

– Je sais. (Chase avait deviné.) Je ne cherche pas à te faire changer d'idée, je veux seulement te tenir. D'accord?

Maggie laissa le garçon s'allonger et posa sa tête sur sa poitrine. Il enleva son chapeau de façon que sa compagne puisse s'appuyer sur son épaule, ses longs cheveux sombres étalés, et il n'essaya pas de relancer la conversation. Simplement, il tenait Maggie dans ses bras. Le soleil était chaud, une brise légère faisait bruire l'herbe. Peu à peu Chase sentait le corps de la jeune fille se relâcher contre lui, comme une corde qui se détend. Un plaisir calme s'était emparé des jeunes amants.

Chase n'avait aucune idée du temps passé; cinq minutes ou un quart d'heure en tout cas. Il commençait à avoir des crampes dans les muscles et, s'il ne bougeait pas, il allait être tout engourdi. Il se souleva légèrement, rentrant le menton dans le cou pour mieux regarder Maggie. Elle avait les yeux clos, bordés de longs cils.

– Tu dors? chuchota-t-il.

– No...n, je réfléchissais.

– A quoi?

Chase écarta de sa joue une mèche sombre. Maggie eut un sourire un peu triste.

– Je ne sais pas si tu comprendrais.

– Essaie toujours.

– Je pensais...

Elle souleva lentement les paupières et se déplaça de façon à regarder le ciel en face.

– ... que je ne resterai pas tout le temps à cuisiner, nettoyer et repriser les vêtements usés de mon père et de mon frère. Dès que j'ai terminé l'école je quitte le ranch, je me cherche un travail quelque part, un endroit bien à moi, et des habits neufs. Les gens en me voyant ne feront pas marcher leurs langues : pauvre petite, elle n'a rien à se mettre sur le dos.

Maggie imitait les paroles médisantes sur un ton âpre.

– Je veux devenir quelqu'un, mes mains ne seront pas calleuses mais douces comme celles d'une dame.

La jeune fille s'interrompit pour regarder ses paumes.

– Tout cela doit te paraître stupide.

– Pas du tout.

Chase respirait l'odeur de ses cheveux fraîchement lavés.

– Tous les gens font des rêves d'avenir.

Lui n'en avait pas besoin : son avenir était tracé depuis le jour de sa naissance – l'empire Calder – aucun homme ne pouvait rêver plus grand.

– Ils les réalisent rarement, quoique... tu épouseras sans doute un cow-boy qui te fera trois enfants avant même que tu aies vingt ans.

Ses propres paroles lacérèrent le jeune homme comme une lame. Il ne supportait pas la vision de Maggie dans les bras d'un autre, avec l'enfant d'un autre. Cette violente jalousie le prit au dépourvu. La réaction de Maggie le sortit de ses pensées; elle avait bondi sur ses pieds, ses yeux verts lançaient des éclairs.

– Je ne veux pas!

Cette tempête soudaine fit se relever Chase.

– Je n'épouserai jamais un cow-boy minable! Je ne veux pas être comme ma mère, vivre de vagues promesses! Je ne veux pas, tu m'entends?

Les poings de la jeune fille labouraient la poitrine de Chase pour donner plus de poids à ses mots.

– Je veux devenir quelqu'un, personne ne m'en empêchera.

– Hé, je te crois!

Chase lui saisit les mains, étonné par tant de véhémence; au fond de lui, il éprouvait de l'admiration et du respect.

– Je te crois, Maggie, répéta-t-il avec conviction.

La colère de la jeune fille s'évanouit, mais pas sa détermination.

– Je ne suis pas comme mon père, Chase, pas du tout. Je ne suis pas non plus comme ma mère, faible et passive.

– Tu n'es comme personne, j'en suis convaincu, avoua le jeune homme en glissant ses mains sous les longs cheveux.

Il pencha la tête pour embrasser son amie, tandis que sa main se posait sur un sein. Poussé par une progression « naturelle » des événements, le couple se retrouva par terre. Ils se débarrassèrent bientôt de leurs vêtements et se touchèrent, se caressèrent dans une étreinte passionnée qui effaça toutes les ombres qui planaient entre eux.

Ce fut plus difficile ensuite pour Chase de quitter Maggie, il ne pouvait pas dire pourquoi. Il insista pour l'accompagner une partie du chemin, jusqu'à une intersection qui rejoignait la route principale.

– Et si on te réclame? interrogea-t-elle en coupant à travers l'herbe pour rejoindre son amoureux.

– Buck me couvrira. Nous devions déplacer le troupeau à la « Butte brisée ».

– Pourquoi?

Cette explication excitait la curiosité de la jeune fille

car, à cette période de l'année, les bêtes étaient déjà établies dans les pâturages.

– Pour les éloigner de la grand-route. Là c'est très facile pour les voleurs de les attraper.

– Ah! bon, fit Maggie en fixant un point devant elle.

Elle venait par hasard de découvrir une information importante. Elle se mordit la lèvre et demanda, la bouche sèche :

– As-tu une idée sur les voleurs de bétail?

– Non, autrement nous les aurions pincés. Désormais, pour eux la capture sera moins aisée, ajouta Chase avec confiance.

– Parce que vous allez déplacer les bêtes, conclut Maggie.

Une certaine culpabilité la poussait à innocenter les O'Rourke, malgré elle.

– Je devrais peut-être prévenir Pa, pour qu'il bouge ses vaches, au cas où les bandits s'en prendraient à nous.

– Excellente idée, approuva le fils Calder. Avec des voleurs dans les parages, il vaut mieux prendre ses précautions.

– Tu as raison, reconnut Maggie, espérant que Chase n'avait pas remarqué que sa voix tremblait.

Presque toutes les fleurs se fanèrent durant le long parcours qui menait à la maison. Maggie mit celles qui étaient restées fraîches dans un vase et le plaça sur la table. Dès qu'il se fut assis pour le repas du soir, le père les remarqua. Il regarda sa fille d'un air soupçonneux.

– En quel honneur?

– En l'honneur de rien du tout, répondit Maggie d'une voix aussi froide que calme.

Elle n'allait pas avouer que c'étaient les premières fleurs qu'un homme lui offrait, et qu'en plus elles venaient de Chase. Le père devina.

– Tu as été avec *lui,* aujourd'hui?

Maggie ne comprenait pas comment Angus O'Rourke savait; et cela, chaque fois qu'elle avait rencontré le jeune homme. Etait-elle à ce point transformée?

– Oui.

– Qu'est-ce que tu lui as dit? demanda Angus en faisant passer la viande à Culley.

Il grimaça de satisfaction.

– Il a parlé du bétail volé?

– Il ne sait pas qui c'est, reconnut la jeune fille en se servant de pommes de terre.

Angus éclata d'un rire triomphant.

– Je te l'avais bien dit!

– Pa, ce ne sera plus aussi facile pour vous désormais, ils vont déplacer les bêtes.

– Où?

– Je ne sais pas. Chase a mentionné seulement la Butte brisée. Ils vont éloigner le troupeau de la grand-route.

Angus se contenta de faire une grimace complice à son fils.

Maggie regarda les deux hommes.

– Vous êtes fous, tous les deux! Je me moque éperdument que vous vous fassiez prendre.

En vérité Maggie ne se moquait de rien du tout, il était question de sa famille et les liens du sang ne se rompent pas parce qu'on fait le bien ou le mal.

Douze hommes se trouvaient rassemblés autour de l'énorme bureau de Webb Calder, dans le fumoir. Celui-ci se tenait devant la grande carte du domaine fixée au mur. Chase, une fesse posée sur le bord du bureau, pencha la tête pour allumer un cigare.

– A partir de cette nuit, déclara Webb, nous allons patrouiller sur toutes les routes du ranch. Je dis bien toutes; les grandes, les petites, les chemins. Le domaine sera divisé en huit secteurs que nous couvrirons complètement. Je veux que les véhicules roulent en permanence. Pas question de s'arrêter pour un petit somme, sauf pour faire le plein. Compris?

Il y eut des mouvements de têtes approbateurs, silencieux. Cependant, quelqu'un demanda :

– Qu'est-ce qui se passe si on aperçoit quelqu'un? Qu'est-ce qu'on fait?

– Bon sang! Tout, sauf lui sauter au cou, en tout cas, déclara Calder avec une mimique qui déclencha des rires à la ronde.

– Je voulais dire, précisa le cow-boy, comment prévenir les autres?

– Malheureusement nous ne sommes pas encore équipés de radios, reconnut Calder. Si vous avez des soupçons, tirez en l'air, les autres accourront aussitôt.

Une autre voix interrogea :

– Et en attendant?

– En attendant... vous avez vos fusils, jeta Webb en embrassant du regard les hommes placés en demicercle.

– Vous voulez dire qu'on pourrait s'en servir?

– Si vous avez du cœur au ventre, rétorqua Webb en reprenant avec dureté le cow-boy qui l'avait interrogé. D'autres questions? fit-il en s'adressant à tous cette fois.

Les hommes échangèrent des regards en silence. Chase étudiait leurs visages : tous sérieux, mais une flamme singulière éclairait leurs yeux. Un événement allait les sortir de la routine. Déjà l'excitation du danger bouillonnait à l'intérieur de ces cow-boys au sang chaud.

– C'est bon. Ceux qui sont affectés à une patrouille, en route! Les autres, vous restez ici avec Nate, Virg et nous, ajouta Calder en désignant son fils et lui.

D'un bref signe de tête « Le Patron » renvoya ses gars qui quittèrent la pièce en commentant la situation.

Il n'y avait pas la moindre désapprobation dans leurs voix.

– Ce sera facile comme bonjour.

Le père insistait pendant que Maggie continuait à le fixer, incrédule. Elle n'arrivait pas à croire ce qu'il lui demandait.

– On chargera les chevaux dans le fourgon et on partira d'un côté pendant que le semi-remorque ira de l'autre avec les bestiaux.

– Ne t'attends pas à ce que je sois d'accord, réprouva Maggie. Tu sais ce que je pense.

Angus lui rappela :

– La Butte brisée est un endroit pas commode. Les bêtes se disperseront en bas de la colline si on n'a pas un troisième cavalier pour nous aider. Si tu viens avec nous, on fera vite. Si tu ne viens pas, ça risque de durer trop longtemps, avec Culley seul.

– Alors n'y allez pas, discutait Maggie, ou bien dites à Tucker de vous accompagner.

– Il n'est pas libre. Si tu ne viens pas, eh bien, on courra la chance sans toi.

Maggie lut une détermination farouche sur le visage de son père et de Culley. Elle se détourna, au comble de l'embarras.

– Ce n'est vraiment rien à faire. (Culley avait pris la relève.) Tu n'auras qu'à regrouper le bétail et le pousser dans le camion. La première fois que je l'ai fait, j'étais un peu nerveux, mais c'est facile, Maggie, honnêtement.

Maggie aurait voulu se moquer, mais elle en fut incapable.

– Quand? fit-elle avec un regard vers son père.

– Cette nuit, répondit-il.

Elle sursauta : il ne lui donnait pas la possibilité de réfléchir.

– On partira vers deux heures, ça nous laisse du temps pour dormir.

– Ce n'est pas bien, Pa. (Maggie était très en colère.) Tu as attendu jusqu'à la dernière minute pour me demander de t'accompagner.

– Tu es comme toutes les femmes. Si je t'en avais parlé plus tôt, tu te serais rongée.

– Je ne viendrai pas! Rien ne pourra me faire changer d'avis! Jamais!

Maggie quitta la cuisine, refusant de se laisser entraîner à faire quelque chose qu'elle réprouvait. La jeune fille était ulcérée, parce qu'elle avait peur, peur pour son frère, peur pour Chase. Elle ne partageait pas la haine des O'Rourke pour les Calder, mais cela n'atténuait pas les craintes qu'elle avait pour sa propre famille. Maggie se précipita dans sa chambre.

On frappa à la porte. Elle se retourna, devinant que c'était Culley. Le père ne tentait jamais rien pour la calmer, surtout lorsqu'elle s'était rebellée contre son autorité.

– Entre!

L'autorisation était rude et sans complaisance.

– C'est moi, Culley.

Le jeune homme pénétra dans la pièce au plafond bas, juste assez grande pour un lit et une armoire. Il s'approcha en hésitant.

– Ne sois pas bouleversée pour cette nuit, Maggie. Tu n'as pas à t'alarmer, rien ne peut nous arriver.

– Je suis fâchée, folle, je suis bouleversée. Je meurs de peur! Ce que vous faites est stupide, vous vous ferez prendre.

– Non, on ne s'est pas fait prendre avant, on peut recommencer, promit le garçon.

– Oh, Culley!

Il avait tenté de rassurer sa sœur mais ce n'était pas ce genre de certitude dont elle avait besoin. Maggie se tourna vers son frère:

– C'est de la folie, tu le sais.

– Tu penses cela parce que Chase Calder t'a tourné

la tête. Tu ne te rends pas compte, nous ne faisons que faire aux Calder ce qu'ils méritent.

Maggie ne pouvait accepter cette condamnation impitoyable.

– Tu ne connais pas Chase; il me traite avec gentillesse, Culley, il me cueille des fleurs; parfois nous nous contentons de parler, avec lui je me sens bonne. (Elle essayait de se faire comprendre.) Je me sens différente.

– Il ne sortira rien de bon de tout ça, Maggie, tu ne vois donc pas? Il se sert de toi, maintenant il est gentil bien sûr, mais après? Que se passera-t-il si tu tombes enceinte?

– Il fait attention, avoua la jeune fille en détournant son regard.

– Et si ça n'est pas suffisant, qui souffrira du déshonneur? Regarde, t'a-t-il déjà emmenée quelque part? T'a-t-il donné des rendez-vous officiels? Non. (Culley faisait les demandes et les réponses.) Parce qu'il ne veut pas être vu en ta compagnie. Il s'arrange pour te rencontrer, il prend son plaisir puis te renvoie chez toi.

Avant même qu'elle ait compris ce qu'elle faisait, Maggie gifla Culley avec une telle force que sa tête pivota comme une girouette. Elle fixait avec désarroi sa joue sur laquelle les marques blanches tournaient au rouge.

Elle se mordit la lèvre, incapable de faire des excuses. Culley les fit à sa place :

– Je regrette, je ne voulais pas te perturber. Il vaut mieux aller nous coucher.

Lorsque la porte se referma, Maggie avait les yeux pleins de larmes. Elle se déshabilla avec des gestes rageurs. Elle n'aurait pas de repos avant le retour de son père et de son frère.

Il faisait nuit noire. Par endroits l'obscurité moins intense permettait de distinguer des formes vagues;

dans le ciel, les étoiles se cachaient derrière les nuages. Culley n'aurait su dire si la lune était là. Ses sens aiguisés comme des couteaux amplifiaient le bruit sourd des sabots des chevaux et celui du bétail, pareil à un grondement de tambour. Le jeune cow-boy tentait de distinguer l'ombre de son père qui se découpait sur le paysage nocturne. A quelque distance des O'Rourke, le moteur diesel d'un semi-remorque tournait au ralenti, attendant son chargement de bétail. Culley l'avait entendu arriver quelques minutes plus tôt : un ronronnement dans la nuit paisible. Il avait l'impression de se trouver sur ce pâturage depuis toujours, tout en ayant conscience que l'écoulement interminable du temps était une illusion provoquée par sa nervosité. Aussitôt arrivés, le père et le fils avaient pris les bêtes en éventail et les avaient rabattues au milieu du pré.

La culpabilité nouait l'estomac de Culley. Ses yeux revenaient sans cesse à la sombre forme rectangulaire du semi-remorque de Tucker qui se découpait sur la ligne plus claire de la route. Soudain l'angoisse le submergea : il lui tardait que cette expédition fût achevée. Il relâcha un instant son attention et le cheval, sentant son cavalier s'abandonner, trébucha. Culley alla heurter le bord de la selle avec sa tête et ne put se redresser avant que l'animal ait retrouvé son équilibre.

Deux lumières jaillirent dans sa vision périphérique. Un signal d'alarme résonna dans sa tête, tandis qu'il cherchait à les identifier.

– Pa! une camionnette en bas sur la route. Les Calder s'amènent!

Le garçon avait froid dans le dos mais sa voix résonna forte et claire. Ce n'était pas le moment de s'abandonner à la panique, il fallait réagir. A son avertissement répondit un coup de sifflet provenant de l'endroit où était le père.

Le bétail se mit à courir et le cheval de Culley le rejoignit en quelques enjambées.

Les O'Rourke se trouvaient à quelques centaines de mètres du camion lorsqu'ils s'aperçurent que le vol de bétail risquait d'échouer. Il fallait renoncer au plan initial. Déjà la terre vibrait du trépignement des sabots, l'air résonnait du beuglement des bestiaux affolés. Au-dessus le ciel s'illumina et Culley aperçut à la lumière des phares la remorque ouverte. Au même instant des coups de feu assourdissants lui déchirèrent le tympan. Culley fouetta son cheval du bout des rênes; il agissait inconsciemment, obéissant à son seul instinct.

– Il faut sortir le fourgon d'ici! cria Angus à Tucker qui attendait dans le semi-remorque.

Culley comprit qu'ils n'avaient pas le temps de charger les chevaux s'ils espéraient s'en tirer. Il entrevit l'énorme masse du véhicule de Tucker qui se dirigeait vers le fourgon. Des éclairs rouges accompagnaient chaque coup de feu échangé entre le camion des O'Rourke et la camionnette des Calder. Une partie du bétail se détourna du fourgon, l'autre s'y engouffra dans un bruit de tonnerre. Après avoir chargé les bovins, Culley monta à son tour et se plaça devant l'entrée, à cheval, pour en interdire l'accès. Il continuait à percevoir des bruits de balles, mais toute son attention était braquée sur sa monture qui ruait et se cabrait. Quelque part dans le fourgon, Culley entendit jurer son père :

– Couvre-moi!

Le regard de Culley tomba sur le métal brillant d'une carabine que lui tendait l'inconnu à la lumière des phares. Il arma le fusil. L'homme abandonna la protection du fourgon et se mit à courir pour ouvrir la barrière tandis que Culley calait la crosse de son arme entre les lames de bois et visait un phare de la camionnette ennemie.

Sous la déflagration, son cheval se cabra. Le jeune

homme se cramponna à sa selle pour ne pas tomber. Près de lui, un morceau de bois vola en éclats. Une autre balle, et quelque chose s'effondra lourdement dans le fourgon. La terreur paralysait le fils O'Rourke : son père avait été abattu.

– Pa?

– Tout va bien.

La voix d'Angus ne gardait qu'un faible écho de sa confiance initiale.

Le semi-remorque de Tucker s'ébranla et prit de la vitesse. Culley s'abîmait les yeux à scruter la nuit; ils n'étaient pas poursuivis! Pendant un moment, il avait bien cru que Maggie avait raison et qu'ils se feraient prendre.

– On a eu les Calder! jubilait Angus, ils ont cru nous prendre par surprise avec leur patrouille mais on a été plus malins!

– Ou...ais, répondit Culley, hésitant. (Puis avec l'assurance que donne la victoire :) Oui, pour sûr!

A l'intersection de la grand-route, Tucker arrêta son semi-remorque et descendit de la cabine. Le camion s'immobilisa à son tour.

– Ça va, là derrière? demanda le cafetier en s'avançant vers ses complices.

– Parfait, répondit O'Rourke.

Culley était encore trop tremblant pour parler. Il vint aider son père à charger leurs chevaux dans leur camion. Le semi-remorque partit immédiatement, car il avait une nuit de route avant d'arriver à destination avec son chargement d'animaux volés. Les O'Rourke s'en allèrent de leur côté, leur tâche terminée, pour rentrer chez eux.

A la fin, Maggie renonça à dormir. Elle quitta son lit, se rhabilla et se rendit dans la cuisine pour se préparer un peu de café, bien qu'elle n'eût pas besoin d'excitant pour se tenir éveillée.

La cafetière était à moitié vide lorsqu'elle entendit le

grondement du moteur dans la cour. La jeune fille poussa un soupir de soulagement; ils étaient sains et saufs. Elle ouvrit la porte, et sortit dans le corral. Tout d'abord, elle ne vit pas son père à cause de l'obscurité, mais elle aperçut Culley en train de faire sortir les chevaux du fourgon.

– Tout va bien? interrogea-t-elle.

– Non, grâce à toi! gronda le père.

Il contourna le camion en tirant un cheval par les rênes.

– Pourquoi n'as-tu pas dit que Calder avait mis des patrouilles?

Maggie protesta violemment :

– Je n'étais pas au courant. Chase n'y a pas fait allusion, sinon je vous aurais persuadés de ne pas y aller. Que s'est-il passé?

– Bon sang! Ils ont failli nous prendre, jura Angus, voilà ce qui s'est passé.

– Vous ont-ils vus? Vous ont-ils reconnus?

Les questions de Maggie fusaient comme des balles. Elle emboîta le pas à son père et son frère qui allaient desseller les chevaux.

– Non, ils n'étaient pas assez près pour bien voir, ni même pour tirer, répondit encore le père.

– Tirer? Y a-t-il eu des blessés?

Tout de suite Maggie songea à Chase.

– Non, il n'y a pas eu la moindre égratignure, se vanta Angus. Ils ont essayé de nous surprendre; mais ils n'ont pas réussi, on est partis, et avec le bétail! Maggie, s'il nous était arrivé quelque chose cette nuit, tu aurais été responsable. Il aurait fallu un troisième cavalier.

O'Rourke venait de trouver une justification à son semi-échec et accusait sa fille. Maggie, de son côté, essayait de ne pas se sentir coupable; l'attitude de son père n'était qu'une tentative pour expliquer sa déconfiture.

Dans le corral, Angus passa les rênes à Maggie.

– Desselle le cheval, ordonna-t-il, je vais décrocher le fourgon.

Elle ne discuta pas et, pendant qu'il s'éloignait, se tourna vers Culley qui avait gardé le silence jusqu'ici.

– Vous avez eu de la chance, cette nuit, lui rappela-t-elle. La prochaine fois on vous reconnaîtra.

Culley se contenta de hausser les épaules et posa la selle par terre.

Une fois que les chevaux eurent regagné le corral, le frère et la sœur transportèrent les harnachements dans la grange. Maggie était en train de suspendre la selle de son père à une poutre quand elle s'aperçut que Culley observait attentivement la sienne.

– Quelque chose ne va pas? demanda-t-elle en s'approchant pour regarder.

– Il manque la cocarde.

Culley désigna un trou dans le cuir :

– J'ai dû l'arracher contre la clôture. Et si on la trouve, Maggie?

– J'irai la chercher avant.

Le lendemain matin, la route de la Butte brisée regorgeait de monde et de véhicules appartenant tous au ranch des « Trois C », à l'exception de la voiture du shérif. Non loin de la clôture, des cow-boys évaluaient les pertes. Le shérif Potter, homme extrêmement pressé, revêtu d'un uniforme impeccable, s'entretenait avec Slim Bevins, le gars qui avait surpris les voleurs de bétail. Non loin d'eux se tenaient trois hommes à la mine renfrognée : Webb Calder, Nate More et Virg Haskell.

– On a failli les avoir, grogna Virg. Si Slim avait pu les retenir quinze minutes de plus, notre plan aurait réussi.

– « Failli » ne veut rien dire, Virg, protesta Webb.

– Quels qu'ils soient, observa Nate, ces bandits

connaissent la contrée : la route ne figure sur aucune carte.

– Ils sont rusés, remarqua Virg.

Calder jeta un regard songeur au vieux cow-boy.

– Tu as raison, il fallait savoir que la route était abandonnée. Nous avons probablement affaire à une bande locale. La question est : laquelle?

La discussion fut interrompue par le shérif.

– J'ai parlé avec vos gars, Calder, déclara-t-il en venant se placer au centre du cercle formé par les trois hommes. L'enquête piétine, le sol est labouré d'empreintes de sabots et de pneus, impossible de rien en tirer. De même, les balles tirées sur la camionnette; calibre trente, tous les hommes du Montana possèdent une carabine. Je crois qu'en surprenant les voleurs, vous avez dû les effrayer. Ils ne sont pas prêts de revenir.

– J'espère que vous dites vrai, Potter. Merci de vous être dérangé personnellement.

Webb serra la main molle du shérif.

– C'est mon boulot, Calder.

Le bonhomme haussa les épaules et trottina vers sa voiture.

Slim Bevins s'adressa alors à Webb :

– Désolé de ne pouvoir t'aider davantage, s'excusa-t-il. Tout s'est passé si vite que je n'ai vu rien ni personne. Les cavaliers se couchaient presque sur leur selle, impossible de dire s'ils étaient grands ou petits, gros ou maigres. Tout ce dont je suis sûr, c'est qu'il y en avait deux, plus le conducteur du camion et un autre grand type. Quant au fourgon, c'était une remorque à bestiaux tout ce qu'il y a de plus ordinaire. Et puis les balles volaient dans les airs, on se serait cru au beau milieu d'un « western »!

– Etant donné les circonstances, Slim, tu as agi pour le mieux. Il ne faut pas demander à un homme plus qu'il ne peut.

Malgré ses paroles rassurantes, Webb se sentait affreusement frustré par le manque d'informations.

– Tu es certain de n'avoir rien remarqué, Slim? (Virg Haskell insistait pour la énième fois auprès du cow-boy :) Les types n'ont pas prononcé de nom?

Slim se mordilla l'intérieur de la bouche, pas très sûr de lui.

– Il me semble avoir reconnu une voix familière.

– Tu veux dire que tu l'avais entendue auparavant? demanda Webb en plissant les paupières.

– Hé bien... on aurait dit... Angus O'Rourke, reconnut finalement Slim.

– Tu en es sûr? interrogea Webb d'une voix coupante.

Le cow-boy poussa un soupir.

– Pas tout à fait, c'est pour ça que je n'en ai pas parlé plus tôt. Bon sang, ça pourrait être la voix de n'importe qui!

Sur cette déclaration plutôt négative, Webb se tourna vers l'homme qui se trouvait à sa droite :

– Ramenez Slim à la maison pour qu'il dorme; Virg, préviens Ruth que je ne rentrerai pas déjeuner avant une heure.

– Je le lui dirai, fit Virg avec un signe de la tête.

Il se dirigea vers un camion garé tout près.

– Il me semble que tu ferais bien de dormir, toi aussi.

Nate jeta un œil critique sur le visage fatigué de Webb.

– Au cas où tu l'aurais oublié, toi aussi tu as eu une nuit blanche.

– Il m'est déjà arrivé de ne pas dormir, rétorqua Calder.

– Ouais, mais tu n'avais pas encore cinquante ans, remarqua More.

– Quelle importance, Nate? Tu es resté debout toi aussi, et tu n'es pas loin non plus du demi-siècle!

Nate se contenta de sourire et regarda le bétail. Chase et Buck se dirigeaient vers la clôture pour échanger leurs chevaux contre des nouveaux. Webb s'approcha des jeunes gens :

– Combien en manque-t-il?

– Le troupeau n'a pas eu le temps de beaucoup se disperser, répondit Chase qui était déjà descendu de cheval. (Il desserra la sangle de sa selle et ajouta :) D'ici midi nous aurons fini le compte.

– Il reste du café dans le thermos? demanda Buck en accrochant ses rênes à un poteau de la clôture.

– Il doit y en avoir une demi-tasse, dans la cabine, dit Nate en désignant par-dessus l'épaule le camion garé derrière.

Buck s'apprêtait à ouvrir la grille de la clôture lorsqu'un objet dans l'herbe attira son attention. Il se baissa pour le ramasser.

– C'est tombé de ta selle, Chase?

Chase jeta un coup d'œil sur la cocarde : il n'avait même pas besoin de vérifier.

– Ça n'est pas à moi, la mienne a des cercles.

– C'est peut-être tombé de la selle d'un des bandits? suggéra Webb en s'approchant.

– Laisse-moi voir.

En entendant cette déclaration, Nate et Chase s'avancèrent à leur tour. Il s'agissait d'une pièce sans grande importance mais qui pouvait, le cas échéant, constituer une preuve. Nate, le premier, entendit un cheval trotter sur la route. Il leva la tête, juste comme le cavalier surgissait.

– On vient, dit-il aux autres qui se tournèrent aussitôt.

Dès que Chase eut reconnu la silhouette mince et déliée, sa fatigue s'évanouit. Maggie guida son cheval vers l'endroit où se tenaient les gens et les véhicules. L'animal fit quelques pas de côté, comme s'il dansait, avant de s'approcher au petit trot. La jeune fille était coiffée avec une seule grosse tresse qui lui retombait sur l'épaule. Lorsqu'elle s'arrêta près de la barrière, elle avait une expression tendue, et on aurait dit qu'elle atténuait volontairement l'éclat de ses yeux verts.

– Bonjour!

Elle avait lancé un salut conventionnel avant de sauter de selle d'un seul mouvement harmonieux.

– J'ai entendu dire qu'il y avait eu de l'agitation ici hier soir.

– Où as-tu entendu cela?

La question émanait de Webb Calder. Chase trouva le ton inutilement dur. Heureusement, Maggie se contenta de sourire. Seuls, ses yeux brillèrent un peu plus.

– Tout ce qui se passe chez les Calder circule comme une traînée de poudre, répondit-elle crânement.

Elle aperçut alors la cocarde de cuir avec ses deux raies.

– Hé! c'est à moi! Où l'avez-vous trouvée?

La jeune fille avait enlevé la rosette des mains de Webb avant qu'il ait eu le temps de réagir. Ce fut lui qui répondit :

– Buck l'a trouvée dans l'herbe, près de la clôture.

– Je me suis aperçue qu'elle manquait l'autre jour, mais je n'avais aucune idée de l'endroit où je l'avais perdue.

La bouche de Maggie se détendit en un radieux sourire.

– Nous pensions qu'elle appartenait à un voleur, déclara Webb Calder en la fixant attentivement.

Maggie eut un rire forcé.

– Je vous assure que cette rosette appartient à ma selle et qu'hier soir j'étais au lit à neuf heures et demie.

Webb parcourut les alentours du regard avant de s'adresser à la fille O'Rourke sur un ton sévère :

– Qu'étais-tu venue faire ici?

Chase allait intervenir mais il se tut en voyant la hardiesse avec laquelle son amie défiait son père. Il avait déjà eu droit lui aussi à ces mêmes regards effrontés.

– J'allais rejoindre votre fils, répondit Maggie d'une voix forte et claire.

Buck se racla la gorge. Ses yeux bleus pétillants de malice révélaient qu'il trouvait la situation plutôt amusante.

– Et l'as-tu trouvé? poursuivit Calder.

– Oui, elle m'a trouvé.

Cette fois Chase avait répondu à la place de la jeune fille. Il souhaitait lui venir en aide, mais le regard qu'elle lui lança n'avait rien d'un remerciement.

– Oui, je l'ai rejoint, confirma Maggie avec arrogance, et je n'aime pas que les gens insinuent que je mens, monsieur Calder.

Sur cette réponse sarcastique, Maggie O'Rourke s'éloigna et remonta à cheval.

Chase fit un mouvement pour l'empêcher de partir, mais son père le retint en posant la main sur son bras. Maggie fit décrire un cercle à sa monture. Chase essaya encore de se dérober à la poigne paternelle, mais celui-ci resserra son étreinte.

– Laisse-la s'en aller, mon fils, nous avons du travail.

L'incident fit réfléchir Webb. Il voulait bien reconnaître que la fille O'Rourke ne faisait pas partie des voleurs, mais il était fort possible qu'elle couvrît l'un d'entre eux.

6

Au magasin de nouveautés de Blue Moon, on vendait surtout des vêtements de travail, fabriqués plus pour durer que pour suivre la mode. Dans la partie Dames de la boutique, un coin était réservé aux robes habillées. Lorsque Maggie avait du temps libre, elle admirait les toilettes suspendues à des cintres. Pour la jeune fille, c'était beaucoup mieux que de consulter un catalogue, car elle pouvait toucher les tissus et les mettre devant elle en se regardant devant la glace.

Cet après-midi-là, comme le père et le fils O'Rourke buvaient une bière chez Jake, Maggie était libre. Elle entra donc dans le magasin, et se dirigea immédiatement vers le rayon Dames. Lew Mitchell, le patron, mesurait de la toile pour un client. Dès qu'il aperçut Maggie, il lui adressa un petit salut.

– Bonjour, Maggie. Dorie est dans l'arrière-boutique. Passe la saluer, ça lui fera une petite coupure.

Dorie était la fille de Lew Mitchell, et une amie de classe de Maggie. Dorie portait toujours de jolis habits.

– Merci, monsieur.

Pourtant Maggie doutait que Dorie fût très heureuse de la voir, car au bout de quelques minutes les jeunes filles se trouvaient à court de paroles. Maggie se dirigea malgré tout vers le fond du magasin et frappa à l'arrière-boutique.

On entendit un bruit de papiers, la porte s'ouvrit sur une fille blonde qui écarquilla les yeux de surprise.

– Ça alors, Maggie ! Je ne t'avais pas revue depuis le début des vacances de cet été.

Dorie pouffa de rire.

– Je ne t'avais pas beaucoup vue non plus à l'école, il faut dire.

– J'ai été souvent absente. J'ai dû aider à la maison,

reconnut Maggie. Ton père m'a dit que je pouvais passer...

Elle cherchait déjà ce qu'elle allait pouvoir dire.

– Bien sûr, il me fait travailler l'après-midi pendant les vacances, cela me fait gagner un peu d'argent. C'est difficile de trouver du travail ailleurs, expliqua Dorie.

– Oui, c'est dur, approuva Maggie en faisant mine de repartir.

– Pourquoi ne restes-tu pas? fit Dorie. Je vais te montrer les robes qui viennent d'arriver. J'étais justement en train d'ouvrir les paquets; nous bavarderons un petit moment.

Maggie était ravie de l'occasion qui lui était donnée de découvrir les nouvelles toilettes avant toute la ville! Elle suivit sa camarade de classe dans l'arrière-boutique.

– Les voici. Ne sont-elles pas splendides?

Dorie ramassa une robe vert foncé à manches longues.

– Elles sont pour cet hiver, bien entendu. N'est-ce pas fou de recevoir des toilettes d'hiver au beau milieu de l'été? Mais c'est ainsi que fonctionne la mode!

– Que c'est beau!

Maggie effleurait du bout des doigts les tissus lourds et moelleux. Dorie lui arrachait une toilette des mains pour lui en donner une autre.

– N'aie pas peur de les froisser, elles ne sont pas encore repassées. Tiens, regarde celle-ci comme elle est jolie. Pour moi elle a trop de fronces, ça me grossit. Maman prétend que j'ai encore du lard de bébé. Je me demande s'il fondra jamais! Oh! celle-là, elle serait fabuleuse sur toi, Maggie.

Dorie brandissait une robe rouille du même tissu et de la même forme que celle que tenait Maggie. Maggie posa la sienne et prit celle que lui tendait Dorie.

– Il y a un miroir derrière toi dans le magasin, signala Dorie.

Maggie plaça le tissu contre elle, la couleur vive et la forme élégante la vieillissaient un peu.

– Elle est ravissante, murmura-t-elle.

– Pourquoi ne pas la passer? suggéra la jeune fille. Tu trouveras une cabine à droite.

Maggie n'hésita pas longtemps avant d'accepter l'invitation, incapable de résister à la tentation de s'admirer dans une vraie toilette. Elle entra dans la cabine, ôta son pantalon et ses bottes et enfila la robe.

– Elle te va à merveille! s'extasia Dorie à l'instant où Maggie sortit de la cabine. Viens te voir dans la grande glace.

La vision qu'eut Maggie dépassait tout ce qu'elle pouvait imaginer : la métamorphose d'un garçon manqué en une vraie demoiselle. La robe soulignait sa silhouette et sa poitrine haute, autrement que les vêtements d'homme mal coupés. Même ses pieds nus ne parvenaient pas à altérer sa féminité.

– Tu imagines, si tu relevais tes cheveux, comme tu serais chic!

Ecoutant la suggestion de Dorie, Maggie souleva la lourde masse de sa chevelure et la roula au-dessus de sa tête.

– Attends, Maggie, je vais voir si je trouve quelques épingles.

Dans le même magasin, au rayon des hommes, Chase attendait avec une impatience manifeste pendant que Buck essayait des Stetsons de styles et de formes différents. En arrivant à Blue Moon, vingt minutes plus tôt, Chase avait reconnu le camion cabossé et poussiéreux de O'Rourke garé devant chez Jack. Le jeune homme avait pris comme prétexte d'acheter des cigarettes pour s'arrêter devant le magasin de nouveautés où il pensait que se trouvait Maggie. Ne l'ayant pas aperçue, il s'apprêtait à rejoindre Buck lorsqu'il entendit une voix juvénile prononcer le nom de Maggie.

– Celui-là n'est pas mal.

Buck examinait le chapeau sous tous les angles. Il le reposa.

– Tu as vu cette selle faite à la main là-haut? Tu devrais me l'offrir, Chase, c'est une beauté!

– Tu n'as qu'à économiser pour te l'acheter, répliqua le jeune Calder en suivant la direction de la voix.

– Bon Dieu! Il me faudrait mettre de l'argent de côté pendant au moins un an, rétorqua Buck.

Mais son ami n'était plus là pour l'entendre. Il avait traversé le magasin et s'était immobilisé devant une jeune personne brune qui posait devant un miroir, le dos tourné.

Lorsque les yeux bruns de Chase croisèrent les yeux verts de Maggie, celle-ci pirouetta à la manière des mannequins. La superbe robe rouille la vieillissait mais permit à Chase d'entrevoir la femme qu'elle deviendrait dans quelques années. Le jeune homme était en proie à des réactions diverses, parmi lesquelles un violent désir de possession. Il parvint à se maîtriser et examina froidement son amie.

– Je suis heureuse que tu m'aies vue avec cette toilette.

La voix était basse, très basse, presque un murmure.

– Tu vois, je serai une dame un jour.

Cette phrase frappa Chase. Il se rappela les déclarations véhémentes qu'elle lui avait faites un jour près de la rivière.

Il lança d'un ton tranchant :

– Je n'ai jamais rencontré une dame qui marche pieds nus.

Maggie esquissa un geste agressif mais Chase lui saisit les poignets et la colla contre sa poitrine.

– Je deviendrai une dame, j'en suis sûre, siffla-t-elle en essayant de se libérer.

– Qu'est-ce que ça peut me faire?

Le jeune homme admirait avec un plaisir évident les traits animés de Maggie.

– Pourquoi un homme désirerait-il une dame raffinée et ennuyeuse alors qu'il peut jouir d'une vraie femme? Tu n'as pas besoin de te transformer pour me plaire.

Chase avait soudain besoin d'imposer sa volonté avec une telle violence qu'il saisit la jeune fille aux épaules et la plaqua contre lui. Il étouffa les protestations de Maggie en posant sa bouche sur la sienne et l'embrassa violemment, quelques secondes à peine, à cause d'une arrivée intempestive. Chase relâcha son amie et s'éloigna en essayant de dissimuler la violence de ses émotions.

– Salut, Chase, susurra une voix timide.

Chase répondit avec indifférence, ignorant le regard aguicheur de la fille Mitchell.

– Salut, Dorie.

– Je peux faire quelque chose pour toi?

– Non, merci, répondit Chase en dévorant Maggie des yeux.

Il porta la main à son chapeau pour prendre congé et alla rejoindre Buck.

– Mince alors! fit Dorie avec envie en le suivant des yeux. J'aimerais bien que Chase Calder me regarde comme il te regarde.

La jeune fille poussa un soupir et sourit pour montrer qu'elle n'avait pas de ressentiment.

– J'ai trouvé des épingles. Veux-tu que je les mette dans tes cheveux?

– Non.

En se regardant dans le miroir, cette fois, Maggie comprit ce que Chase avait instantanément découvert. Elle était trop jeune pour ce genre de robe, et changer de coiffure n'y changerait rien. Maggie se sentait comme une adolescente qui mettrait du rouge à lèvres pour jouer à la dame. Toutefois la remarque du fils Calder ne changeait pas sa résolution : un jour elle porterait une robe comme celle-ci, avec des talons hauts, des bijoux et tous les accessoires. Et elle ne permettrait à personne de soutenir qu'elle n'était pas une dame, surtout pas à un Calder. Dans son inconscient, Maggie partageait le ressentiment de son père à l'égard du statut et de la puissance de la famille Calder.

Après un dernier regard au miroir, la jeune fille retourna dans la cabine remettre ses vieux vêtements. Sa camarade la suivit du regard avec un intérêt nouveau.

– J'ai entendu dire que tu voyais beaucoup Chase Calder, ces derniers temps. C'est vrai?

– Où l'as-tu entendu dire?

Dorie haussa les épaules.

– Je ne m'en souviens pas. Tu sais comment ça se passe dans les boutiques, les gens font des ragots. Tu le rencontres souvent?

– Quelquefois, reconnut Maggie.

Tout à coup elle se voyait élevée à un rang supérieur.

– Comment est-il quand... il te fait...

Dorie bafouillait, trop gênée pour être hardie, trop curieuse pour se taire.

Maggie comprit quelle sorte de cancans circulaient sur elle. Serrant les lèvres, elle fixa sa camarade avec une assurance inouïe.

– Quand il me fait quoi? (Maggie la provoquait carrément.) Tu veux dire quand il me fait l'amour?

– Je ne voulais pas être indiscrète, franchement.

Peu importe, Maggie ressentait ces insinuations comme une insulte.

– Pourquoi ne le demandes-tu pas toi-même à Chase? Il te montrerait! Au lieu de me poser des questions, tu te rendrais compte toi-même!

– Je ne pourrais jamais, protesta la fille Mitchell, horriblement choquée.

– Pourquoi pas? Il est expert dans l'art de déflorer les vierges.

Sur ces paroles insultantes, Maggie ferma la porte de la cabine en tremblant. Mais elle parvint à refouler ses larmes et ôta la robe. Lorsque Maggie quitta le magasin revêtue de son jean, Dorie Mitchell avait regagné l'arrière-boutique.

Webb s'arrêta à la station d'essence. Un garçon s'avança vers lui.

– Je vous fais le plein, monsieur?

– Oui, et vérifie l'huile.

Presque par réflexe, Webb jeta un coup d'œil sur les voitures garées tout près. Le camion des O'Rourke attira son attention. Cette vue raviva les soupçons qui lui trottaient dans la tête depuis une semaine. C'étaient de bien faibles indices, mais Webb avait l'habitude de se fier à ses tripes. Il fit le tour du camion, s'arrêta pour examiner la poussière et les gravillons logés dans les chapes des pneus, extirpa une herbe coincée dans le pare-choc rouillé. Rien de concluant, l'herbe et les gravillons abondaient dans la contrée. Webb retourna, songeur, à sa voiture.

– Parfois je me demande comment le camion d'O'Rourke roule, remarqua le jeune pompiste avec un hochement de tête. Votre réservoir est vide aux trois quarts, je vais compléter.

– Parfait, approuva Webb, plus intéressé par la première remarque du petit que par son réservoir.

– Les camions battent la campagne dans ce pays, spécialement celui d'Angus O'Rourke.

– Ouais, reconnut le pompiste. Il n'arrête pas de faire la navette entre son ranch et la ville. D'ailleurs, il passe plus de temps ici que chez lui.

Comme la pompe mécanique était cassée, le garçon remplit le réservoir de la voiture en l'actionnant à la main tout en poursuivant son bavardage.

– S'il ne va pas au café, il est chez Jake à boire une

bière. Un de ces jours le plafond lui tombera sur la tête.

Webb regarda le café sur lequel était accrochée une pancarte portant l'inscription : « FERMÉ ». Le patron avait mauvaise réputation. Quelques années auparavant il avait été mêlé à des affaires louches. Soudain Webb se demandait si O'Rourke était seul compromis dans le vol du bétail. Les coyotes sont des animaux lâches. Un coyote seul fuit plutôt que d'affronter l'adversaire, surtout s'il lui est supérieur ou même égal. Mais s'il se trouve avec d'autres, il fera preuve d'une audace et d'une cruauté inégalées ches les autres prédateurs. Webb avait la conviction qu'il était poursuivi par des coyotes tapis dans l'obscurité, attendant la nuit pour voler. Il allait même jusqu'à penser que la liaison entre Chase et la fille O'Rourke expliquait l'âpreté au gain d'Angus. Les cinquante bêtes offertes au bonhomme n'avaient pas calmé son appétit mais l'avaient plutôt aiguisé. Le bétail volé constituait un chantage, des sortes de traites prélevées. Cette pensée brûla Webb au fer rouge. Il secoua vigoureusement la tête pour la chasser. Pour l'instant, ses soupçons ne constituaient pas une théorie valable.

Il signa un chèque au nom du ranch Calder.

– Merci, monsieur, dit le garçon.

Webb s'éloigna avec un sourire absent, se souvenant que le garçon avait dit que, si Angus n'était pas au café, il se trouvait chez Jake devant une bière. Webb tourna donc à l'angle et se dirigea vers la boîte de nuit.

L'intérieur évoquait les saloons d'autrefois, avec son bar en acajou fait main et sa rampe de cuivre rouge. Derrière, se dressait une immense glace garnie d'étagères en acajou également, pour les bouteilles et les verres. Un peu partout dans la salle étaient disposées des tables rondes et des chaises dépareillées aux dossiers droits. On avait éparpillé, çà et là, des crachoirs pour les hommes qui prisaient ou chiquaient. A côté du bar, montait l'escalier qui menait aux chambres du premier. Les marches étaient usées par les pas. Son emplacement permettait à Jake de surveiller les allées et venues des « nièces ».

En plus de la salle de jeu privée au fond, il y avait un juke-box et une table de billard. La seule différence avec les saloons d'autrefois résidait dans l'absence de portes battantes. Bref, le bistrot de Jake était plus représentatif de l'Ouest que les saloons des films américains. C'était l'endroit idéal pour discuter de cette satanée vie ou tuer le temps en buvant de la bière.

Webb s'arrêta dans l'embrasure de la porte, attendant que ses yeux s'habituent à la pénombre de la salle. Dès qu'il apparut, les conversations cessèrent. Dans un coin, il remarqua trois hommes assis à une table. L'un était si énorme que les deux autres paraissaient des nains, à côté. Il s'agissait de Bob Tucker. Quelques secondes plus tard, Webb entrait; Tucker souleva son énorme carcasse et quitta sa chaise, déclarant d'une voix délibérément forte :

– Je ferais bien d'ouvrir le café avant l'affluence du souper, pas vrai, Angus?

Calder profita de cette remarque pour s'avancer et se placer sur le chemin de Tucker. Les deux hommes échangèrent de simples signes de tête en guise de salutations. Webb s'arrêta soudain, obligeant le cafetier à en faire autant.

– Il y a plus d'un mois, vous avez déclaré à mon fils que vous vouliez acheter de la viande. Nous nous demandions ce qui était arrivé...

Calder avait parlé sur un ton volontairement provocateur.

– Angus m'a cédé des bêtes qu'il vous avait achetées, répliqua Tucker sans l'ombre d'une gêne. (Puis, haussant les épaules :) J'aurais pu vous le faire savoir mais, comme je ne suis pas un gros client, j'ai pensé que ça n'avait aucune importance.

– En effet, ça n'en a aucune.

Le fait d'avoir fait allusion à O'Rourke permit à Webb de s'adresser au petit homme assis à une table en compagnie de son fils.

– A propos, comment est le bétail, Angus?

– Parfait, parfait.

Malgré son ton désinvolte, O'Rourke observait son adversaire, essayant de déceler le sens caché de la question. Il échangea un regard complice avec le cafetier par-dessus sa chope de bière. C'était là un faible indice, mais il n'échappa pas à Calder. Le vieux dicton « Ils s'entendent comme larrons en foire » prenait toute sa valeur. Les deux complices avaient besoin l'un de l'autre pour se sentir forts.

– Asseyez-vous donc, Webb, et laissez-moi vous offrir quelque chose.

Angus faisait le bravache. Cette manière d'inviter Calder et de l'appeler par son prénom! D'habitude il se montrait plus respectueux. Webb s'avança vers la chaise libérée par Tucker. Il acceptait l'offre.

– Vous prendrez un whisky, une bière?

– Une bière, ça ira.

Webb s'assit et salua de la tête le fils O'Rourke.

Angus fit signe à une blonde plantureuse perchée sur un tabouret à l'autre bout du bar.

– Dolly, apporte une bière à M. Calder!

La fille glissa de son escabeau et se dandina vers le tonneau avec un verre. Le nom de Calder avait fait écho dans sa tête. En passant devant Webb, elle se tortilla de façon provocante. Lui la regarda avec une indifférence non feinte. Il s'était toujours tenu à l'écart des filles de Jake, protégeant ainsi sa vie privée des ragots.

– Les voleurs vous donnent encore du fil à retordre? interrogea Angus.

Webb se demanda si le type abordait le sujet par malice ou si c'était un imbécile.

– Pas ces derniers temps; depuis que mes hommes

surveillent les routes, on dirait qu'ils se tiennent tranquilles.

– Vous pensez qu'ils ont filé? (Angus semblait surpris.) Toute la ville prétend que les bandits ont quitté la région pour des pâturages plus riches.

– Je parie qu'ils sont ici, déclara Webb avec assurance.

– Qu'est-ce qui vous fait dire ça?

Angus se pencha en arrière sur sa chaise.

– Ces voleurs connaissent parfaitement le pays. Ce ne sont pas des étrangers mais des gars du coin.

Webb, qui observait du coin de l'œil, vit Culley se raidir. Angus, lui, éclata de rire.

– Vous ne les connaissez pas, tout de même?

Il se gaussait.

– Je suis persuadé que si.

– Vous soupçonnez qui? poursuivit O'Rourke sur le ton de la plaisanterie.

– *Vous* le connaissez aussi bien que moi.

Calder avait insisté sur le pronom; de cette façon il désignait O'Rourke sans le nommer.

Angus marqua une pause avant de poursuivre sur un ton de défi :

– Si vous êtes si sûr de vous, pourquoi vous ne faites rien? Vous n'avez que des soupçons, aucune preuve, sinon le shérif Potter aurait déjà un mandat d'arrêt. La justice est lente et guère digne de confiance. Même si Potter arrêtait le voleur, il se passerait des mois avant le procès.

Calder jeta sur O'Rourke un regard glacial.

– Les choses étaient différentes autrefois. On pendait les voleurs sur place, il suffisait comme preuve de trouver sur les lieux un fer à maquiller la marque des bêtes.

– Vous en avez trouvé un?

L'affrontement devenait pure bravade.

– Non, mais Slim Bevins a reconnu une voix, lorsqu'il a surpris les bandits, à la Butte brisée.

O'Rourke devint tout pâle sous son hâle. Webb eut la certitude qu'il était bien le voleur.

– Alors?

– Alors... mon avertissement est clair, si on me dérobe une seule bête, je m'occuperai personnellement du bonhomme.

La voix était plate avec une inflexion meurtrière.

– Pourquoi me le dites-vous à moi? fit Angus en se redressant sur son siège. Vous bluffez!

– Eh bien, prouve-le!

Calder se leva de table et laissa une pièce pour la bière à laquelle il n'avait pas touché.

Après avoir quitté le saloon de Jake, Webb retourna à la station d'essence-épicerie où sa voiture était garée. Il entra dans le magasin. Derrière la caisse se trouvait une fenêtre qui donnait sur le saloon. Webb acheta un paquet de chewing-gum et bavarda avec la femme du patron de la station, Helen, une petite boulotte. Tout en parlant il ne quittait pas le carreau des yeux. Angus O'Rourke et son fils se ruèrent au bar; Tucker était donc bien engagé dans l'affaire. La meute se rassemblait pour se donner du courage. Satisfait de voir ses doutes confirmés, Calder sortit du magasin. Sur le pas de la porte il croisa la fille d'Angus qui venait faire des courses. En apercevant Webb, elle leva un menton arrogant et planta son regard dans les yeux du ranchero. Non seulement Maggie était jolie, songea-t-il, mais encore elle avait du cran. Quel malheur qu'elle ait un père aussi indigne. La courtoisie obligeait Webb à tenir la porte ouverte à une personne du sexe faible.

– Mademoiselle O'Rourke.

Etant donné les circonstances, il ne pouvait que se montrer courtois.

– Oui?

Maggie s'arrêta, sur la défensive, mais nullement intimidée.

– Prévenez votre père, je n'avertis jamais deux fois.

Je voudrais qu'il comprenne, dans votre intérêt et celui de votre frère.

L'angoisse zébra les yeux verts de la jeune fille mais lorsqu'elle regarda Calder, elle avait retrouvé son sang-froid.

– Je lui transmettrai le message, bien que je ne comprenne pas de quoi il est question.

Une fois encore Webb admira son calme, surprenant chez une aussi jeune personne.

– Il comprendra, j'en suis sûr.

Calder enleva son chapeau et s'effaça pour laisser entrer Maggie. Après avoir fermé la porte, il regagna sa voiture.

Buck arriva au ranch tiré à quatre épingles, avec une chemise blanche à boutons de nacre et une cravate rayée. Il arborait un Stetson neuf et ses joues fleuraient bon l'after-shave. Il jeta un regard impatient sur le living dont la porte à double battant était grande ouverte. Webb, assis à la grande table en noyer, fumait un cigare. La femme blonde qui débarrassait la nappe des assiettes du dîner leva la tête. Un sourire éclaira son visage lorsqu'elle reconnut son fils. Le regard de Buck allait de Calder à sa mère et de sa mère à Calder. Plus d'une fois il avait suspecté qu'entre ces deux êtres existait plus que de l'amitié... Si Haskell n'avait pas été vivant, Ruth aurait certainement épousé Webb. Parfois le jeune homme ne résistait pas au plaisir de s'imaginer dans le rôle du beau-fils Calder. Ce statut lui donnerait une importance considérable.

– Tu désires quelque chose, Buck?

Il secoua la tête en riant.

– Je cherche Chase.

– Il se prépare dans sa chambre, répondit Ruth Haskell.

– Il lambine, se plaignit Buck avec une grimace. Je vais le bousculer un peu. Ne m'attends pas, 'Man, on sera pas de retour avant l'aube.

De la pure malice animait les yeux bleus de Buck lorsqu'il quitta le living. Il traversa le hall pour grimper l'escalier qui menait à la chambre de Chase. Webb sourit à Ruth avec une douceur particulière.

– Nous en avons passé des nuits à attendre nos garçons, pas vrai, Ruth?

Il fit tomber la cendre de son cigare dans un cendrier de cristal.

– Pour sûr! Et nous en passerons d'autres.

– Abandonne les assiettes une minute et viens prendre une tasse de café avec moi, proposa brusquement Webb.

Ruth hésita et secoua la tête en signe de dénégation. Elle évitait Webb du regard.

– Virg m'attend à la maison. Il vaut mieux que je ne m'attarde pas sur la vaisselle.

– Non, bien sûr.

Webb avait répondu d'une voix bourrue car il était contrarié d'avoir formulé cette demande. Il se leva.

– Je vais finir mon café dans le fumoir, j'ai de la paperasserie à terminer.

En traversant le hall qui séparait le living du fumoir, Webb croisa Chase et Buck. Il regarda son fils avec attention, conscient qu'il avait l'âge de faire la bringue. Le temps où il lui faudrait prendre le ranch en main viendrait bien assez tôt.

– Attention à vous, les gars.

Webb employait le pluriel, mais s'adressait à Chase.

– Oui, m'sieur.

Buck esquissa un salut, Chase approuva de la tête.

– Ne vous inquiétez pas pour Chase, je veille sur lui comme sur mon propre frère.

– Si tu veilles sur moi, qui t'empêchera d'avoir des ennuis? plaisanta Chase.

Buck ouvrit la porte d'entrée en ricanant et poussa son ami vers la camionnette garée en face.

– Qui conduit? demanda Chase.

– Moi, annonça Buck, je risque d'être ivre pour rentrer à la maison! Il faudra que tu me ramènes.

Le jeune homme s'installa au volant.

– Okay! fit Chase.

– Mon vieux, je suis content qu'on ne nous ait pas envoyés patrouiller cette nuit.

Buck fit tourner le moteur et écrasa l'embrayage. Les pneus se mirent à crisser.

– Je m'imaginais que ce serait excitant de se promener à cheval avec un fusil sur les routes, mais c'est ennuyeux comme la pluie. Les voleurs ont dû passer dans un autre Etat.

– C'est possible, concéda Chase.

Lorsque les jeunes gens arrivèrent chez Jake, une douzaine de cow-boys du ranch Calder s'y trouvaient déjà, plus des consommateurs du coin. On jouait au poker dans l'arrière-salle. Chase fit quelques tours mais il était incapable de se concentrer, et il avait la chance contre lui. Il abandonna et revint dans la salle principale. A travers la lumière tamisée et la fumée des cigarettes, il aperçut Buck, assis à une table, le bras passé autour d'une brune provocante, une « nièce » de Jake surnommée Jobeth. Buck chuchotait à l'oreille de la jeune femme. Chase se sentit de trop. Il s'approcha du juke-box et choisit plusieurs disques : de la musique de l'Ouest. Dolly, la serveuse, s'avança avec un plateau de bière. Chase en acheta une.

Il l'avait bue à moitié lorsqu'il remarqua Buck qui s'approchait du bar en tenant la fille brune par la taille. Elle se collait contre lui, ses lèvres rouge carmin entrouvertes. Buck frappa sur le comptoir pour attirer l'attention du patron.

– On a besoin d'une clef pour en haut!

Il échangea un billet contre la clef.

– Ne sois pas trop longue, il y a du travail ce soir, ordonna Jake à sa « nièce ».

Buck ricana et, serrant la fille contre lui :

– On prendra tout le temps qu'il faut, Jake, tout le temps qu'il faut!

Chase regarda son ami monter avec la prostituée au premier étage avant de finir sa bière. Ensuite il parcourut du regard l'endroit enfumé tout résonnant de voix et de rires. Chase se sentit mal tout à coup; il songeait à une autre fille brune.

Les assiettes du dîner lavées, essuyées et rangées dans le buffet, Maggie resta seule dans la cuisine. Les yeux fixés sur le calendrier épinglé à la porte, elle comptait et recomptait... se refusant à croire à l'évidence. Trois semaines de retard; elle n'était pas enceinte, ce n'était pas possible. Que faire? Elle s'éloigna du calendrier, en proie à une vague de panique. Il lui fallait rester calme et raisonner froidement : trois semaines de retard ne signifiaient pas qu'elle était enceinte. De nombreux autres facteurs pouvaient perturber son cycle. Pour être sûre, elle irait voir le Dr Barlow jeudi. Jusque-là, il était ridicule de s'inquiéter pareillement. Mais si elle était enceinte malgré tout? Maggie ne dominait pas entièrement sa peur. Que ferait-elle? Comment réagirait Chase, quand elle lui annoncerait la nouvelle?

Une porte claqua, Maggie se retourna brusquement, elle venait d'identifier trois pas différents. Deux d'entre eux appartenaient à son père et à son frère, le troisième était celui de Bob Tucker. Maggie entendit le cafetier :

– Ça s'est produit il y a trois jours...

La phrase resta en suspens; les trois hommes entrèrent dans la cuisine. En voyant la jeune fille, Bob ôta son chapeau. Sa petite bouche se fendit d'un sourire.

– Hello, Maggie, comment ça va ce soir?

Tucker se montrait toujours poli, plein de respect et chaleureux. C'est pourquoi elle l'aimait bien, malgré son énorme corps et sa tête minuscule qui le rendaient grotesque.

– Je vais bien. Je ne m'attendais pas à vous voir ici avant longtemps.

Elle pensait que les deux hommes auraient veillé à ne pas se montrer ensemble à cause de Calder, qu'ils laisseraient les choses se « refroidir » un peu. Maggie affronta son père :

– Calder vous soupçonne, lui rappela-t-elle.

Elle remarqua qu'il l'évitait.

– Fais-nous plutôt du café. Tucker et moi, on a à parler.

Maggie n'acceptait pas d'être évincée.

– De quoi?

Un frisson lui parcourut le dos.

– Calder croit qu'il nous a effrayés avec ses patrouilles. On va frapper une nouvelle fois. Il peut avoir tous les soupçons du monde, en tout cas il ne prouvera rien. Avec Tucker, on a décidé de relever le défi.

– Et les patrouilles?

Maggie voulait absolument dissuader les deux hommes.

– Ils surveillent moins bien qu'au début; avec le temps ils commencent à s'ennuyer! assura Tucker. La routine... Ne vous inquiétez pas.

– Quand? fit Maggie.

– A nous de décider. Maintenant, occupe-toi du café, fillette, comme je t'ai demandé.

Deux nuits plus tard, Webb Calder s'éveilla en sursaut dans son grand lit. La sirène hurlait l'alarme : un incendie! Le ranchero repoussa les draps, enfila son pantalon et sortit du lit à la hâte. Par la fenêtre on distinguait au loin la faible lueur d'un feu. Calder resta une minute à le contempler, le pantalon ouvert, en hochant tristement la tête. Mais il avait déjà pris sa décision.

– Va au diable, Angus, jura-t-il en attrapant sa chemise.

Le soleil était de plomb. Webb essuya la sueur de sa

lèvre supérieure avec un mouchoir, puis le passa sur sa nuque.

– Combien, Nate?

– L'avion effectue son dernier tour pour vérifier; à première vue, il manque vingt-huit bêtes.

– C'est Angus O'Rourke, déclara Calder à son contremaître qui ne sembla pas surpris.

– Qu'est-ce qu'on va faire?

Pour Nate c'était une chose acquise : on allait faire quelque chose. Il attendait seulement les ordres.

– Je l'ai prévenu personnellement, annonça Calder sans quitter le troupeau des yeux. Toi, Chase, et trois autres cow-boys, je veux que vous vous trouviez demain à dix heures devant la grange nord, nous irons chez Angus O'Rourke.

Calder regarda son homme de confiance dans les yeux.

– Amène une corde.

– On sera là à dix heures, patron.

Nate écrasa sa cigarette sous le talon de sa botte et s'éloigna lentement. Les instructions ne se discutaient pas quand on appartenait au ranch Calder. Les hommes des « Trois C » n'étaient pas comme des saisonniers qui parlaient à tort et à travers. Ils savaient garder un secret, même dans les alcôves.

Les six hommes se rencontrèrent en silence et chevauchèrent en silence, le visage farouche et résolu. Lorsqu'ils furent arrivés devant la clôture du ranch du « Trèfle d'Irlande », Chase déplaça la pierre qui maintenait le piquet et abaissa les fils pour permettre aux cavaliers de passer. Webb Calder avait très brièvement expliqué la mission : O'Rourke avait volé le bétail, on allait lui rendre visite. Chase n'avait pas été exagérément surpris de la culpabilité du petit propriétaire, il le savait faible et lâche mais, bien qu'il fût le père de Maggie, Chase distinguait ces deux êtres dans leurs caractères et leurs systèmes de valeurs. En cette circonstance, il avait compris que son rôle se limitait à observer et à apprendre. Son père ne lui avait rien confié et ne l'avait pas consulté pour prendre sa décision.

Il le ferait plus tard et analyserait scrupuleusement les faits l'un après l'autre. Cependant, Chase pouvait, malgré son expérience limitée, tirer certaines conclusions de ce coup de force. Ces six hommes, fidèles à la marque des « Trois C », resteraient muets quoi qu'il advienne, et Angus O'Rourke allait de toute évidence recevoir une leçon qu'il n'oublierait pas de si tôt.

Les cavaliers grimpèrent la colline au petit galop, puis prirent le trot à cause du terrain difficile. Chase chevauchait à droite de son père, comme d'habitude. Par le raccourci on arrivait directement au ranch du « Trèfle d'Irlande ».

Maggie baissa la tête pour éviter une branche basse. Le frère et la sœur regagnaient leur maison à cheval pour le déjeuner, après avoir fait un détour pour commander un bloc de sel. Culley allait devant; il tira brusquement sur les rênes.

– Qu'est-ce que?...

Le jeune homme mit un doigt sur ses lèvres pour faire taire Maggie. Elle perçut alors des bruits confus de sabots. A travers le rideau des arbres, la jeune fille distingua le puissant cheval jaune de Webb Calder. Le cœur lui cogna dans la poitrine. Elle regarda Culley, pas un muscle de son visage ne tressaillait.

– Il faut avertir Pa, chuchota Maggie, il est seul.

– Je sais, aboya Culley en éperonnant son cheval sous la couverture des arbres. Suis-moi!

Les jeunes gens décrivirent un cercle au galop pour éviter les hommes de Calder et arriver au ranch par les granges où ils ne seraient pas à découvert. Mais le chemin était plus long.

– Trop tard.

Maggie comprit son erreur en voyant les cow-boys

se déployer autour de la maison pour coincer son père entre le ranch et la grange. Ses yeux s'élargirent de peur en apercevant des fusils sur les selles. Elle jeta un regard affolé à son frère.

– Qu'est-ce qu'ils vont lui faire?

– J'en sais rien.

– Je t'avais prévenu, Angus.

Webb était resté en selle au milieu de ses hommes, déployés en éventail autour de lui.

– Tu aurais dû me croire.

– Tu m'avais prévenu de quoi? Le bétail volé?

Angus fanfaronnait, mais il était livide.

– Tu n'as aucune preuve.

– Je te l'ai déjà dit, Angus, je n'ai pas besoin des preuves dont tu parles. Nous savons tous deux que tu as volé mes bêtes.

Un homme moustachu s'avança sur un signe de Calder et marcha vers O'Rourke avec une corde.

– Tu aurais dû renoncer, au moment où je t'avais laissé une chance.

– Quelle chance?

O'Rourke jeta un regard affolé sur l'homme qui s'approchait. Il avait l'impression que ses pieds étaient rivés au sol.

– Quelle chance peut avoir un pauvre type comme moi contre une organisation énorme comme la vôtre? Vous nous prenez tout!

Lorsqu'on lui attacha les bras derrière le dos, Angus chancela mais n'opposa pas de résistance. Le cow-boy lui lia les poignets de plusieurs tours de corde et se plaça derrière. Pendant ce temps, Nate, après avoir décrit un demi-cercle à cheval, gagna la grange dont la porte était ouverte.

– Vous vous prenez pour le roi, ici.

La haine donnait à Angus le courage d'affronter son rival, mais au-dedans de lui il crevait de peur.

– Vous vous imaginez qu'il vous suffit de parcourir

le pays et que nous, pauvres paysans, nous n'avons qu'à faire des courbettes et ramper. Même si vous baisez nos filles.

O'Rourke lança un regard venimeux à Chase.

L'étalon isabelle de Chase piaffait d'impatience, sensible aux courants qui vibraient dans l'air. Webb, au contraire, affichait un grand calme en écoutant ces paroles vindicatives. Pour lui, un homme avait le droit de parler avant de mourir.

– Je t'ai volé, Calder! J'en suis heureux! hurla O'Rourke en se redressant. (Il crachait sa vérité.) Il était temps que quelqu'un te reprenne tout ce que tu avais dérobé durant ces années. Le grand, le courageux Calder vient chez moi avec cinq de ses gars pour donner une leçon à un pauvre type! Alors que vas-tu faire? Me battre, me fouetter? Ça ne m'empêchera pas de continuer.

– Tu t'es mis toi-même la corde au cou, déclara Webb.

Dans la grange, Nate était descendu de cheval.

O'Rourke ne fit pas attention à lui, tout absorbé par Webb Calder, mais Chase remarqua le manège du contremaître. Nate s'était arrêté au milieu et attachait la corde à une grosse poutre.

Un lacet clair se balança dans le vide, enroulé neuf fois sur lui-même de façon à former un nœud coulant.

Chase interrogea son père du regard. Rien dans l'expression de Calder ne révélait ses intentions. Ses yeux, sa mâchoire, sa bouche exprimaient seulement une dureté extrême.

Persuadé que la réponse de Calder n'était qu'une menace, O'Rourke recommença :

– J'ai volé ton bétail, mais tu n'as aucune preuve.

– Je te l'ai déjà dit, Angus, je possède toutes les preuves nécessaires.

Calder adressa un signe à l'homme qui se tenait toujours derrière. Le cow-boy moustachu saisit

O'Rourke par les épaules et le poussa vers la grange. Le fermier résista et se dégagea d'un mouvement d'épaules. Alors le cow-boy le saisit par ses poignets liés et l'obligea à avancer. Lorsque Angus aperçut le nœud, il vacilla, la panique lui labourait le corps comme une chose vivante. Calder, lui, ne manifesta aucune émotion. Toujours poussé par le cow-boy, Angus, hypnotisé, ne quittait pas des yeux la corde qui se balançait sous la brise légère.

Protégés par un massif de jeunes aulnes qui avaient poussé contre le mur du coral, Maggie et Culley voyaient parfaitement tout ce qui se passait dans la grange.

Un cauchemar se déroulait sous leurs yeux, si réel cependant que Maggie secoua son incrédulité pour s'apprêter à venir en aide à son père. Culley la saisit par le bras et l'obligea à rester cachée derrière les arbres.

– Il faut lui porter secours! souffla la jeune fille en luttant pour se libérer de la poigne de son frère.

– Non, je ne sais pas de quoi ils seraient capables.

Le garçon resserra son emprise. Maggie regarda à nouveau vers la grange; ils n'allaient pas « le » pendre! Chase ne les laisserait pas faire, Chase qui s'était montré si gentil, qui avait lavé son sang au bord de la rivière, qui lui avait cueilli des fleurs des champs. Maggie gardait les yeux rivés sur lui, mais il ne ressemblait plus à l'aimable jeune homme qu'elle connaissait. Ce n'était plus Chase, c'était un Calder.

Un deuxième cow-boy avança une caisse sur laquelle il aida O'Rourke à monter. Chase regarda son père pour la deuxième fois, se demandant comment cette scène allait se terminer. Il avait la gorge prise dans un étau.

– Tu ne vas pas me pendre, Calder!

La voix du fermier tremblait. Le cow-boy moustachu s'avança à cheval et lui passa la corde autour du cou. Il la resserra pendant que Nate saisissait le bout lâche et l'attachait plus haut. O'Rourke était d'une rigidité de marbre, n'osant bouger par crainte de déplacer la caisse sous ses pieds; les yeux écarquillés, il protesta d'une voix rauque :

– Tu ne t'en tireras pas comme ça, Calder.

– Tu te seras suicidé, Angus, c'est ce que tout le monde croira.

Webb Calder ne se montra pas sadique, il n'attendit pas qu'Angus O'Rourke se soit transformé en une boule de peur qui demandait grâce, pour l'exécuter. Il donna l'ordre au moment où le petit homme se tendait dans une ultime et faible bravade. Le signal se réduisit à un battement de paupières. Chase, comme frappé par la foudre, vit la caisse retirée de sous les pieds de O'Rourke, entendit l'étrange sifflement de la corde qui se tendait sous le poids du corps. O'Rourke suffoquait, ses courtes jambes battant le vide dans un effort désespéré pour trouver un dernier appui. Cette scène dura à peine quelques secondes mais se grava à jamais dans la mémoire du jeune Calder. Le visage de O'Rourke avait viré au gris, ses yeux s'exorbitaient, sa langue sortait de sa bouche. Chase en eut l'estomac retourné; il n'avait jamais vu de mort, à plus forte raison de pendu. Comme venue d'un autre monde, la voix de son père lui parvint, lourde de mépris :

– Si tu vomis devant ces hommes, je te jure de...

La menace resta inachevée, mais elle agit sur Chase. Il observa le corps flasque qui se balançait au bout de la corde. Déjà, ce n'était plus un être humain, mais une pauvre chose sans vie.

– Il est mort, annonça une voix.

Chase ne savait pas qui avait parlé mais il entendit son père ordonner :

– Déliez-lui les mains.

Un cow-boy s'approcha et enleva la corde.

Culley avait plaqué sa main sur la bouche de Maggie pour étouffer son cri au moment où le cow-boy donnait un coup de pied dans la caisse. Il avait ensuite essayé de lui maintenir la tête de côté, afin que la malheureuse n'assiste pas à la pendaison, mais elle avait refusé de se détourner. Dès que les hommes de Calder furent partis, Culley relâcha sa sœur qui se précipita vers la grange, pour s'attaquer aussitôt à la partie de la corde fixée à la poutre. Dans ses efforts précipités pour aller plus vite Maggie se cassa un ongle et s'écorcha la peau. Des gouttes de sang tachèrent le chanvre. Mais la jeune fille était indifférente à la douleur. Enfin, elle parvint à défaire le nœud, et lentement, au prix d'un effort surhumain, abaissa la corde.

Avant que les pieds du pendu ne touchent le sol, Culley saisit avec précaution le corps inerte dans ses bras. Maggie relâcha complètement son effort, la corde s'enroula autour de la poutre comme un pâle serpent malfaisant. Lorsque Maggie redescendit vers son frère, celui-ci avait déjà recouvert le mort d'une couverture de selle. Elle s'agenouilla auprès de son père et saisit le tissu. Culley l'écarta avec violence.

– Ne regarde pas, Maggie! hurla-t-il d'une voix angoissée.

– Je veux voir, je veux me rappeler comment les Calder ont assassiné mon père!

La jeune fille était d'une pâleur mortelle mais une lueur meurtrière brûlait dans ses yeux. Culley prit le visage de sa cadette dans ses mains, des larmes ruisselaient le long de ses joues mal rasées.

– Ne regarde pas, Maggie, tu n'as pas besoin de ça pour te souvenir.

Le jeune homme la prit dans ses bras, elle s'agrippa à lui, partageant son immense douleur, sans pouvoir l'exprimer ni pleurer. Elle enviait les sanglots de Culley, sa gorge à elle était sèche, les yeux lui brûlaient mais elle restait sans larmes. Au bout d'un moment d'intense émotion, les orphelins se séparèrent. Tout à coup, Maggie regrettait, elle regrettait d'avoir été sans indulgence pour les fautes de son père. S'il était faible, ce n'était pas un méchant homme.

– Il nous faut prévenir le shérif, déclara la jeune fille sans s'approcher du corps.

Cette fois elle respectait la volonté de Culley.

– Oui, approuva-t-il en l'écartant du pendu, je vais l'appeler.

Les jeunes gens abandonnèrent l'ombre de la mort pour la clarté du soleil, dehors.

– Maggie, écoute-moi, je raconterai au shérif qu'on l'a trouvé là et que...

– Nous ne lui révélerons pas...

La colère étouffait Maggie.

– Non, mais un jour viendra où je me vengerai, je le jure.

De retour au ranch, Calder ne douta pas un instant qu'il avait fait ce qu'il devait faire. Confronté à l'alternative, il avait choisi « sa » solution. Toutefois, il ne prétendait pas que tout le monde aurait agi de la même manière, d'autant plus qu'il n'avait éprouvé aucune satisfaction à faire exécuter cette tâche. Il jeta un regard furtif à son fils et remarqua sa mâchoire blanche à force d'être crispée. Chase n'avait manifesté ni mollesse ni faiblesse. Après lui avoir donné le temps de réfléchir, Webb songea qu'il était temps de parler, non pour se défendre, Webb n'essayait jamais de justifier ses actes, mais parce qu'il voulait savoir ce que son fils avait au fond du cœur.

– Dans la vie, un homme doit prendre des décisions difficiles et affronter des situations qu'il déteste. On ne traverse pas ce monde sans égratignures, cela fait partie de la vie, nous ne sommes pas au paradis. Nous devons effectuer de sales besognes sans envoyer personne à notre place.

Satisfait du comportement silencieux de Chase, Webb l'abandonna à sa réflexion. Jusqu'ici, le chemin qui le menait vers son destin d'homme avait été relativement facile, mais il deviendrait de plus en plus ardu et solitaire.

Juste avant le repas, le téléphone sonna dans le bureau. Webb repoussa Chase dans son fauteuil pour l'empêcher de se lever.

– Je réponds.

Il saisit l'écouteur.

– Les « Trois C ».

– Webb? Ici le shérif Potter, répondit une voix traînante à l'autre bout du fil.

– Oui, que puis-je pour vous?

Webb passa derrière le bureau et s'assit dans son fauteuil pivotant puis, s'appuyant au dossier, fixa le plafond.

– Je pensais que vous aimeriez savoir; on a retrouvé Angus O'Rourke mort dans sa grange ce matin. Pendu.

– Un suicide?

Un moment s'écoula avant que Potter réponde :

– C'est ce qui me semble.

– Un malheur.

– Oui, oui, confirma le shérif avec un soupir. J'ai cru bon de vous informer.

– J'apprécie.

– Au fait, d'autres problèmes avec les voleurs de bétail?

– Non, je pense qu'ils ont renoncé.

– Parfait. Je vous salue, Webb.

– Je vous salue de même, shérif, répondit Calder en reposant l'écouteur.

Webb regarda Chase mais ne fit aucun commentaire.

7

Les ciseaux étaient posés sur la table, mais Maggie coupa le fil noir entre ses dents. Elle prit une aiguillée, en mouilla l'extrémité, l'enfila dans le chas de l'aiguille puis fit un nœud. Le bouton n'était pas tout à fait pareil aux autres boutons du veston mais elle n'en avait pas trouvé de plus assorti dans la corbeille à ouvrage de sa mère. L'orpheline tenait le bouton entre le pouce et l'index pour qu'il reste bien en place. Coudre était une tâche facile qui exigeait une faible attention, un acte automatique. Mais Maggie avait besoin de s'occuper, ainsi elle pouvait laisser son esprit divaguer. Elle ne ressentait ni chagrin, ni douleur, ni amertume ou haine, juste une sorte d'hébétement.

L'aiguille argentée traversa le tissu au moment où un camion entrait dans la cour, rompant le lourd silence. Les yeux de Maggie quittèrent le veston et glissèrent vers la fenêtre. Elle songea distraitement que ce devait être Culley revenant de la ville. Au lieu de son frère, une haute silhouette s'avança. L'homme monta les marches du porche. Les doigts de Maggie perdirent le rythme régulier de l'aiguille et la pointe aiguë s'enfonça dans la partie sensible du doigt. Lorsque Maggie suça la goutte de sang qui perlait de son index, toutes les émotions refoulées la submergèrent.

Chase Calder frappait à la porte. Maggie n'esquissa pas un geste, ne leva même pas les yeux.

– Entrez, fit-elle d'une voix qui ne trahissait pas le moindre émoi.

– Bonjour, Maggie, lança le garçon sur un ton posé.

– Il manquait un bouton à ce gilet, expliqua la jeune fille en coupant le fil.

Elle planta l'aiguille dans un coussinet rose framboise et posa le veston sur le bras du fauteuil.

– Mon père va être enterré dans ce costume, le seul qu'il ait.

Elle se leva, les ciseaux à la main.

Chase se tenait devant elle, sans chapeau. Sa large poitrine se souleva et il lâcha d'une traite :

– Je suis désolé pour ton père. Si je peux faire quelque chose...

Cette hypocrisie fit affluer le sang au visage de Maggie.

– Tu ne peux rien faire. Si tu avais voulu m'aider, tu aurais empêché qu'on le pende !

Chase accusa le choc. Maggie en profita pour lui assener un coup supplémentaire :

– Je vous ai vus, toi, ton père et les autres ! Vous ne vous doutiez pas qu'il y avait des témoins ? Nous avons tout vu !

Chase détourna la tête, montrant son profil d'aigle. Un muscle tressaillit le long de sa mâchoire, tandis qu'il luttait pour maîtriser ses émotions. Mais quand il regarda de nouveau Maggie, son expression n'exprimait ni regret ni chagrin.

– J'aurais préféré que tu n'y assistes pas, déclara-t-il d'une voix terne.

Maggie dévisageait son ami, devenu un étranger. Ce n'était plus l'homme qui l'avait serrée dans ses bras.

Elle se dressa, comme un serpent, prêt à frapper.

– Tu as entendu toi-même ton père avouer qu'il avait volé le bétail, déclara Chase, les yeux rétrécis par l'émotion.

– Il n'a pas agi seul, s'enflamma Maggie. Et les autres, allez-vous aussi les pendre ? J'étais au courant de leurs expéditions, je les ai même couverts. Vous allez me pendre, moi aussi ?

Cette révélation prit Chase au dépourvu. Jusqu'ici il

avait cru que Maggie ignorait les agissements de son père.

– Pourquoi ne m'as-tu rien dit? demanda-t-il.

– Pour que tu me trahisses, que tu me dénonces à ton père!

Le fils Calder se rebiffa :

– Mon père n'aurait jamais porté la main sur toi, il n'aurait pas touché à une femme.

Maggie se dressa comme une furie en brandissant les ciseaux.

– Vous auriez dû nous éliminer tous, tous! Tu m'entends?

Chase fut averti à la dernière seconde, peut-être les lames d'acier qui étincelaient au soleil, peut-être la tête de Maggie qui bougea un peu. Au moment où la main de la jeune fille atteignait son ventre, il s'esquiva. Les ciseaux dévièrent de leur cible et tracèrent une diagonale sur l'avant-bras de Chase. Ce fut comme une brûlure au fer rouge, mais ce n'était pas le moment de s'arrêter sur une blessure. Chase saisit le poignet de Maggie et le tordit jusqu'à ce qu'elle lâche son « arme ». Déjà une tache rouge marquait la manche de la chemise. Chase jeta les ciseaux par terre, à l'autre bout de la pièce. Ce geste déclencha en lui une vive douleur. Le sang coula chaud et visqueux entre ses doigts.

– Petite folle!

Il fixait Maggie en serrant son bras ensanglanté. Dans l'état où elle se trouvait, il n'avait aucun espoir de la raisonner. Pourtant le jeune homme ne pouvait lui en vouloir de sa haine. Il prit son chapeau et, sans se retourner, quitta la pièce.

Une fois dans la cabine du camion, Chase noua son mouchoir autour de son avant-bras, juste au-dessous du coude. Il réussit, en serrant les dents, à faire un garrot pour arrêter l'hémorragie. Son bras tout entier lui brûlait. Dès qu'il fut arrivé aux « Trois C », il se précipita directement vers le dispensaire. La blessure ne perdait plus, mais le tissu était gorgé de sang qui commençait à coaguler sur la main et sur les doigts.

– Hé, Chase!

Buck rejoignit son ami.

– Webb te cherche. Où étais-tu donc passé?

Le garçon aperçut le bras de Chase, son sourire s'évanouit sur-le-champ.

– Merde! Qu'est-ce qui t'est arrivé?

Chase ignora la question et continua à marcher vers le poste de secours.

– Viens plutôt m'aider.

Buck se précipita par la porte ouverte, Chase fonça directement vers l'évier et défit le mouchoir. Puis, se tournant vers Buck :

– Déchire la manche, la chemise est fichue.

Le tissu céda facilement. Chase passa le bras sous le robinet pour enlever les caillots. La force du jet ranima la douleur brûlante. Buck l'observait. Il hocha la tête.

– Comment as-tu fait ça? Un coup de couteau?

Il épongea la vilaine entaille.

– Ça paraît profond, Chase, déclara-t-il, soudain inquiet. On devrait peut-être appeler le docteur et faire quelques points.

Chase bougea les doigts.

– Ça chauffe comme en enfer, mais les muscles et les nerfs n'ont pas l'air touchés. S'il faut recoudre, tu vas le faire, tu as suturé assez d'animaux pour savoir comment s'y prendre!

Buck hésitait, peu sûr de lui.

– Tu aurais besoin d'une piqûre contre le tétanos.

– Inutile, les ciseaux étaient propres, de plus ça a suffisamment saigné pour écarter tout risque d'infection.

– Des ciseaux?

Buck leva des sourcils étonnés.
– Alors, c'est une femme?
– Fais plutôt ces foutus points de suture et cesse de m'interroger, gronda Chase.
– D'accord, mais si tu ne m'arraches pas les yeux, plaisanta Buck en se dirigeant vers l'armoire qui contenait les aiguilles et le fil stériles.
Avant de commencer à coudre il avertit son camarade :
– Ça va faire mal, tu sais?
Chase répondit par un regard furibond. Buck haussa les épaules et planta l'aiguille dans la chair pour faire le premier point. Chase serra les dents, son front se couvrit de sueur. Il faisait un tel effort pour ne pas bouger le bras que ses muscles tremblaient.
– Tu es au courant? On a retrouvé Angus O'Rourke pendu, hier.
Buck faisait la conversation pour distraire son ami.
– Oui, je l'ai entendu dire, répondit Chase en songeant que Buck aurait pu choisir un autre sujet. Bon sang, j'aurais besoin de boire un coup. Tu auras bientôt fini? demanda-t-il entre ses dents.
Buck noua le dernier point et éloigna le bras blessé pour admirer son œuvre.
– J'aurais fait un excellent chirurgien, déclara-t-il en commençant le pansement.
– Non, répliqua Chase, tu prends trop de plaisir à voir souffrir.
Au moment où Haskell appliquait le dernier sparadrap, la porte s'ouvrit.
Chase jeta un coup d'œil par-dessus son épaule et, apercevant son père, regarda ailleurs.
– J'ai vu la camionnette, dehors.
Webb Calder fronça les sourcils en découvrant le bras bandé de son fils.
– Qu'est-ce qu'il t'est arrivé?

– Je me suis coupé, expliqua le jeune homme sur un ton volontairement rassurant.

Mais lorsqu'il se remit debout, ses jambes le portaient à peine. Buck comprit et rassembla discrètement les instruments avant que Webb les aperçoive.

– Je suis allé voir Maggie, annonça Chase en mettant son chapeau. Elle était avec son frère quand... il nous ont vus, ils ont assisté à tout...

Webb prit une profonde inspiration qui se transforma en soupir.

– Je l'ignorais.

Chase abaissa son chapeau sur le front puis le repoussa sur la nuque.

– Je vais m'absenter une semaine ou deux.

Webb Calder réfléchit un instant et demanda simplement :

– Où?

– Je pensais partir en montagne avec mon paquetage.

Chase parut s'absorber dans la contemplation du carrelage.

– Cela n'aurait jamais abouti à rien. Peut-être que je le savais dès le commencement.

Buck réfléchissait : la fille qui « les avait tous vus »... Les ciseaux... Webb et Chase qui avaient disparu la veille en compagnie de Nate et d'autres cow-boys... Il décida qu'il serait intéressant d'élucider l'affaire.

– Si tu crois nécessaire de t'en aller, je ne te retiendrai pas, déclara Webb, mais le ton était réprobateur.

– J'ai besoin de temps pour réfléchir.

Chase ne pouvait plus reculer maintenant.

– Quand pars-tu?

– Cet après-midi, dès que mes affaires seront prêtes.

A quatre heures Chase quitta le ranch sur un cheval auburn, avec un chargement de vivres attaché à sa selle. Il prit le chemin des montagnes qui s'élevaient à l'ouest du ranch des « Trois C ».

Le lendemain, jeudi, était le jour où le Dr Barlow recevait à la clinique. Lorsque Maggie quitta la salle de consultation, elle était pâle et tendue. Elle ne parla à personne, mais comment s'en étonner? La pauvre enfant enterrait son père le lendemain. N'était-ce pas terrible, ce suicide d'Angus? Le malheureux avait laissé deux orphelins. Les langues allaient bon train...

Maggie rejoignit son frère au restaurant de Tucker et se glissa sur la banquette où il était assis.

– Est-ce que le docteur t'a donné des pilules pour dormir?

Maggie avait trouvé ce prétexte pour se rendre à la consultation, ne se sentant pas prête à parler de son éventuelle grossesse à Culley.

– Oui.

Tucker apporta une tarte aux pommes et un verre de lait, sans demander à la jeune fille ce qu'elle voulait.

– Comment allez-vous, Maggie?

Le cafetier se comportait avec la gentillesse d'un parent éloigné, une sorte d'oncle à la mode de Bretagne.

– Bien, fit Maggie en regardant le gâteau d'un air perplexe.

– C'est aux frais de la maison, assura-t-il avant de s'éloigner pour servir un nouveau client.

– Tucker et moi..., commença Culley, on vient de parler, on a réfléchi à ce qu'il faudrait faire puisque Pa est parti. J'ai retrouvé le numéro de la tante Cathleen dans un vieil agenda de maman. Je l'ai appelée pour... la prévenir au sujet de Pa... et pour lui demander si tu pouvais allez vivre chez elle.

– Quoi?

Maggie n'était pas certaine d'avoir compris.

– Tu vas aller vivre en Californie (cette fois c'était clair), demain je te mets dans le bus après l'enterrement.

Culley détourna son regard de sa sœur et tripota la nappe en papier.

– Tu as toujours voulu quitter ce pays, tu souhaitais devenir quelqu'un, voilà l'occasion.

En effet Maggie avait toujours rêvé de partir mais les circonstances actuelles n'étaient pas favorables.

– Et toi, que vas-tu faire?

– Rester ici pour m'occuper du ranch.

– Tu n'y arriveras jamais. Pa a échoué et il n'était pas seul.

– Ça sera pas facile, reconnut le jeune homme avec un haussement d'épaules, mais je me servirai de l'argent de Pa pour louer du personnel, et puis Tucker a promis de m'aider. Maggie, je veux que tu prennes le plus d'argent possible. Si quelqu'un t'interroge, tu diras que notre père avait une assurance-vie.

– Je ne peux pas aller vivre chez tante Cathleen, déclara Maggie sur un ton décidé.

– Pourquoi? Je ne veux pas que tu restes, lança Culley avec une colère contenue.

Maggie pinça les lèvres avec une résignation triste.

– Culley, je suis allée voir le médecin parce que je suis enceinte : j'attends un enfant de Chase.

Culley cacha la tête dans ses mains. Il se balançait de gauche à droite, en proie à un profond désespoir.

– Je le savais. Je savais que ce chien sèmerait sa mauvaise graine.

Culley attendit un long moment avant de relever la tête, puis avec un soupir :

– Raison de plus pour ne pas rester, Maggie. Tu as dit au Dr Barlow qui était le père?

– Non, mais il m'a demandé si c'était Chase; il a entendu dire que je le fréquentais.

– Ils cancanent. Ah! ils savent tous! Tu ne vois donc rien, Maggie? Si tu restes, ça sera pire, et puis tante Cathleen veut réellement que tu viennes.

– Et quand elle découvrira que je suis enceinte?

– Une fois que tu seras là-bas, elle ne te renverra pas. Au pire, tu reviendras ici. Je t'assure, Maggie, elle était très gentille au téléphone, comme maman.

Culley regarda sa sœur avec des yeux tristes et pleins de haine. Une haine qui ne l'abandonnerait plus jamais.

– J'ai peut-être tort, mais rester ici n'est pas bon pour toi. Pars demain, Maggie. Pars avant que les Calder te fassent à nouveau du mal.

En deux jours, Chase atteignit la montagne. Il parcourut pendant une semaine les crêtes rocheuses et les pentes plantées de pins sous un immense ciel bleu. Il réfléchissait... parfois à des choses simples : la façon dont les rayons de soleil tachetaient la terre entre les arbres.

Il dormit à la belle étoile avec sa selle pour oreiller. Sur la colline voisine un coyote aboya, son cri était le cri le plus triste et le plus solitaire qui soit au monde. Du feu de campement restaient quelques braises rougeoyantes, une étoile filante passa, laissant derrière elle la lumière de ses millions d'années dans le ciel obscur, puis disparut comme si elle n'avait jamais été.

La vie ne se passait pas toujours comme on le voulait, ni même comme on essayait de la vivre. Chase avait pris une fille et en avait fait une femme avant l'heure. Il avait voulu ignorer sa jeunesse, son passé et les ressentiments de son père pour les Calder. Il avait compris que leur relation était sans profondeur parce que chacun avait nié l'existence de l'autre. Il plia le bras. Maintenant il le bougeait facilement et la douleur avait disparu. Bientôt la blessure serait guérie mais il resterait une cicatrice.

Après deux semaines dans la montagne, Chase repartit sur son cheval. Il fit un grand détour par le versant nord; un adieu aux jours qu'il ne retrouverait jamais plus. Il avait fini par accepter et rentrait à la maison sans regarder derrière lui.

– Tu es de retour, observa Webb en feignant un intérêt mitigé, mais son regard aigu détaillait le cavalier barbu.

La bouche de Chase se fendit d'un sourire sur des dents d'une blancheur éclatante.

– J'étais à court de cigares! répondit-il en menant son cheval à l'écurie.

Webb Calder releva la tête avec fierté. Son fils était de retour, sain et sauf. Il le suivit à l'intérieur et s'approcha de l'endroit où il dessellait sa monture.

– Maggie O'Rourke est partie en Californie chez une parente, la sœur de sa mère, je crois.

Les mains de Chase ne bougèrent pas d'un pouce sur la selle.

– Je suis heureux pour elle, assura-t-il en détachant la sangle. C'est ce qu'elle voulait, partir pour devenir quelqu'un. C'est bien.

– Oui, reconnut Webb.

8

La tante de Maggie lui rappelait énormément sa mère : mêmes cheveux noirs, mais striés de mèches blanches, mêmes yeux verts, un peu plus foncés. Cathleen était également plus grande et plus forte, mais au cours des dernières années la maman de Maggie avait beaucoup maigri.

Les deux sœurs avaient en commun une qualité fondamentale : la tendresse. Cathleen avait reçu sa nièce à bras ouverts. Pourtant, ça n'avait pas été facile pour Maggie d'annoncer qu'elle attendait un enfant, malgré l'affection et la compréhension de sa tante. Elle s'était attendue à des reproches, mais à tort.

– C'est peut-être une bénédiction cachée! s'était écriée Cathleen Hogan.

Maggie avait levé la tête, étonnée et sceptique. Alors elle parla de sa relation avec Chase sans s'étendre sur la mort de son père, mentionnant juste qu'il s'était brisé la nuque dans un accident qui l'avait tué sur le coup. Maggie avait profité du fait que Cathleen la croyait trop bouleversée pour ne pas donner de détails.

Celle-ci, d'ailleurs, l'avait immédiatement rassurée :

– J'étais inquiète de laisser mes beaux-parents seuls à la maison pendant mon travail.

Elle faisait référence au père et à la mère de son défunt mari qui vivaient avec elle.

– Il y a des jours où maman est si percluse de rhumatismes qu'elle ne peut plus du tout bouger et, comme papa devient sourd, j'ai peur qu'il ne l'entende pas crier si elle tombe. Mes voisins, les Houston, acceptent de jeter un coup d'œil, une ou deux fois par jour, parce que je ne peux pas me permettre d'engager quelqu'un en permanence. Avec toi ici, Mary-Frances...

Cathleen venait d'appeler Maggie par son véritable prénom. Elle s'interrompit...

– Je m'occuperai de tes beaux-parents et leur préparerai les repas, annonça Maggie, soulagée de ne pas être un fardeau.

Avec sa farouche indépendance, elle n'aurait jamais supporté une telle situation.

– Cela m'aiderait infiniment si tu me rendais ce service. (Cathleen eut un sourire chaleureux.) Je craignais de devoir quitter mon travail. Les Gordon se sont toujours montrés si généreux et compréhensifs!

Elle serra les mains de Maggie d'une manière rassurante.

– Je demanderai au Dr Gordon de nous indiquer un gynécologue qualifié, je veux que toi et ton bébé, vous vous portiez bien.

Maggie, arrivée à Chatsworth, dans la région de San Fernando, trois jours plus tôt, avait appris que sa tante était employée par une certaine famille Gordon. D'abord au service du frère, elle était insensiblement passée à celui de la sœur, Pamela Gordon, à demi paralysée après une chute de cheval. Poussée par la curiosité, Maggie avait demandé :

– Quelle sorte de médecin est le Dr Gordon ?

– Il s'occupe de chirurgie esthétique, c'est un homme extrêmement connu. (Cathleen tirait un orgueil personnel, semblait-il, de cette situation.) Il possède une clinique à Los Angeles, à trois quarts d'heure de son domicile.

Maggie n'enviait nullement quelqu'un qui devait conduire tous les jours pour aller travailler. Elle avait entendu dire que la circulation était intense à San Francisco.

– Je suis heureuse que tu sois ici, Mary-Frances... C'est ce que ta mère aurait souhaité...

Maggie compléta la pensée de sa tante :

– Maman voulait que Culley et moi recevions une bonne instruction. Même si j'ai un bébé, je veux poursuivre mes études.

– Aucun problème. Il existe des cours du soir et des écoles par correspondance. Tu pourras travailler à la maison; tout est pour le mieux, comme tu vois.

Lorsque sa tante eut quitté la petite chambre de Maggie, celle-ci se rendit dans le séjour où les beaux-parents regardaient la télévision. Pour la première fois depuis longtemps, Maggie croyait en l'avenir, elle allait pouvoir l'écrire à Culley.

Un mois plus tard elle reçut une lettre de son frère.

Entre-temps elle avait commencé les cours par correspondance, sa vie se déroulait, régulière, entre la maison et les soins prodigués à grand-père et grand-mère Hogan – c'est ainsi qu'elle commençait à les appeler. La lettre de Culley arriva au moment où Maggie mettait la table. Elle posa la soupière et lut :

« Chère Maggie,

Comment vas-tu? Je vais bien, il commence à faire froid ici. Comment est la Californie? Je suis content que tu sois là-bas. Le café de Tucker a brûlé la semaine dernière, il a tout perdu, même la boîte en fer qui contenait ses économies. On a dit que le feu a pris dans la cuisine par de l'huile qui s'est enflammée. Je parierais que c'est un coup des Calder. Tucker le croit, lui aussi. J'ai loué un type pour m'aider au ranch mais il est parti hier. Je suis sûr que les Calder sont cause qu'il m'a quitté. Ils me payeront ça, cela prendra le temps qu'il faudra. Pas d'autres nouvelles. Je termine ma lettre. Prends bien soin de toi.

Ton frère, Culley. »

Maggie relut la lettre puis la plia lentement et la remit dans son enveloppe. Ses souvenirs la rendaient maussade. Grand-papa Hogan demanda :

– De qui est la lettre, Mary-Frances?

– De mon frère, répondit la jeune fille d'une voix morne.

Le lendemain dimanche, Cathleen prépara un panier pour le pique-nique. Elle voulait faire une surprise à sa nièce en l'emmenant à la plage en voiture. C'était la première fois que Maggie voyait l'océan. Dès que Cathleen lui eut assuré qu'elle se débrouillerait avec sa belle-mère pour installer le pique-nique, Maggie ôta ses sandales et s'avança pieds nus sur le sable chaud. Elle s'arrêta devant les vagues qui venaient lécher la grève et contempla la vaste bande verte de l'océan sur le bleu du ciel. Un instant, le souvenir du Montana emporta Maggie vers ses immenses étendues d'herbe sous un ciel infini. Une vaguelette vint s'enrouler autour de ses pieds et la ramena à la réalité. La mer était froide à côté de la tiédeur du sable. Maggie marcha dans l'eau, parallèlement au rivage, en laissant les vagues s'échouer sur ses chevilles. Tout à coup, elle se baissa, ramassa de l'eau dans le creux de sa main et la but : elle était salée, avec un goût de poisson. Peu à peu, la plage se remplissait de gens en maillots. Maggie se sentit déplacée avec sa robe de coton.

En fait, sa grossesse ne se remarquait pas encore. Seul, le miroir révélait un ventre bombé quand elle s'y regardait de profil.

Elle se hâta de rejoindre sa tante et le vieux couple. Cathleen sourit en voyant sa nièce approcher.

– Comment trouves-tu le Pacifique?

– Magnifique, reconnut Maggie en s'agenouillant sur le sable, à côté de la nappe étalée. Ce soir je pourrai écrire à Culley que l'océan est vraiment salé.

– As-tu faim? Il y a du rôti froid, de la salade d'avocat, du fromage et des fruits.

Cathleen lui fit passer une assiette.

– Ça a l'air délicieux, déclara Maggie en se servant de tout.

– Que voulez-vous boire, maman? demanda Cathleen à sa belle-mère. De l'eau fraîche ou de la limonade?

– De la limonade.

La vieille dame se tourna vers son mari.

– Que veux-tu, John?

– Art n'a pas apporté de bière?

Le vieillard faisait allusion à l'époux décédé de Cathleen.

– Mon pauvre ami, tu divagues. (La femme de John

le réprimandait sèchement.) Il y a douze ans que notre fils est mort!

Grand-mère Hogan adressa un sourire attristé à sa belle-fille, celle-ci la rassura :

– Ne vous inquiétez pas, maman.

Deux semaines avant Noël, Maggie, assise en tailleur sur le tapis de la salle de séjour, empaquetait les chemises qu'elle avait achetées pour Culley. Un arbre de Noël en plastique trônait devant la fenêtre. Son pied, enveloppé de fausse neige en coton, abritait une crèche. Dehors, les arbres étaient encore verts et l'air toujours chaud.

– On a du mal à s'imaginer que c'est bientôt la fin de l'année avec ce beau temps! déclara Maggie à sa tante occupée à rédiger des cartes de vœux. Je parie que Culley est dans la neige!

Cathleen s'arrêta d'écrire.

– Il te manque, n'est-ce pas?

– Oui.

Maggie avait répondu par ce simple mot, elle n'avait pas envie d'y ajouter des commentaires.

– Pourquoi ne pas lui demander de venir pour les vacances? suggéra Cathleen.

Maggie secoua tristement la tête. C'était impossible.

– Le temps est imprévisible à cette époque de l'année. Il y a des blizzards et des tempêtes de neige. Culley ne se risquera pas à abandonner le ranch.

La réponse était raisonnable et logique. Il n'empêchait que la jeune fille désirait éperdument revoir son frère. Elle avait besoin de parler à quelqu'un, quelqu'un qui connaisse les circonstances de la mort de son père, qui comprenne son angoisse. Aussi merveilleuse que soit Cathleen, Maggie ne pouvait lui confier les secrets, celés au plus profond d'elle-même, par fierté. Son instinct avertit la tante qu'il fallait changer de sujet.

– As-tu choisi des prénoms pour le bébé?

– Oui, répondit Maggie.

Elle venait d'entendre le toc-toc de la canne de maman Hogan sur le plancher; la vieille femme entra dans le living et s'assit péniblement dans un fauteuil.

– Si c'est un garçon, je l'appellerai Tyrone, si c'est une fille, Cathleen, comme toi.

Depuis l'instant où elle avait découvert son état, Maggie avait totalement refusé la paternité de Chase et considéré que le bébé provenait d'elle seule.

– Quelle pensée délicate, Mary-Frances! s'extasia la tante, visiblement touchée par cette déclaration. Merci.

Maggie se releva pour s'installer plus confortablement et finir le colis de Culley. Pour s'amuser, elle posa une chemise dépliée devant elle; le vêtement lui descendait à mi-ventre.

– Ça sera un garçon, annonça maman Hogan. Regardez comme elle porte l'enfant bas.

– Histoires de bonnes femmes, déclara Cathleen avec un sourire. Cela n'a rien à voir avec le sexe de l'enfant!

De toute manière, Maggie ne savait pas si elle préférait un fils ou une fille; les garçons étaient certainement plus faciles à élever de nos jours.

– Je suis certaine que le Dr Gordon le confirmera, assura la vieille dame sur le ton de quelqu'un qui sait.

– Au fait, a-t-il des enfants? interrogea Maggie.

Elle se rappelait que sa sœur Pamela était célibataire, mais Cathleen n'avait rien précisé sur le frère.

– Non, sa femme l'a laissé sans enfant, répondit Cathleen.

– Elle est morte? interrogea Maggie en collant le dernier morceau de scotch sur le paquet de Culley.

– Oui, il y a quelques années, dans un accident de

voiture... J'aimerais que tu voies comment les Gordon ont décoré leur maison, Mary-Frances; Pamela a persuadé le docteur de suspendre des guirlandes dans toutes les pièces. Je n'ai jamais vu une sœur et un frère aussi liés.

Maggie pensait à son propre frère en écrivant l'adresse sur le colis; ils étaient séparés par des milliers de kilomètres, ils n'étaient pas toujours du même avis, mais cependant si proches.

Noël passa sans que Maggie eût reçu de nouvelles du Montana. Elle s'inquiétait en écoutant les informations qui parlaient de blizzards et de tempêtes de neige.

Après le jour de l'an, Maggie reçut enfin une lettre contenant un billet de dix dollars. Elle avait été écrite à la hâte.

« Chère Maggie,

Désolé d'être en retard, mais je n'ai pas pu poster ma lettre avant. L'hiver a été terrible. Un cheval – le bai avec l'œil malade – a glissé sur la glace et s'est cassé une jambe, j'ai été obligé de l'abattre. Excuse-moi de ne pas t'écrire plus longuement, mais je dois partir à la recherche d'une douzaine de bêtes. J'entends l'avion des Calder qui vole au-dessus de ma tête, ils poursuivent leur bétail. Je parie qu'ils n'auront pas perdu une seule vache. Ils ont une veine diabolique! Merci pour la carte de vœux, les chemises sont très jolies. Je te quitte.

Ton frère, Culley. »

Maggie termina la lecture en frissonnant. Elle se rappelait les hivers du Montana; l'air glacé qui faisait comme une barre sur le front, le nez qui coulait, le froid qui engourdissait les membres au point qu'on ne sentait plus le cheval sous ses cuisses.

Le bébé bougea à l'intérieur du ventre de Maggie.

Elle passa la main sur son ventre, comme si elle voulait le rassurer. Soudain, les murs de l'appartement se resserrèrent, l'étouffèrent; elle aurait voulu être dehors, n'importe où, mais ce n'était pas possible... Bientôt, ce serait l'heure du repas; de plus, il fallait encore étudier une leçon d'histoire d'Amérique. Sans compter que Maggie ne pouvait abandonner les deux vieillards. Elle refoula sa tristesse et se dirigea vers la cuisine avec résignation.

Le dernier jour de mars, Mary-Frances O'Rourke entra en travail; sept heures plus tard elle donnait le jour à un gros garçon de quatre kilos. On l'autorisa à prendre dans ses bras le bébé qui braillait. Il avait le visage tout rouge et une touffe de cheveux noirs sur la tête. Un sentiment d'irréalité persista chez la jeune mère jusqu'au moment où on la transporta dans sa chambre.

Le lendemain, lorsque la sage-femme lui apporta l'enfant pour que Maggie lui donne le biberon, elle put alors admirer la perfection des doigts minuscules et des orteils. Elle éclata de rire lorsque le nourrisson se jeta sur la tétine. Soudain une vague d'amour maternel la submergea; une chaleur agréable s'irradiait à l'intérieur de son corps et illuminait ses traits. Lorsque Cathleen entra dans la chambre, Maggie l'accueillit par ces paroles pleines de fierté :

– N'est-ce pas que Ty est le plus beau bébé que tu aies jamais vu?

Cathleen s'approcha du lit.

– Certainement, reconnut-elle en riant. Je me sens une âme de grand-mère!

Elle s'interrompit pour admirer son neveu.

– Il a des tas de cheveux et les yeux noirs.

– Mon père avait les yeux foncés, précisa Maggie en refusant de se rappeler que ceux de Chase étaient bruns.

Lorsque le biberon fut terminé, elle mit le bébé contre son épaule pour lui faire faire un renvoi.

– Maman Hogan t'envoie un cadeau, dit Cathleen en tendant un paquet.

Tout en tenant le bébé contre elle d'une main, Maggie ouvrit le cadeau de l'autre. Elle défit le ruban. Dans la boîte apparut un petit gilet bleu tricoté, avec un bonnet assorti.

– J'ai aussi quelque chose pour toi à la maison, ajouta Cathleen.

– Je le lui mettrai le jour où nous quitterons la clinique.

La puéricultrice entra dans la chambre. C'était une personne affable et gaie, comme tout le personnel de la maternité.

– Tyrone a-t-il bu son biberon?

– Terminé, exultait Maggie.

– Un affamé, n'est-ce pas? s'exclama la dame avec un sourire approbateur. Elle jeta un œil attendri sur le bébé endormi contre l'épaule de sa mère.

– Il va pousser très vite et deviendra grand et fort pour veiller sur sa maman.

La puéricultrice s'excusa du regard auprès de Maggie.

– Il est temps de le ramener à la pouponnerie.

Mary-Frances lui tendit Ty à regret.

Lorsqu'elle quitta la maternité, Maggie écrivit à Culley pour lui annoncer la naissance de Tyrone O'Rourke. Le 2 avril, elle reçut une lettre du Montana :

« Chère Maggie,

Je suis content que tu ailles bien ainsi que le petit. J'espère que tu ne te seras pas inquiétée de mon long silence, mais l'hiver a été rude. En ce moment les vaches vèlent, je suis très occupé. J'ai maigri, je crois que ta cuisine me manque, toi aussi d'ailleurs.

Buck Haskell a été accusé de vol. C'est une fille de Jake qui l'a vu entrer dans le camion de Neil Anderson. Que veux-tu, de toute façon les Calder se tirent toujours d'affaire.

Prends bien soin de toi.

Ton frère, Culley. »

Buck arpentait le bureau en proie à une agitation extrême. Il se tourna vers Webb Calder, ses traits juvéniles déformés par la fureur.

– Est-ce que la parole d'une pute vaut plus que la mienne? Je vous ai déjà dit que je n'étais pas à côté d'Anderson, je ne l'ai même pas vu partir! Cette garce ment.

Webb regarda Ruth qui se tenait à l'écart en se mordant les lèvres, les yeux brillant de larmes contenues.

– Surveille ton langage, Buck.

Webb réprimandait le garçon. Il n'aimait pas que l'on jure devant les femmes et détestait qu'un fils se montre grossier en présence de sa mère.

– Je ne peux pas me retenir! (Buck donna un coup de poing dans le vide.) Je ne croyais pas que vous douteriez...

– Il n'est pas question de douter ou de croire, l'interrompit Webb avec rudesse, il y a de sérieuses charges contre toi. Je soutiens toujours mes hommes dès qu'ils se trouvent dans l'embarras, et j'ai l'intention de te soutenir aussi. Mais cette jeune femme affirme qu'elle t'a vu frapper Anderson à la tête avant de le voler. Il nous faut donc établir où tu étais, et ce que tu faisais.

– Comment savoir le temps qu'on passe à boire? plaida Buck. Je ne savais pas que j'aurais besoin d'un alibi. J'ai joué au poker, j'ai bu...

Le jeune homme s'interrompit à la recherche d'un

fait plus précis. Son regard tomba alors sur Chase qui se tenait près de la cheminée, un bras appuyé sur le manteau.

– Je suis resté avec Chase la plupart du temps.

– C'est exact, reconnut ce dernier, Buck et moi avons passé la soirée ensemble. Mais comme lui, je n'ai pas pris garde à l'heure.

Le jeune Haskell leva les bras en un geste convaincant.

– Cette fille prétend qu'elle m'a vu, peut-être parce que c'est elle qui a fait le coup? Quel est son alibi? Qui se trouvait avec elle au premier étage au moment où elle était supposée m'apercevoir? Elle est capable d'avoir assommé Anderson pour le voler. Je parie que c'est ce qui s'est passé. Quant à lui, il est incapable de dire qui l'a frappé. Alors pourquoi ne serait-ce pas cette putain?

– C'est possible, reconnut Webb.

– Une minute, insista Buck, je me rappelle un détail. Je venais d'emprunter cinq dollars à Chase *avant* qu'on ne trouve Anderson blessé. Pourquoi aurais-je emprunté, pour voler tout de suite après?

– Ça n'a pas de sens, approuva Chase.

– Vous voyez, voilà la preuve! affirma Buck avec un mouvement de tête persuasif.

Webb se frotta le menton d'un air songeur.

– Je vais voir comment arranger l'affaire. En attendant, Buck, je te conseille de ne plus fréquenter les filles de chez Jake.

– J'y veillerai moi-même, déclara Virg. Viens, mon garçon.

Le cow-boy poussa son fils vers la porte puis, s'adressant à l'homme assis derrière son bureau :

– Merci, Webb, de défendre le gosse.

– Buck fait partie de la famille, déclara simplement Calder.

Virg se tourna vers sa femme.

– Tu viens, Ruth?

Celle-ci cessa de regarder Webb et répondit à son époux :

– Une minute, Virg.

En escortant son fils hors de la pièce, Virg Haskell avait une expression dure. Lorsque les deux hommes furent partis, Ruth s'avança en se tordant les mains d'anxiété.

– Je voulais te remercier... d'aider Buck.

– Tu sais, je ferai tout ce que je pourrai, Ruth.

Webb éprouvait un besoin pressant de prendre cette femme dans ses bras pour la réconforter, mais il n'en avait pas le droit.

– Buck est parfois violent mais ce n'est pas un mauvais garçon.

– Je sais. (Webb prit les mains nouées de la pauvre mère dans ses paumes rudes.) Ne t'inquiète pas, promis?

– Promis.

Ruth parvint à sourire mais elle avait encore les larmes aux yeux.

– Merci, murmura-t-elle en serrant les mains de Webb avant de se sauver pour rejoindre son mari et son fils.

Webb resta un long moment devant la porte close. Il détestait reconnaître qu'il se faisait du souci pour Buck. Le garçon était intelligent, mais trop malin à son goût. Le passage à l'âge adulte ne s'effectuait pas sans conflits. Le jeune homme était tiraillé entre le bien et le mal. Il est vrai que le mal sommeillait en chacun de nous, ce n'était qu'une question de degré.

Webb poussa un profond soupir et se tourna vers son fils. Son amitié pour Buck le rendait aveugle : il était temps de lui ouvrir les yeux.

– Tu crois ton ami coupable?

Calder dissimulait la provocation sous un ton affable. Chase leva la tête.

– Buck? Il est innocent, bien entendu. Il ne peut pas garder un dollar en poche, mais jamais il ne volerait.

Chase s'éloigna de la cheminée, visiblement agité.

– De plus, il ne m'a pas quitté de la soirée.

– Tu n'en étais pas très sûr tout à l'heure, précisa le père.

– Si, je pourrai le jurer, affirma Chase.

– Si tu lui fournis un alibi, les charges tomberont.

Un mois après que Maggie et Ty furent sortis de la maternité, papa Hogan eut une attaque qui le laissa à demi paralysé. Cathleen fut obligée de le placer dans un hospice pour qu'il reçoive les soins nécessaires. Le train-train quotidien avait été modifié par l'arrivée de l'enfant et les visites que maman Hogan faisait deux fois par jour à son mari. Cathleen l'accompagnait l'après-midi, Maggie le matin après le bain de Ty. La situation était pénible pour tout le monde, mais spécialement pour la vieille dame qui ne s'était jamais séparée de son compagnon en cinquante ans de vie commune.

Maggie poussa un soupir découragé, au retour d'une visite matinale. Elle avait calé Ty au creux de son bras pour ouvrir la porte. Dans le Montana on ne fermait jamais à clef, mais ici c'était une précaution indispensable. La jeune femme débloqua le verrou puis se retourna pour aider la pauvre arthritique à monter les dernières marches. Lorsqu'elle fut entrée dans la maison, Maggie ressortit pour vérifier la boîte à lettres.

– Le dernier numéro du *Reader's Digest* est arrivé, Maman Hogan, annonça-t-elle en refermant la porte.

La vieille dame clopina vers un fauteuil sans montrer qu'elle avait entendu, mais Maggie n'avait pas besoin de réponse. Comme Ty commençait à manifester son appétit, elle le porta dans la cuisine pour lui réchauffer un biberon et un petit pot. Par bonheur, le bébé était en excellente santé et ne pleurait jamais la nuit. Après lui avoir donné à boire, Maggie prépara une soupe pour elle et maman Hogan en regardant le reste du courrier. Une des enveloppes portait le tampon du Montana. Elle l'ouvrit et la lut aussitôt.

« Chère Maggie,

20 mai.

Je suis triste pour le beau-père de tante Cathleen, j'espère qu'il se remettra. J'avais raison, Buck Haskell n'a pas été poursuivi pour vol, Chase Calder a témoigné qu'il se trouvait avec lui quand on a dévalisé Anderson. Ces Calder s'imaginent que tout leur est permis, mais je leur prouverai le contraire tôt ou tard. Moi, je vais bien, j'espère te revoir bientôt.

Ton frère, Culley. »

Maggie replia la lettre et la glissa dans son enveloppe. Elle partageait le besoin de vengeance de son frère. Ce poison l'avait envahie tout entière. Ces dernières semaines, il avait fait des ravages, ajouté à la dépression naturelle qui suit l'accouchement.

Maggie et maman Hogan touchèrent à peine à la nourriture. Une fois la table débarrassée, la jeune femme se mit à ses devoirs; jusqu'ici elle n'avait pas négligé son travail, mais aujourd'hui elle était incapable de se concentrer. Finalement elle renonça à étudier et écrivit à Culley. Dès que Ty eut terminé sa sieste, Maggie prit comme prétexte la lettre à poster pour sortir. Elle demanda à la voisine de veiller sur Mme Hogan le temps qu'elle sorte le bébé et poste le courrier. Après s'être arrêtée devant la boîte à lettres, Maggie poursuivit sa route; elle avait envie d'aller chercher sa tante chez les Gordon. Il y avait une longue distance à parcourir jusque chez eux mais, comme Maggie savait qu'elle rentrerait en voiture avec Cathleen, elle avait tout son temps, et puis les sorties étaient trop rares pour ne pas en profiter. Le bébé dans les bras, elle suivit la route qui serpentait dans la vallée de San Fernando. Se retrouver seule et sans amis n'était pas une nouveauté, pas plus qu'avoir la responsabilité d'une maison et s'occuper des autres. Ce qui pesait à Maggie, c'était de rester enfermée. Elle s'était habituée au climat chaud, au bruit et au mouvement de la ville, et même à élever un enfant; mais elle étouffait de demeurer cloîtrée dans l'appartement. Elle avait toujours rêvé de quitter le Montana, mais pas dans les conditions où elle l'avait fait. Les Calder en tuant son père l'avaient contrainte à partir avant d'y être prête. Malgré son adoration pour Ty, le bébé était un lourd fardeau pour une mère de seize ans. Tout son malheur provenait des Calder. Il était impossible de se libérer des souvenirs, les lettres de Culley reliaient Maggie au passé, à ses ennemis de toujours.

La nuit, la jeune femme faisait des rêves érotiques dans lesquels Chase lui faisait l'amour, mais ils se terminaient toujours en cauchemars où elle voyait son père pendu. Le passé vivait également dans le petit homme qu'elle portait; tout le portrait de son père. Maggie ralentit le pas pour admirer les maisons, toutes aussi belles que le ranch des « Trois C », mais bâties sur des terrains plus petits. Ici on ne comptait plus en kilomètres carrés mais en mètres.

Sous le soleil de Californie les barrières et les maisons blanches s'alignaient à l'ombre des arbres. Dans les espaces verts, des chevaux broutaient dans leurs robes polies et luisantes. Maggie avait toujours considéré cet animal comme un moyen de locomotion, associé à de longues et épuisantes randonnées. Maintenant, elle songeait au plaisir qu'elle aurait à sentir un cheval sous ses cuisses et à galoper dans des espaces infinis. Elle regrettait le bruit des sabots sur la terre, l'odeur de la sueur et du cuir. Elle installa Ty plus confortablement dans ses bras et descendit l'allée privée qui menait à la maison des Gordon, une imposante demeure de style colonial à deux étages, au milieu d'une pelouse plantée d'arbustes. Au moment où Maggie dépassait le garage où était garée la voiture de sa tante, son attention fut attirée par une agitation dans les écuries. Des cris lui parvinrent, accompagnés de hennissements affolés. Curieuse, la jeune femme abandonna l'allée pour aller vers le bruit. Un cheval hongre avait échappé à son lad et courait à travers l'écurie. Le vacarme effrayait les autres bêtes qui piétinaient le fourrage, les oreilles pointées en arrière. Trois hommes accoururent et parvinrent à coincer l'animal entre un mur de l'écurie et la barrière blanche, mais il fonça vers la sortie. Tous ces cris et ces gesticulations excitaient le cheval déjà nerveux, ses yeux noirs affolés roulaient dans leurs orbites. Un lad jaillit d'un coin de l'écurie, une corde enroulée autour de la main. Au même instant, un monsieur grisonnant se retira pour laisser les autres participer à la capture. Maggie lui accorda une attention particulière car, contrairement aux autres habillés de jeans et de chemises écossaises, il portait une chemise blanche et des jodhpurs rentrés dans ses bottes de cuir. L'intérêt de Maggie se reporta sur l'homme au lasso; de toute évidence, il n'en avait jamais tenu de sa vie : chaque essai était plus maladroit que le précédent. Le cheval fonçait peureusement sur tout ce qui bougeait. Tout à coup Maggie comprit que d'un instant à l'autre il allait se blesser. Elle fonça sur le monsieur aux cheveux gris et lui planta Ty dans les bras. L'homme eut un mouvement de surprise.

– Tenez-le un moment, ordonna-t-elle sans même attendre la réponse.

Libérée de l'enfant, Maggie se précipita vers l'homme au lasso.

– Donnez-le-moi.

– Hé là! se récria le lad, la mine renfrognée.

Il n'appréciait pas l'intervention de cette fille brune avec un chignon. Il eut un geste de recul.

– Qu'est-ce que vous faites? Ecartez-vous avant de vous faire blesser.

– Le seul qui risque de se blesser, c'est le cheval, protesta Maggie. Vous ne savez visiblement pas vous y prendre! Donnez-moi ce lasso.

La jeune femme se planta devant l'homme, les jambes écartées, bien déterminée à avoir ce qu'elle voulait. Pris au dépourvu, le lad lâcha la corde que Maggie enroula prestement, hors de sa portée.

– Maintenant tout le monde se tait, personne ne bouge, lança-t-elle.

Elle s'approcha prudemment de la bête effarouchée, tout en préparant le nœud coulant. Le cheval l'observait avec méfiance; lorsqu'elle ne fut plus qu'à quelques pas de lui, il tenta une percée. Bien qu'elle n'eût pas tenu un lasso depuis plusieurs mois, Maggie eut des réflexes extrêmement rapides. Elle leva le bras et lança le nœud dans la direction de l'animal, prévoyant même l'esquive.

Le lasso s'enroula autour du cou en sueur. A ce moment, Maggie plaça la corde sur sa hanche et tira de tout son poids pour immobiliser le cheval. Dès qu'il sentit la boucle l'étrangler, il ne chercha plus à fuir mais continua à se cabrer et à ruer. Deux lads accoururent alors et le saisirent au garrot pendant que le troisième venait en aide à Maggie. Il éprouvait à la fois une immense admiration pour cet exploit et du ressentiment à l'idée qu'une simple fille avait réussi là où il avait échoué.

– Je m'en occupe, maintenant, insista l'homme en tirant sur le lasso.

Maggie le lui rendit sans protester, la joie du succès illuminait son regard.

Un petit cri de Ty ramena la jeune mère à la réalité. Soudain, elle se rappela qu'elle avait abandonné son enfant à un étranger! Le bébé protestait dans les bras du monsieur. Elle se précipita avant qu'il ne se mette à hurler.

– Merci de l'avoir gardé, dit-elle en regardant à peine l'étranger aux yeux gris qui lui tendait l'enfant.

– Je dois vous remercier, déclara-t-il en examinant Maggie avec intérêt. Où avez-vous appris à manier le lasso de cette façon?

– J'ai été élevée dans un ranch. J'ai appris à me servir de la corde dès que j'ai su monter à cheval.

Maggie tapotait Ty dans le dos pour le rassurer. Son expérience avec Chase la rendait méfiante vis-à-vis des hommes, aussi n'accordait-elle aucune confiance au sourire qui éclairait le beau visage de l'inconnu. Ses cheveux poivre et sel et la vitalité de ses traits bronzés en faisaient un homme distingué.

– Je suis heureux que Copper ne nous ait pas échappé. Il aurait pu aller sur la route et, avec la circulation... je n'ose imaginer ce qui lui serait arrivé. Je n'aurais pas aimé avoir payé vingt-cinq mille dollars pour une bête écrasée. Je vous serai éternellement reconnaissant de ce que vous avez fait.

Maggie fixa quelques instants l'homme, incrédule, avant d'éclater de rire.

– Vous devez mal connaître les chevaux. On vous a trompé, on vous a vendu un hongre!

– Je le sais, mais je n'ai pas acheté Copper pour la reproduction, c'est un cheval de course. Mademoiselle...

– Maggie, Mary-Frances O'Rourke, compléta la jeune femme sur un ton distrait, car elle essayait de comprendre. Ce cheval vaut-il vraiment si cher?

– Oui, c'est un cheval d'obstacle de premier ordre.

Maggie avait entendu parler des courses d'obstacles, mais elle ne se serait jamais doutée que les bêtes qui y participaient avaient autant de valeur. Elle comprenait qu'un étalon réservé à la reproduction vaille une fortune, mais un cheval stérile...

– Qu'est-ce qui l'a effrayé? demanda-t-elle.

– Je l'ignore, avoua le monsieur. Je l'ai reçu de Virginie ce matin, mes hommes l'ont déchargé du van il y a vingt minutes. Le voyage l'a peut-être énervé.

A peine l'inconnu avait-il fini sa phrase que Maggie sentit d'étranges secousses. La terre tremblait sous ses pieds. Elle ouvrit des yeux effarés.

– Que se passe-t-il? interrogea-t-elle, tandis que les vibrations s'intensifiaient.

Les arbres agitaient leurs branches alors qu'il n'y avait pas un souffle d'air. Maggie serra Ty contre sa poitrine.

– Venez vite, dit l'homme en la prenant par les épaules.

Il la conduisit sur un espace dégagé. Au bout de quelques pas les secousses s'arrêtèrent.

Maggie regarda autour d'elle, puis leva les yeux sur l'homme pour avoir une explication.

– C'était un... un tremblement de terre?

– Oui, et il a dû effrayer le cheval. On prétend que les animaux le sentent venir.

L'étranger enleva sa main de l'épaule de Maggie.

– C'est la première fois?

– Oui, avoua-t-elle, les jambes tremblantes.

– D'où venez-vous?

– Du Montana.

A ce moment-là, Ty se mit à gazouiller contre la poitrine de sa mère. Elle se pencha vers lui, s'attendant à le voir terrorisé, mais il la gratifia d'un sourire béat.

– Cet enfant se porte bien, observa le monsieur.

– C'est Tyrone, Ty, mon enfant, affirma Maggie avec orgueil.

Déjà elle était sur la défensive, ayant remarqué la surprise dans les yeux gris de l'inconnu.

Elle répondit avant qu'on puisse l'interroger :

– J'ai seize ans et ne suis pas mariée.

Elle s'attendait à voir apparaître une expression dédaigneuse sur le visage de l'étranger, mais il lui sourit.

– C'est un joli prénom.

Maggie baissa la tête vers l'enfant, elle n'était pas sûre que l'homme fût sincère.

– Merci, dit-elle toutefois.

L'homme attendit un moment avant de proposer :

– Puis-je vous déposer quelque part? C'est le moins que je puisse faire, après ce que vous avez fait pour mon cheval.

Il avait deviné qu'il ne fallait rien proposer à la jeune femme qui fût de la pitié ou de la charité.

– Non, merci. (Maggie était soulagée de pouvoir refuser.) Je vais chercher ma tante qui travaille chez M. et Mme Gordon.

– Cathleen Hogan est donc votre tante?

L'inconnu paraissait à la fois curieux et surpris.

– Pardonnez-moi de me présenter moi-même, je suis Philip Gordon.

Le docteur tendit la main et Maggie remarqua les doigts longs, presque des doigts de femme.

– Je me souviens maintenant, Cathleen nous avait parlé de sa nièce, mais je n'avais pas fait le rapprochement avec vous.

– Je n'aurais pu dire qui vous étiez, moi non plus, avoua Maggie en serrant la main de Philip Gordon.

Elle se rappela que sa tante lui avait parlé de son patron avec sympathie. Elle avait confiance en son jugement, ce qui désarma un peu sa méfiance. D'ailleurs, le docteur l'invitait aimablement.

– Pourquoi ne viendriez-vous pas à la maison? Je

suis sûr que ma sœur Pamela serait ravie de faire votre connaissance et celle du bébé.

Maggie hésita un moment avant d'accepter.

– Entendu, mais il faut prévenir ma tante.

La maison était aussi vaste à l'intérieur que le promettaient les apparences. Spacieuse et aérée, décorée dans les tons lumineux de la Californie, avec un sol en carrelage, un mobilier luxueux et des objets anciens. Maggie eut le souffle coupé lorsque le Dr Gordon lui présenta sa sœur. Bien qu'immobilisée sur une chaise roulante, Pamela Gordon personnifiait tout ce que Maggie rêvait d'être plus tard. Elle avait les yeux gris de son frère mais ses paupières étaient ombrées d'un léger fard lavande, ses traits étaient fins, superbement féminins, et ses cheveux blond cendré rehaussaient encore son élégance. La dame portait une tunique orientale sans manches qui lui arrivait jusqu'aux chevilles. Tout en elle respirait la beauté et la grâce. L'admiration de Maggie fut encore renforcée par la manière dont Pamela accueillit Ty.

– Puis-je le prendre? demanda-t-elle sur le ton d'une personne extrêmement bien élevée.

Maggie lui posa le bébé dans les bras. Immédiatement il agrippa une mèche blonde. Maggie s'étonnait toujours de la force de son fils. Elle saisit sa menotte pour qu'il lâche les cheveux et s'excusa.

– Il vaut mieux que je le reprenne.

– Oh! non, je vous en prie, protesta Pamela. Il peut tirer autant qu'il voudra!

La dame appuya le bébé contre sa joue parfumée.

– Il est adorable.

– Oui, approuva le docteur avec un regard attendri, s'il existe une chose dont Pamela et moi avons manqué dans la vie, c'est de la présence d'enfants autour de nous.

Lorsque Cathleen arriva quelques minutes plus tard, Maggie annonça qu'elle devait rentrer pour s'occuper de maman Hogan. Pamela lui tendit Ty avec réticence.

– Vous reviendrez? supplia-t-elle, ses yeux gris humides d'émotion, et vous amènerez Ty?

– Oui, promit la jeune femme.

Le lendemain, Maggie écrivit à Culley pendant que Tyrone faisait la sieste. Elle lui décrivit son premier tremblement de terre, comment elle avait attrapé au lasso un cheval qui coûtait une fortune et lui parla de la gentillesse des Gordon. En dehors de la naissance de Ty, c'était là le premier événement survenu en Californie.

9

La sonnette retentit. Maggie lissa sa robe noire; c'était la deuxième fois qu'elle portait le deuil en quinze jours. La première pour assister à l'enterrement de papa Hogan, la deuxième pour assister à celui de maman Hogan qui n'avait pas survécu plus d'une semaine à son époux. Maggie n'avait pas pleuré à la mort de son père ni à celle du vieux couple. Elle se demandait si quelque chose n'était pas cassé au fond d'elle-même. Chase lui avait peut-être ôté tout sentiment. La douleur refoulée durcissait les traits de la jeune femme, la faisait paraître plus pâle sur le noir de sa robe et de ses cheveux.

Cathleen avait déjà répondu à la porte. Philip entra, resplendissant dans un costume gris, poussant le fauteuil roulant de Pamela. Il sourit à Maggie de sa manière habituelle et lui prit les mains qu'elle tenait inconsciemment serrées.

– Comment allez-vous? demanda-t-il en scrutant les traits figés de la jeune femme.

Il admira ses proportions si harmonieuses. Son habileté de chirurgien ne pouvait rien ajouter à cette beauté naturelle.

– Je vais bien, merci, répondit Maggie d'une voix sans émotion.

Le Dr Gordon avait déjà observé le mur élevé entre eux par Maggie les rares fois où elle s'était rendue chez lui. La plupart du temps, il se dressait lorsqu'on l'interrogeait sur ses parents, son enfance, ou le père de son fils. Maggie refusait de parler de ses parents ou de la vie qu'elle menait avant de venir en Californie.

– Tout cela est terriblement difficile pour quelqu'un d'aussi jeune que vous, compatissait Philip.

Maggie retira ses mains, refusant le réconfort qu'il lui offrait.

– La mort est dure pour les vivants, répondit-elle.

Le Dr Gordon s'étonna que l'on possède une telle expérience et une telle sagesse à seize ans.

– Pamela et moi sommes venus vous offrir nos condoléances et voir si vous n'aviez besoin de rien.

Philip proposait son assistance en sachant que la jeune femme refuserait. Il n'avait jamais rencontré personne d'aussi fier et indépendant.

– J'ai déjà proposé à Cathleen de consulter mon avoué pour les problèmes légaux. Quant aux frais médicaux...

D'un geste, Maggie interrompit le docteur avant qu'il ne lui offre son aide financière. Puis, comprenant soudain qu'elle n'avait aucune raison de se montrer aussi froide, elle ajouta avec un sourire forcé :

– C'est gentil à vous de nous faire cette proposition.

– Ce n'est pas une question de gentillesse mais d'affection, précisa Philip. Avec les années votre tante est devenue beaucoup plus qu'une employée pour Pamela et moi. Vous traversez toutes deux un moment difficile, nous aimerions vous le rendre moins pénible.

– Bien sûr, fit Maggie, incapable de dire autre chose.

– Qu'allez-vous faire, Maggie?

Le docteur détestait ce prénom qui convenait mal à cette jeune femme si maîtresse d'elle-même.

– Poursuivre mes cours par correspondance. Je veux obtenir mes diplômes, répondit-elle sans hésitation, mais je chercherai aussi du travail et une crèche pour Ty.

– Les emplois sont difficiles à trouver, remarqua Philip.

– J'en trouverai et, dès que j'aurai été reçue à mes examens, j'irai à l'université.

Les yeux du Dr Gordon brillèrent d'admiration devant une volonté aussi farouche. La jeune femme n'avait pas dit qu'elle « voulait trouver » mais qu'elle « trouverait ». Quel être remarquable!...

Maggie se tourna vers Pamela.

– Puis-je vous offrir du thé ou du café?

Les Gordon choisirent du thé. Maggie proposa aussitôt :

– Je vais le préparer. Cathleen, restez avec vos invités.

En quittant la pièce, la jeune femme entendit sa tante déclarer que sa présence était une bénédiction envoyée par Dieu pour l'aider à supporter ses épreuves. Maggie fut heureuse de savoir qu'elle n'était pas un fardeau. Elle fit le thé exactement comme on le lui avait indiqué : ébouillanter la théière pendant que l'eau chauffait, la verser lorsque l'eau frémissait. Elle prépara un plateau avec la même minutie que Pamela Gordon; les tasses en fine porcelaine, la crème, le sucre et quelques tranches de citron. En entrant dans le salon elle entendit la sœur du docteur :

– Ce dont vous avez besoin, Cathleen, c'est d'un

changement de cadre. Philip et moi avons toujours désiré que vous viviez avec nous. Nous n'avions jamais insisté à cause de vos beaux-parents... mais maintenant... venez habiter à la maison.

Pamela était si persuasive que Maggie se demanda comment on pouvait lui résister.

– Je ne peux pas abandonner ma nièce et son bébé, répliqua la tante en secouant tristement la tête.

Philip ne pouvait détacher ses yeux de Maggie. Depuis qu'elle était revenue avec le plateau, elle l'attirait comme un aimant. La simple robe noire révélait son corps parfait et les seins qui gonflaient son corsage resserré autour de la taille fine. Lorsque Maggie se pencha pour poser le plateau sur la table, le tissu se tendit sur ses fesses rondes. Philip fut traversé d'un désir qu'il repoussa aussitôt. Il aurait pu être le père de Mary-Frances. S'efforçant de revenir à la raison, il suggéra sur un ton paternel :

– Maggie et le bébé seront également les bienvenus. L'appartement situé au-dessus du garage est vide depuis des années. Je crois que nous pourrions l'aménager en quatre pièces confortables.

Philip se détourna du regard méfiant de Maggie et s'adressa à sa tante :

– Je ne vous conseille pas de vendre votre maison, mais de la louer, si vous voulez y revenir un jour...

– Ce serait faisable, reconnut Cathleen, pas encore tout à fait convaincue.

Maggie restait à l'écart de la discussion. Assise sur le bord d'une chaise, elle versa le thé dans les tasses avec la même distinction qu'elle avait vue à Pamela. La perspective de s'installer dans la maison des Gordon pour apprendre à devenir une « dame » lui apparaissait comme un rêve qui devenait soudain réalité. La jeune femme gardait le silence, de peur d'être déçue, tandis que le frère et la sœur tentaient encore de persuader Cathleen.

– Vous ne nous avez pas dit ce que vous pensiez d'un déménagement, Maggie, souffla Philip. Y verriez-vous des objections?

– Non, mais dès que j'aurai trouvé du travail, je vous paierai un loyer.

Le Dr Gordon savait qu'il valait mieux ne pas discuter.

– J'ai réfléchi à un emploi pour vous. J'aurais besoin d'une personne compétente pour entraîner mes chevaux et les faire travailler. Je suis persuadé que vous feriez l'affaire. Vous avez l'expérience, de plus ce travail vous laissera du temps libre pour Ty.

– Oh, oui! approuva avec enthousiasme Pamela. Vous n'aurez pas besoin de chercher une crèche, vous m'amènerez l'enfant pour que je le garde.

Comme s'il comprenait qu'il était l'objet de la conversation, Ty se mit à pleurer dans son berceau. Mlle Gordon sourit, radieuse.

– Je savais que, si nous patientions un peu, il allait se réveiller.

Le déménagement s'effectua plus rapidement que Maggie ne l'aurait imaginé, apportant un changement de vie si brutal que la jeune femme en était étourdie. Elle venait enfin de quitter les fantômes du passé pour pénétrer dans une vie nouvelle et ensoleillée.

Maggie écrivit à Culley des lettres enthousiastes sur sa nouvelle maison et son nouveau travail. Lorsque Philip avait fait allusion à un appartement au-dessus du garage, elle avait imaginé autre chose que ces immenses pièces aux peintures claires et recouvertes de moquette. Ty avait sa chambre; celle de Maggie était assez grande pour contenir une commode en plus du lit, un bureau et une chaise et elle pouvait y étudier. Pamela avait pris sur son mobilier, menaçant de le donner aux bonnes œuvres en cas de refus.

Son nouveau travail obligeait Maggie à se lever tôt le matin pour soigner et entraîner les chevaux de Philip. C'était bien différent de ce qu'elle avait imaginé, n'ayant jamais auparavant utilisé de selle anglaise. Au début, elle était maladroite, mais Philip avait insisté pour qu'elle persévère, prétendant qu'elle avait une bonne assiette.

Lorsqu'il lui avait proposé de lui enseigner les finesses du saut d'obstacle, Maggie s'était montrée réticente. Elle avait fini par accepter lorsque le docteur avait précisé que la majorité des cavalières étaient des jeunes filles de la bonne société.

Le mois d'août arriva, apportant les dix-sept ans de Mary-Frances O'Rourke. Après avoir fait la vaisselle, Maggie embrassa Ty et l'abandonna à Cathleen pour aller retrouver Philip au manège pour sa leçon d'équitation. Il était déjà là et l'attendait dans le bureau lorsqu'elle arriva.

– Vous êtes là depuis longtemps?

Maggie espérait bien que non, mais Philip avait l'air d'être installé depuis un certain temps dans le fauteuil pivotant de son bureau.

– Des heures, lança-t-il en manière de plaisanterie.

Dans son nouvel environnement, Maggie se sentait plus à l'aise pour répondre à l'humour chaleureux du docteur. Elle commençait à apprécier sa maturité rassurante et son autorité.

– Il y a un cadeau pour vous sur le divan, annonça-t-il en désignant la banquette de cuir.

– Un cadeau?

– Le présent d'anniversaire de Pamela et le mien.

Ne sachant pas si elle devait accepter ou refuser, Maggie s'avança lentement vers le divan, sur lequel elle découvrit des jodhpurs, une redingote noire et une blouse blanche. Une paire de bottes d'équitation se trouvait tout près. Bouleversée par tant de générosité, la jeune femme détourna son regard, mal à l'aise.

– Vous aimez? souffla-t-il. (Et sans attendre de réponse :) Ma sœur et moi avons pensé qu'une jeune femme distinguée devait porter une vraie tenue de cheval.

– Vous avez tant fait déjà...

– Maggie... (Le docteur s'arrêta avec une grimace.) Ce prénom ne vous va pas du tout.

– C'est un surnom donné par mon père.

Elle était soulagée que Philip aborde un autre sujet, cela lui donnait le temps de réfléchir.

– Tante Cathleen m'appelle Mary-Frances.

– Avec tout le respect que je dois à la religion, ce nom sonne comme celui d'une religieuse.

– C'est vrai, reconnut Maggie en souriant.

– Mary-Frances O'Rourke? Est-ce là votre nom complet, demanda Philip.

– Mary-Frances Elizabeth O'Rourke, rectifia la jeune femme. On en a plein la bouche, n'est-ce pas?

– Elizabeth. (Le docteur savourait ce nouveau prénom.) C'est un nom de reine et vous ressemblez à une reine. Cela vous dérangerait que je vous appelle ainsi?

Maggie se mordit la lèvre de plaisir; jamais elle ne s'était sentie aussi importante pour personne.

– C'est d'accord, répondit-elle avec un haussement d'épaules pour cacher son bonheur.

– Très bien, Elizabeth, mettez votre nouvelle tenue pendant que je selle votre cheval.

Philip s'arrêta un long moment devant le râtelier avant de sortir. Lorsque la porte se fut refermée derrière lui, Maggie s'aperçut qu'elle ne lui avait pas dit si elle acceptait le cadeau. Un bref instant de réflexion devant les vêtements la persuada que cette fois c'était possible.

Au cours des mois qui suivirent, Maggie découvrit

combien il était difficile de résister aux Gordon. Philip avait insisté pour mettre à sa disposition l'immense bibliothèque de la maison, et Pamela trouvait les meilleures raisons pour veiller sur Ty. Elle avait prêté à Maggie son maquillage et tenu à la conduire dans les boutiques.

Aussi, en recevant une lettre de Culley, la jeune femme s'était-elle sentie coupable. Sa vie était devenue si facile, si riche même, alors que le garçon continuait à lutter contre le mauvais temps, la terre aride et les Calder. L'espace d'une seconde, Maggie souhaita que son frère vende le ranch et la rejoigne en Californie, mais c'était impossible. Au fond d'elle-même elle voulait voir les Calder à genoux.

Les cadeaux s'entassaient au pied du sapin pour le premier Noël de Ty. La plupart des présents provenaient de Pamela. Elle aurait tout acheté si Maggie n'était intervenue pour l'en empêcher. La jeune femme sourit en regardant Ty traîner un jouet sur le parquet. Une lettre de Culley était arrivée le matin.

« Chère Maggie,

19 décembre.

Je ne me souviens plus si je t'ai déjà écrit que Fred Dickens, le type du rodéo qui se trouvait dans le coma, est mort. Eh bien, Buck Haskell a été accusé de meurtre. Il a crié partout qu'il était ivre et ne savait plus ce qu'il faisait. J'ai entendu dire que Chase Calder avait refusé de témoigner en faveur de son ami. Je suis sûr que c'est vrai; quand un de leurs gars est pris, les Calder s'en lavent les mains. Le juge a mis Buck en prison, il paraît qu'il a fallu trois hommes pour lui faire quitter la salle d'audience. Il neige.

Joyeux Noël. Culley. »

Maggie éprouva de la pitié pour Buck Haskell, de la pitié parce qu'il avait été trahi par les Calder, spécialement par Chase, son ami. Trahi tout comme elle. Le regard de Maggie s'attarda sur l'étoile au sommet de l'arbre de Noël. Elle souhaita que les Calder ne goûtent jamais la paix dont elle était le symbole.

Le poulain né au printemps chancelait sur ses jambes maladroites et agitait sa queue marron clair pour garder l'équilibre. Avec ses membres trop longs, sa tête trop grosse et ses yeux trop saillants, il fermait les paupières à la lumière de ce monde étrange où il avait été si désireux de pénétrer quelques minutes plus tôt. Pour un nouveau-né, le petit était plutôt grand et en excellente santé. Par contre l'état de sa mère inquiétait tout le monde. La vieille jument gisait dans la paille et respirait laborieusement. Maggie serra fort la barrière de l'écurie comme si sa volonté allait faire bouger l'animal. « Misty » était la bête favorite du Dr Gordon. Il l'avait adoptée au moment où elle terminait une carrière de cheval de course. Ce dernier accouchement avait été long et difficile, le poulain semblant avoir pris toutes les forces de sa mère. La jument poussa un faible hennissement et essaya de soulever la tête, puis referma les yeux; cet effort lui avait ôté sa dernière énergie.

Les manches retroussées, le Dr Philip Gordon se tenait près du box. L'inquiétude altérait son beau visage bronzé.

– On va l'aider à se relever, suggéra-t-il.

Deux hommes s'agenouillèrent près de la jument et tentèrent de la mettre dans une position où elle n'aurait qu'à se hisser sur ses jambes, mais elle n'eut pas le courage de coopérer. Après des efforts inutiles, Ralph, le garçon d'écurie, laissa doucement retomber la tête de Misty sur la litière.

– Rien à faire, souffla-t-il hors d'haleine.

– J'ai préparé une bouillie chaude, annonça Maggie en enjambant le box. Si on arrive à la lui faire avaler, elle retrouvera peut-être des forces.

– Essayez donc, Elizabeth, approuva Philip. (Puis, s'adressant au lad :) Apportez une corde pour la soulever. Si nous pouvons la remettre sur pied et que le petit tète, Misty aura une meilleure chance de s'en tirer.

Maggie s'agenouilla près de la jument, plaça le seau de bouillie sur le sol et sortit un chiffon propre de sa poche. Elle le trempa dans la pâtée et le tordit dans la gueule de l'animal tout en lui caressant le cou pour l'aider à avaler, puis elle recommença l'opération. Pendant ce temps, Ralph était revenu.

– Docteur, j'ai les cordes. Comment est-ce qu'on s'y prend?

– Nous allons nous servir de la poutre, ce sera plus solide.

Absorbée par sa tâche, Maggie se rendit à peine compte de ce que les hommes faisaient. Mais lorsqu'elle releva la tête au bout de quelques minutes, elle aperçut une corde blanche qui se balançait à la poutre. Aussitôt une autre image se substitua à celle-ci : une grange avec un nœud coulant. La gorge de Maggie se serra comme un étau. A nouveau elle regarda la corde; l'image de la grange réapparut avec son nœud coulant. Maggie se releva, livide, terrassée par la vision de son père pendu qui se balançait dans le vide. La jeune femme enfouit son visage dans ses mains et appuya ses doigts sur ses paupières pour chasser l'horrible apparition. Mais la sensation affreuse persista. Maggie éprouvait la même terreur que si la scène avait été réelle. Au loin elle entendit un hurlement qui n'en finissait pas... Il fallait dénouer le nœud! La jeune femme se précipita, agrippa la corde et, même quand elle se fut aperçue qu'elle était libre, s'obstina à tirer dessus. Soudain elle croisa le regard de Philip dont le front était creusé par une ride. Il observait la malheureuse, terrorisée, hypnotisée par la corde. Philip allait lui demander ce qui n'allait pas, lorsqu'elle se mit à crier. Il se précipita et secoua Maggie par les épaules devant le garçon d'écurie pétrifié.

– Enlève la corde! ordonna le docteur sans se retourner. Elizabeth! C'est fini, regardez, il n'y a plus rien. (Sa voix était ferme et autoritaire.) Ouvrez les yeux, c'est fini.

Maggie tourna lentement la tête et demeura figée pendant un moment; la corde gisait, enroulée, par terre, inoffensive. Tout à coup la malheureuse fut parcourue de violents frissons et, lorsque Philip lui entoura les épaules de son bras, elle éclata en sanglots.

– Venez, il faut que vous sortiez d'ici.

– Qu'est-ce que je fais de la jument et du poulain? demanda le garçon, déconcerté.

– Va chercher du renfort. Appelle Simmons du ranch Doven.

Maggie titubait, mais la poigne solide du docteur la soutenait. Il la guida vers le bureau pendant qu'elle s'essuyait les yeux et étouffait les sanglots qui lui montaient encore à la gorge.

Philip l'étendit sur le divan et lui plaça un coussin sous la tête.

– Je suis désolée.

Elle essayait de se reprendre. Philip s'était assis sur le canapé, penché en avant, les coudes appuyés sur les genoux. Il observait Maggie attentivement de ses yeux gris.

– Vous n'avez pas à être désolée. La vision de la corde a réveillé un souvenir traumatisant auquel votre esprit n'a pu résister. Vous avez perdu un petit peu la tête! affirma-t-il avec un sourire bienveillant, rien de grave.

Il semblait vouloir dire que tout cela était normal.

Cette compréhension rassurante fut trop forte pour

Maggie, sur le point de fondre en pleurs une nouvelle fois.

– Voulez-vous vous confier, Elizabeth? suggéra Philip. Parfois ça soulage.

Maintenant les larmes ruisselaient sur les joues de la jeune femme.

– Je voudrais que mon frère soit ici, souffla-t-elle en se tournant vers le docteur. J'ai besoin de lui parler.

Une larme coula au coin de ses lèvres, qu'elle essuya d'une main tremblante.

– Je n'ai pas pleuré lorsque mon père est mort, je ne pouvais pas.

– Où étiez-vous au moment de l'accident qui l'a tué?

Philip guettait la moindre expression de Maggie, sachant qu'elle était sur le point de révéler la vérité.

– Ce n'était pas un accident, on l'a assassiné.

Et tout à coup, avant même d'avoir pu réfléchir à ce qu'elle racontait, Maggie déversa son histoire : celle des Calder, son aventure avec Chase, le vol du bétail et la pendaison de son père. Elle sanglotait en parlant comme elle avait été incapable de le faire auparavant. A un moment donné, Philip la prit dans ses bras et la laissa s'abandonner. Maggie faisait un récit étrange, difficile à croire parfois, mais sa peine et sa souffrance étaient authentiques. Malgré sa réticence, elle répondit à toutes les questions sur son passé. Les malheurs qu'elle avait endurés auraient terrassé une fille plus résistante. Philip caressa la tête brune et la serra contre sa poitrine.

– Vous auriez dû prévenir la police, déclara-t-il sur un ton sévère.

– Elle ne nous aurait pas crus, on nous aurait traités de fous. La police est plus ou moins aux ordres des Calder, et puis nous n'avions aucune preuve. En définitive nous aurions été obligés d'avouer que papa volait le bétail, Culley serait allé en prison, et moi, dans une maison de correction.

Philip comprit que les O'Rourke avaient été contraints au silence. Plus objectif que Maggie, il justifiait à la fois les actes de son père et ceux de Calder. Même si sa sympathie allait naturellement à la jeune femme, elle ne l'aveuglait pas.

– Ils ont maquillé sa mort en suicide, poursuivit Maggie entre deux sanglots. Mais j'ai dû raconter à tante Cathleen que c'était un accident. Elle est catholique pratiquante.

Elle se mit à trembler violemment dans les bras du docteur.

– Je les déteste, je déteste les Calder pour ce qu'ils ont fait. J'espère qu'un jour quelqu'un les abattra.

La violence de cette haine bouleversa Philip.

– Ne les haïssez pas, Elizabeth. La haine détruit toujours celui qu'elle anime, et n'oubliez pas que le père de votre enfant est un Calder.

– Ty n'en saura jamais rien, répliqua Maggie sur un ton catégorique. Je ne lui révélerai pas la vérité, j'inventerai une histoire.

Elle se remit à pleurer.

Le docteur la serra plus fort contre lui et pressa sa bouche sur la tempe fragile à la manière d'un père qui consolerait son enfant. Il embrassa le front et les joues humides tout en murmurant des paroles réconfortantes. Lorsque ses lèvres effleurèrent celles de Maggie, tout bascula soudain. Il sentit contre lui des seins ronds, des courbes très douces. Dans ses bras se trouvait une femme désirable. Le docteur s'attarda sur les lèvres de Maggie pour en goûter la saveur salée; le corps tiède d'Elizabeth lui embrasait les sens. A un moment donné il perdit le contrôle de lui-même et baisa passionnément cette bouche qui lui répondit. Tout à coup, des mains le repoussèrent sauvagement, des yeux verts le fixèrent comme s'il était devenu un étranger.

– Ne me touchez pas.

– Elizabeth, je... (il cherchait des mots d'excuse) j'ai abusé de votre état, vous étiez vulnérable...

Maggie se rua vers la porte ouverte et s'arrêta un instant pour reprendre souffle avant de traverser la cour. Philip la suivit longuement du regard.

On montait l'escalier de l'appartement au-dessus du garage. Maggie entendit les pas mais fit semblant de ne rien remarquer et continua à faire manger Ty sur sa chaise haute. Le petit garçon essaya de saisir la cuillère. Sa mère lui écarta la main et avança la cuillère vers la petite bouche résolument fermée.

– Allons, Ty, juste une bouchée, encouragea Maggie au moment précis où l'on frappait à la porte.

La jeune femme leva la tête vers sa tante qui faisait la vaisselle du dîner.

– J'y vais, fit Cathleen en souriant à la mère et à l'enfant.

Profitant de l'inattention de Maggie, Ty saisit la cuillère pleine de compote d'abricots et l'écrasa avec délices entre ses doigts. Maggie poussa un soupir exaspéré et attrapa le gant de toilette humide accroché tout près, pour les cas de ce genre. Après avoir enlevé la cuillère au bébé, elle lui essuya la bouche et les mains pendant qu'il donnait des coups de pied contre la chaise.

– Tu veux descendre pour jouer, n'est-ce pas? interrogea Maggie tout en écoutant sa tante accueillir Philip.

Elle avait deviné qu'il viendrait après ce qui s'était passé dans l'après-midi, aussi ne s'étonna-t-elle pas de l'entendre demander :

– Pourrais-je parler à votre nièce en privé?

Une seconde s'écoula avant que Cathleen ne réponde :

– Bien sûr, j'allais justement descendre les ordures.

Mme Hogan ne posait jamais de questions indiscrètes, aussi n'avait-elle rien dit, l'après-midi, lorsque sa nièce avait surgi dans l'appartement, bouleversée; elle s'était contentée de lui demander si tout allait bien.

– Elizabeth, le docteur Philip désire te voir.

Influencée par les Gordon, Cathleen avait cessé d'appeler sa nièce Mary-Frances et Maggie commençait à croire que c'était le prénom de quelqu'un d'autre. Elle leva les yeux et rencontra le regard gris du docteur. Cathleen rassembla les sacs à ordures et descendit, abandonnant sa nièce au visiteur. Ty commençait à s'impatienter sur sa chaise. Sa mère le prit dans ses bras et le garda un moment avant de le poser à terre. Ainsi elle avait un prétexte pour fuir le regard du docteur.

– Elizabeth, je venais m'excuser pour cet après-midi.

– C'est inutile, déclara Maggie en serrant Ty qui gigotait.

– Je ne vous demande pas de me pardonner, insista Philip. Ma seule excuse est que j'ai découvert une belle fille dans mes bras. J'ai agi comme n'importe quel homme, je l'ai embrassée. Je n'avais pas l'intention de vous effrayer.

Maggie se détourna en entendant la dernière phrase. Lorsqu'elle regarda à nouveau Philip, elle remarqua tout ce qu'elle niait depuis sept mois : le Dr Gordon était un bel homme, mince mais vigoureux; avec des cheveux poivre et sel et des yeux merveilleusement gris. Chase était bâti comme un mâle batailleur, Philip, au contraire, un modèle d'élégance virile et de charme, ressemblait à un gentleman.

– Vous ne m'avez pas fait peur, répliqua Maggie.

A ce moment-là, Ty poussa un hurlement. La jeune femme le posa sur la moquette. Le bébé se dépêcha de ramper vers ses jouets au milieu de la pièce.

Maggie se retourna vers le docteur pour terminer sa phrase :

– C'était moi. (Elle se tut un instant pour dominer

ses sentiments.) Je voulais que vous m'embrassiez, que vous me touchiez, plus même. (Elle s'enhardissait au fur et à mesure qu'elle reprenait confiance). Je désirais que vous fassiez l'amour avec moi. Je n'aurais jamais cru qu'un homme me ferait éprouver des sensations, que je redeviendrais comme avant.

– Elizabeth, dit Philip en s'avançant vers elle, les yeux brillants de désir.

Soudain il s'arrêta et secoua la tête.

– Vous ne savez pas ce que vous dites.

– Si, je sais, Philip.

Maggie avait abandonné le titre de Monsieur qu'elle donnait habituellement au docteur.

– Vous avez dix-sept ans, je vais en avoir quarante-deux, je suis assez vieux pour être votre père, expliqua-t-il gentiment. Je suis le seul homme autour de vous et vous êtes une fille aimante, mais je ne vous laisserai pas vous embarquer dans cette affaire.

Le docteur effleura du doigt la joue de Maggie.

– Vous êtes intelligente, déterminée et ambitieuse, la dernière bêtise à faire serait de vous lier à un vieil homme.

– Vous n'êtes pas vieux, Philip.

– Vous vous imaginez que ces cheveux gris sont faux?

– Ils vous donnent un air distingué, insista Maggie.

– Une autre manière de dire que je suis vieux, répliqua le docteur avec un sourire. Quand vous irez à l'université vous serez entourée de charmants jeunes gens, et vous serez plus heureuse avec quelqu'un de votre âge.

– Comme Chase Calder peut-être, jeta violemment Maggie dont le tempérament fougueux réapparaissait brusquement. Appelez-vous cela une expérience heureuse?

– Chase Calder était le premier. Vous ne pouvez

juger les autres hommes à travers lui, mais en tirer un enseignement.

– Chase voulait toujours m'apprendre quelque chose, reconnut Maggie avec amertume. Malheureusement il s'agissait de sexe, non d'amour.

– Il vous reste beaucoup à apprendre.

Elizabeth O'Rourke, Mary-Frances savait qu'il ne suffisait pas de porter de beaux vêtements et de vivre dans de belles maisons pour devenir une dame. Il fallait d'abord intégrer toute une culture et des habitudes.

– Je veux connaître l'art, la musique, la peinture, le théâtre, je veux parler couramment des langues étrangères et...

Elle s'arrêta, incapable de finir l'interminable liste et leva les yeux vers Philip qui lui adressa un clin d'œil malicieux.

– Et vous voyagerez, vous ferez des découvertes. Il n'y a aucune place dans votre jeune vie pour un homme de mon âge. Il vous faut encore grandir.

– Philip, protesta Maggie.

Mais il l'interrompit :

– Je suis très flatté que vous me trouviez séduisant, Elizabeth. Je suis à une période de ma vie où j'aimerais bien retrouver ma jeunesse avec une fille comme vous. S'il vous plaît, ne me tentez pas, épargnez-moi l'indignité de passer pour un imbécile.

– Je ne vous rendrai jamais ridicule, je sais trop ce qui fait mal.

Philip prit le menton de Maggie dans sa main.

– Passons un contrat. Attendons la fin de vos études pour savoir si vous éprouvez le même penchant pour moi ou si vous vous êtes entichée d'un jeune homme à l'esprit aventureux.

Maggie ferma les yeux et abandonna sa joue à la main de Philip.

– C'est entendu, nous verrons ce qui se passera après l'université.

Un après-midi de juin, Maggie grimpa l'escalier de l'appartement au-dessus du garage. Elle avait accompagné Pamela à une exposition de peinture dans une galerie privée. Tous les mois, Maggie visitait une galerie d'art à Los Angeles pour acquérir une culture artistique, selon le vœu de Philip. En entrant dans le vestibule, elle appela d'une voix joyeuse :

– Y a-t-il quelqu'un?

Un cri de joie lui parvint de la cuisine, suivi aussitôt de galopade. Ty traversa le séjour aussi vite que ses petites jambes le lui permettaient; il avait un an et demi et était devenu un vrai garçon. Il se jeta en riant dans les bras de sa mère.

– Tu ne marches pas, tu cours, dit Maggie en le serrant contre elle tandis qu'il baragouinait une réponse. Tu grandis tellement vite. As-tu été gentil aujourd'hui?

Le petit regarda sa mère avec des yeux incontestablement bruns.

– Très gentil, répondit Cathleen en entrant dans le séjour. Comment était l'exposition?

Maggie se dirigea vers le sofa, tenant Ty dans ses bras.

– Fascinante.

Elle chatouilla le bambin tout en continuant :

– Je trouve toujours la peinture fascinante même quand je ne la comprends pas. Les symphonies, l'opéra, la danse, les musées... j'ai tellement à apprendre.

– Tu apprendras, certifia Cathleen. Au fait il y a une lettre pour toi.

– De Culley? demanda Maggie pleine d'espoir. Il n'a pas écrit depuis la Noël. Je sais qu'il est très occupé, mais je commence à m'inquiéter tout de même.

– Non, elle n'est pas de ton frère, rectifia Cathleen en apportant une enveloppe, l'air réjoui.

Maggie posa Ty sur la moquette et regarda le cachet.

– C'est mon diplôme, déclara-t-elle avec fierté. Je pourrai aller à l'université cet automne. Est-ce que je t'ai dit? Philip pense que j'obtiendrai une bourse d'études.

En effet, Maggie obtint une bourse et entra à l'université en octobre. Au même moment, elle reçut une lettre de Culley. Le jeune homme écrivait de moins en moins mais il continuait à parler vengeance à l'égard des Calder. Ainsi elle ne pouvait oublier le passé.

Elle était très occupée, entre les cours à la faculté, les soins à son enfant et le dressage des chevaux. Par ailleurs, elle continuait à se cultiver en allant au spectacle à Los Angeles. Parfois Pamela et Philip l'accompagnaient, jamais Philip seul. De temps en temps elle sortait avec une amie. Sur les conseils du docteur, elle fréquentait les gens de son âge, mais ils ne l'impressionnaient pas beaucoup. Elle ne se sentait bien qu'avec Philip, qui avait une bonne influence sur elle et la faisait rire. Ils avaient l'habitude de monter ensemble le matin pour entraîner les chevaux. Parfois Philip lui parlait de son métier, des satisfactions que lui donnait une opération réussie. Il était très renommé comme spécialiste de chirurgie esthétique. Maggie l'admirait et le respectait mais elle était toujours attirée par son charme. Il en était de même pour lui. Elle avait remarqué sa façon de la regarder. Une fois, durant un entracte au théâtre, elle avait noté la manière possessive dont il la gardait à son côté. Elle était tentée d'user de ses charmes féminins afin de le séduire mais s'abstenait, se rappelant les cancans qui avaient circulé sur elle et sur Chase. Philip était très sensible à leur différence d'âge et elle ne voulait pas que les gens fassent des remarques derrière son dos. Maggie attendait son heure.

Ses yeux verts brillants de larmes, Maggie serrait d'une main son diplôme d'université, de l'autre un petit garçon brun de cinq ans. Il noua ses bras autour du cou de sa mère.

– Féli-ci-tations, maman.

Ty avait buté sur le mot mais l'avait prononcé correctement. Il était grand pour son âge; sa forte charpente laissait deviner l'homme qu'il serait un jour. Ses cheveux n'étaient pas noirs mais châtain foncé et légèrement décolorés par le soleil de Californie. Maggie refusait de reconnaître qu'il ressemblait à Chase. Pour elle Ty était « son » enfant.

– Merci, mon chéri, répondit-elle en embrassant la joue rebondie sans la marquer, car il détestait les traces de rouge à lèvres.

– Qui t'a appris à dire ça?

– Pip.

Le bambin n'avait jamais réussi à prononcer Philip.

Maggie se pencha vers son fils pour savourer la fierté qu'il lui montrait avec force caresses. Lorsque libérée de son étreinte elle se releva, ce fut pour embrasser sa tante; cette créature douce et compréhensive qui l'avait accueillie sans jamais poser de questions, sans jamais se plaindre. Ty était un enfant illégitime, mais Cathleen avait traité sa nièce comme sa fille.

– Ta mère serait fière, ma petite Elizabeth, dit Cathleen en pleurant doucement.

Les deux femmes avaient eu la même pensée. Maggie avait tellement la gorge serrée qu'elle ne put que répondre :

– Merci, Cathleen.

Sa tante la serra dans ses bras :

– Je regrette que ton frère ne soit pas là. Crois-tu qu'il ait reçu le billet d'avion que tu lui as envoyé?

– Culley... était sans doute trop occupé. Il y a beaucoup de travail au ranch à cette époque.

Maggie trouvait des excuses pour son frère. Elle aussi aurait souhaité qu'il partage ce moment avec elle, mais elle avait vite compris qu'il ne se sentirait pas à sa place dans cet environnement. Peut-être d'ailleurs le savait-il, peut-être était-il réellement occupé. Peu importe, elle ne pouvait s'empêcher de souhaiter sa présence.

Maggie se pencha vers la joue de Pamela. La belle femme blonde était éblouissante comme d'habitude, dans une longue robe en soie rose qui retombait devant le fauteuil roulant. Pourtant Maggie avait perdu ses illusions à son sujet, car elle avait découvert que Pamela ne l'acceptait qu'à cause de son adoration pour Ty.

– Je vous félicite, Elizabeth, fit-elle avec un charmant sourire poli.

– Merci, Pamela.

Le cœur de Maggie bondit dans sa poitrine lorsqu'elle regarda Philip qui se tenait, attentif, près du fauteuil roulant. Ses cheveux étaient devenus argentés sur les tempes, mais il était toujours aussi beau et mince. Maggie lui tendit la main qu'il saisit dans la sienne.

– Merci pour tout.

– C'est un jour de gloire pour nous, Elizabeth.

Elle se tenait devant lui, radieuse et confiante. Elle portait maintenant les cheveux mi-long, ce qui renforçait leur tendance à friser. Un maquillage discret mettait ses traits en valeur : les pommettes hautes, les yeux verts, lumineux, la bouche rehaussée de rouge vif. Maggie avait toute l'élégance d'une femme adulte et une maturité au-dessus de son âge. Lorsque Philip se pencha sur elle, elle fut déçue qu'il l'embrassât sur la joue et le gronda en plaisantant :

– C'est tout ce que je mérite?

Elle lui tendit ses lèvres sur lesquelles il posa les siennes un bref instant; mais ce baiser scellait les quatre années écoulées et donnait tout son prix à cette attente. Lorsque Maggie se retira, elle rayonnait.

– Maman a mis du rouge sur la bouche de Pip! trompetta Ty.

– Et il a bon goût, assura le docteur en sortant un mouchoir de sa poche pour s'essuyer.

Il accomplit ce geste avec une certaine fierté, comme s'il avait attendu une raison valable pour le faire. La mention de ce goût rappela à Ty un souvenir agréable.

– On s'en va, maman? Tante Cathleen a fait des gâteaux, des bonbons et plein d'autres choses. Ça risque de se gâter si on rentre pas chez nous.

– Certainement, approuva Maggie, amusée.

En plus des gâteaux et des douceurs, Maggie trouva des cadeaux, ainsi qu'un télégramme de Culley qu'elle ouvrit et lut immédiatement.

« Maggie – Félicitations – Désolé de ne pas venir – Sûr que tu réussirais – On en remontrera aux Calder!
Culley. »

On avait prononcé le nom de Calder jusqu'en ce jour extraordinaire!

Tard dans la soirée, après avoir couché Ty, Maggie annonça à sa tante qu'elle allait se promener : elle était trop excitée pour dormir. La lumière brûlait dans le bureau attenant aux écuries. Maggie espérait que Philip s'y trouvait. Une odeur de pipe et de savon de selle emplissait la pièce. Philip admirait une photo accrochée au mur la représentant sur un cheval d'obstacle noir. Il portait un costume gris qui lui allait à merveille. En entendant la jeune femme, il se retourna.

– Vous rappelez-vous le contrat d'il y a quatre ans? demanda-t-elle en se plaçant devant lui.

– Parfaitement, Elizabeth, répondit-il d'une voix sourde.

Mais son visage restait imperturbable comme sous un masque qui cacherait ses pensées.

– Mes sentiments n'ont pas changé, déclara Maggie avant qu'il ait pu parler. Et ne me dites pas que vous êtes assez vieux pour être mon père, cela n'a aucune importance.

Les traits du docteur se détendirent, il réussit à sourire.

– Je pense qu'un homme a le droit de se ridiculiser au moins une fois dans sa vie pour une femme. Tu n'embrasses pas ton vieil imbécile?

Maggie se jeta dans les bras de Philip avec un rire de triomphe et lui tendit ses lèvres. Le baiser manquait de passion mais Maggie avait épuisé la passion avec Chase; elle ne demandait plus à un homme d'émouvoir ses sens, elle voulait des sentiments sains et solides, une relation différente de celle qu'elle avait connue. L'amour de Philip lui apporterait ce changement.

Lorsqu'il commença à lui taquiner les joues de ses lèvres, elle ferma les yeux avec délices et posa ses mains sur le torse plat, pour sentir le cœur qui battait follement. Les bras de Philip offraient une entière sécurité, du confort, de la tendresse – tout ce que la jeune femme recherchait. Il était le père qu'elle n'avait jamais eu, l'ami qu'elle n'avait jamais connu.

– Je vous aime, Philip.

Les mots sortaient facilement de ses lèvres. Philip y déposa un nouveau baiser.

– J'ai tellement attendu pour entendre ces mots, ma chérie, tellement attendu...

10

Maggie avait placé sa chaise longue à l'ombre d'un arbre pour se protéger de la chaleur de juillet et surveiller Ty en train de jouer aux cow-boys et aux Indiens sur la pelouse. Elle jeta un rapide coup d'œil sur la lettre abandonnée sur ses genoux; le lourd diamant qui scintillait à son annulaire attira son attention. C'était la bague de fiançailles offerte par Philip.

Le mariage aurait lieu en septembre, période favorable au congé du docteur, qui aurait ainsi le temps de partir en voyage de noces. Maggie avait suggéré de se marier d'abord et de vivre la lune de miel plus tard, mais son futur époux insistait pour respecter la tradition – la noce, suivie immédiatement après du voyage.

Maggie était persuadée qu'il avait fixé la cérémonie à la fin de l'été pour lui donner le temps de réfléchir, mais elle n'avait aucun doute sur sa décision. Personne, d'ailleurs, ne l'avait dissuadée d'épouser Philip. Sa tante avait hésité un instant puis accordé sa bénédiction devant son bonheur évident. Seule, Pamela avait émis des réserves, mais elles n'avaient rien à voir avec les craintes de Philip concernant la différence d'âge entre lui et sa future femme.

Pamela était habituée aux soins d'un frère attentionné et, bien qu'elle aimât la perspective de la présence de Ty dans sa maison, elle acceptait mal qu'une autre femme accapare l'attention de Philip. Maggie avait dû faire preuve de beaucoup de tact pour rassurer sa future belle-sœur, qui organisait d'ailleurs le mariage dans ses moindres détails. Maggie avait informé Culley que Philip l'épousait, sans tout lui révéler. Elle ne pouvait expliquer à son frère que son attirance pour le docteur provenait du fait qu'il représentait une image paternelle. Angus O'Rourke n'avait assumé aucune responsabilité vis-à-vis de sa fille. Au contraire, Philip veillerait sur Maggie mieux qu'elle-même et serait présent chaque fois qu'elle aurait besoin de lui. De cette relation complexe, Maggie n'avait révélé qu'une facette. Elle lut la réponse de son frère :

« Chère Maggie,

le 12 juillet.

Félicitations pour ton mariage. J'espère que Philip te rendra très heureuse. J'aimerais bien le connaître, mais je ne vois pas comment je pourrais assister à la noce. Les choses vont mal ici, il n'a pas plu depuis avril, la terre est toute craquelée et dure, l'herbe desséchée. Il n'est pas près de pleuvoir. Tout le monde manque d'eau, sauf les Calder bien entendu, qui en ont à revendre. Je suis content que tu ne sois pas dans le Montana, Maggie, il n'y aurait pas de riches docteurs pour t'épouser, juste de la poussière et la canicule. Malgré mon absence, je suis avec toi de tout cœur.

Ton frère Culley. »

Maggie reposa la lettre sur ses genoux et se souvint du ciel du Montana roussi par le soleil. En entendant des pas sur la pelouse, elle leva les yeux et aperçut Philip qui s'avançait vers sa chaise longue.

– Bonjour, fit-il en s'arrêtant à côté du transat.

Il se pencha pour embrasser sa fiancée sur la joue, puis remarqua l'enveloppe.

– De qui est-ce? Une lettre d'amour?

Il la taquinait avec un sourire. Il avança une chaise longue à côté de la sienne et s'assit.

– Elle est de mon frère. Il ne pourra assister au mariage, septembre est une période de travail intense au ranch.

Ce n'était pas la première fois que Philip remarquait combien Maggie restait faussement calme et réfléchie après avoir reçu des nouvelles de Culley. Il devinait qu'on rouvrait chaque fois d'anciennes blessures. D'ailleurs, il avait lu la déception dans les yeux de sa future femme.

– Je sais combien tu espérais la venue de ton frère.

Peut-être pourrions-nous ajourner la cérémonie et la remettre à octobre ou novembre? Et...

Philip ne termina pas sa proposition, interrompu aussitôt par Maggie :

– Non, répondit-elle sur un ton catégorique, tout est organisé, nous nous marierons en septembre.

Il préféra ne pas discuter et acquiesça avec bonne humeur.

Il sortit de la poche intérieure de sa veste d'été une demi-douzaine de brochures.

– Je viens de l'agence de voyages. Que dirais-tu d'une lune de miel à Paris? Tu en profiterais pour perfectionner ton français.

– Paris? Philip, c'est merveilleux! s'extasia-t-elle.

Elle se pencha pour l'embrasser, puis regarda les prospectus.

– J'ai toujours rêvé d'y aller.

– Alors je suis deux fois plus heureux d'avoir fait ce choix.

Maggie posa sa main dans celle de Philip et entrelaça ses doigts avec les siens. Mais son œil vigilant de mère remarqua Ty aux prises avec un adversaire invisible, près d'un massif de fleurs.

– Ty, ne marche pas dans les roses!

Le gamin s'arrêta net et fila furtivement dans une autre direction.

– Il est à l'âge où je ne sais jamais ce qu'il va faire l'instant d'après.

– Je venais justement te parler de lui, dit Philip.

– Qu'a-t-il encore fait? demanda-t-elle en souriant.

– Rien, Elizabeth, la rassura-t-il. Voilà... je voudrais l'adopter. J'ai toujours souhaité avoir un fils.

Maggie lui répondit d'une voix enrouée par l'émotion :

– Ty ne pourrait avoir de meilleur père.

– Demain je verrai mon homme de loi et entamerai

la procédure d'adoption. Au mois de septembre nous ferons tous trois une vraie famille.

– J'en serai très heureuse, fit-elle en serrant plus fort la main de Philip.

Ty brailla de contentement. Philip tourna la tête et aperçut Cathleen qui poussait le fauteuil roulant de Pamela.

– On dirait un vieux couple, déclara cette dernière. Je ne vous dérange pas, j'espère?

– Bien sûr que non, déclara Maggie avec diplomatie.

Ce fut un mariage tout simple, auquel assista le meilleur associé de Philip, presque un ami. Pamela servit de demoiselle d'honneur. Maggie et Philip gravirent les marches de l'autel et échangèrent leurs consentements sous le regard de Cathleen et de Ty. La réception qui suivit la cérémonie religieuse se déroula sur la pelouse de la maison des Gordon avec une cinquantaine d'invités. Pamela s'était occupée de tout : champagne, caviar, assortiment de hors-d'œuvre, et le traditionnel gâteau de la mariée. Les plats furent peu nombreux mais abondants, et un photographe immortalisa la journée. Au cours des rares moments où il se retrouva seul avec son épouse, Philip l'amena un peu à l'écart et lui demanda en sirotant une gorgée de champagne :

– Es-tu heureuse, Elizabeth?

– Oui.

Cette réponse confirmait ce qu'il entrevoyait avec bonheur.

– Ce serait le plus beau moment de ma vie si Culley était là. J'aurais été comblée si tu avais fait sa connaissance.

– Nous pouvons modifier les réservations et faire une escale dans le Montana. Ça ne serait pas difficile à arranger.

– Non. (La réponse était définitive.) C'est un heureux moment pour nous, je refuse de le voir troublé par quoi que ce soit, déclara Maggie en glissant son bras sous celui de son mari.

Il accepta cette décision avec un sourire, se demandant s'il connaîtrait jamais le passé de sa femme. Elle avait connu tant de difficultés dans sa jeune vie... Philip commençait à peine à comprendre qu'il pouvait lui apporter la stabilité dont elle avait besoin. Elle en avait besoin désespérément, comme lui avait besoin d'elle.

L'herbe bruissait comme de la paille sèche sous les sabots du cheval. La terre parcheminée était brûlée par un soleil grésillant et par l'absence de pluie. Chase plissa les paupières pour se protéger contre la lumière oblique de l'après-midi. Au-dessus de sa tête le ciel restait désespérément bleu. Il serra les lèvres à la vue d'une vache en train de paître au lieu de ruminer à l'ombre. Les ranchs proches des « Trois C » manquaient déjà d'eau. Jusqu'ici il l'avait partagée avec ses voisins mais le ranch Calder atteignait lui-même un stade critique.

Un klaxon obligea Chase à immobiliser son cheval. Se retournant sur sa selle, il vit une camionnette jaillir du chemin et foncer sur le sol inégal. Chase reconnut Stumpy au volant, qui agitait le bras avec frénésie. Chase tira sur les rênes et mena sa monture vers la pente où se dirigeait le véhicule.

– Qu'est-ce qui se passe?

Le cheval balança sa croupe lorsque les freins gémirent. La camionnette s'arrêta.

Stumpy ouvrit la portière :

– Monte, le patron est blessé.

Chase attacha les rênes autour du pommeau de la selle, sauta à terre et grimpa dans la cabine sans poser de questions. Stumpy démarra en trombe avant même que la portière ne fût refermée.

– Que s'est-il passé?

Si on affirmait que Webb Calder était « blessé », cela voulait dire que c'était grave. Chase envisageait toutes les possibilités...

La camionnette fonçait, le pied de Stumpy Niles enfoncé sur l'accélérateur, ses deux mains agrippées au volant. Chase, que le choc atteignait maintenant en profondeur, lui jeta un regard angoissé.

– La blessure est mauvaise?

– La poitrine, enfoncée par un camion.

Stumpy gardait les yeux rivés sur la route devant lui, mais son profil était crispé.

– Il te demande.

La camionnette ralentit et freina devant la clôture; Chase descendit ouvrir la grille pour que Stumpy puisse passer.

Il jurait à voix basse, tout en s'étonnant vaguement, à part lui, que l'homme ait recours à la grossièreté chaque fois qu'il se sent faible et impuissant.

Dès que le véhicule eut franchi la barrière, Chase la referma et remonta près de Stumpy. Vingt minutes plus tard, les deux hommes arrivaient sur les lieux de l'accident. Déjà une demi-douzaine de cow-boys avaient dégagé Webb Calder des roues du camion en tirant le véhicule avec un câble en nylon. Chase aperçut Nate s'agenouillant auprès du blessé qui était couché à plat ventre près d'un fossé.

Lorsque Chase sortit de la cabine, un silence profond l'accueillit. Nate s'écarta à son approche, lui laissant entrevoir le visage couleur de cendre de Webb et sa poitrine défoncée. Chase s'agenouilla à son tour, les bras tendus, comme s'il voulait prendre sur lui la douleur de son père. Les yeux marron de Webb Calder, les mêmes que les siens, étaient ouverts mais sans éclat déjà.

– Ils t'ont trouvé, fils. Dieu merci.

La voix âpre fut interrompue par une toux qui fit jaillir le sang au coin de la bouche du blessé, son visage devint plus pâle encore. Chase serra les dents pour étouffer un cri puis, ôtant son chapeau, il souleva avec précaution la tête de son père et glissa le chapeau dessous en guise d'oreiller. Enfin, il essuya le sang avec son mouchoir.

– N'essaie pas de parler, Pa, murmura-t-il d'une voix tendue. (Puis levant les yeux vers Nate :) Il faut préparer une couchette dans le camion de Stumpy et le conduire jusqu'à l'avion.

Nate le regarda avec tristesse durant quelques secondes, puis rejoignit les hommes rassemblés.

– Pas la peine, fiston.

Mais la main qui étreignait le bras de Chase semblait refuser cette constatation.

– J'entends mes côtes s'entrechoquer comme de la porcelaine brisée. Je serai noyé dans mon sang avant que tu m'aies amené chez un docteur.

– Il faut te cramponner, Pa, insista Chase.

Il se refusait à abandonner.

Les yeux marron se refermèrent pour dire non puis se rouvrirent pour regarder Chase avec une immense tendresse.

– Tout cela est à toi maintenant... tu es trop jeune... vingt-sept ans... il te manque quelques années pour être vraiment au point.

– Oui, Pa.

Chase ne pouvait croire que cet homme allait mourir, lui qui lui avait toujours semblé immortel.

– Tu devras lutter pour protéger les « Trois C », il te faut être prêt.

Une nouvelle toux interrompit la voix râpeuse et ténue.

– Tu ne mourras pas, insistait Chase en essuyant le flot de sang qui avait jailli de la bouche de son père.

Il s'écoula une éternité avant que la toux cesse et que l'hémorragie se réduise à un mince filet. Webb se reposa un instant, essayant de conserver les faibles forces qui lui restaient. Il avait tant à dire.

– Un homme qui a vécu ne craint pas la mort. Je n'ai pas peur de mourir. Si je ne veux pas partir, c'est parce que je ne veux pas te laisser... pas encore.

La douleur déformait son visage.

– Ça fait mal... je sens ma poitrine en feu... Ça brûle.

Chase se tourna à demi pour lancer un ordre aux hommes qui attendaient en silence :

– Qu'on apporte de l'eau!

Il ne remarqua même pas qui lui tendit le bidon, enleva le bouchon et versa une gorgée entre les lèvres de son père dont les traits se détendirent; la bouche se desserra légèrement, ébauchant presque un sourire.

– Ça va mieux, soupira Webb en levant les yeux vers le ciel, ça se couvre... c'est bien... on a besoin de pluie.

Chase frissonna de la tête aux pieds. Le ciel était d'un bleu intense. Il étouffa le sanglot qui lui montait à la gorge. La voix de son père n'était plus qu'un murmure.

– Dis à Ruth...

Le mourant s'arrêta pour reprendre son souffle, mais ne le reprit jamais. Chase le fixait, hébété et incrédule, se refusant à croire que son père était parti. Non, pas son père : le patriarche de l'empire Calder. Mais la tête aux cheveux gris avait roulé sur le côté. Chase détourna son regard et ferma les yeux marron qui ne voyaient plus.

Quelqu'un posa une main sur son épaule. Chase découvrit Nate More debout à côté de lui, le visage dépourvu d'expression. Les autres cow-boys se tenaient tout près; certains s'écartaient, d'autres regardaient derrière, aucun ne parlait. Les enfants de l'empire Calder étaient présents : Stumpy, Nate More, Slim Trumbo, Ike Willis; tous avaient la tête découverte.

Cette nuit-là, personne ne vint à « La Maison ». Les

cow-boys se tenaient à l'écart selon le code en usage, pour permettre à Chase d'accepter la mort de son père et de mener le deuil en privé. Le jeune homme entra dans le bureau, referma la porte et se dirigea vers le bar où il se versa un double whisky. Il l'avala et s'en servit un deuxième. Le silence de la maison s'abattit sur lui, lorsqu'il se dirigea vers l'âtre monumental et posa un pied sur la pierre du foyer. Son regard alla du trou béant et noir aux cornes qui trônaient au-dessus de la cheminée. Leur histoire lui était familière : une vieille légende, qui avait bercé son enfance. Les cornes appartenaient à Capitaine, un taureau blanc, meneur de troupeau qui avait suivi Chase Benteen Calder lors de sa difficile pérégrination à travers le Texas. Le vaillant taureau avait vécu jusqu'à un âge très avancé, broutant l'herbe du Montana. A sa mort, on avait monté ses cornes majestueuses et on les avait placées au-dessus de la cheminée pour raconter aux générations futures l'histoire de la terrible marche du bétail jusque dans l'Etat du Montana.

Chase regarda ensuite la carte jaunie, accrochée au mur derrière le bureau; sa mâchoire se crispa lorsqu'il évalua mentalement la taille du ranch. Toute sa vie il avait été élevé dans l'idée qu'il lui appartiendrait un jour. Soudain il se demandait si c'était ce qu'il souhaitait. Ses épaules s'affaissèrent sous le poids de cette responsabilité : les gens qui vivaient au ranch dépendaient de lui désormais. C'était terrifiant. Il fut saisi d'un doute : serait-il capable?

– C'est à toi, fiston. Maintenant, tu devras protéger les « Trois C »..., lui redit la voix rocailleuse.

Chase serra le pied de son verre au point que ses phalanges blanchirent. De toute sa vie il ne s'était trouvé aussi solitaire. Il avait besoin de la tendresse d'une femme. L'image de Maggie s'imposa à son esprit. Il s'était senti tellement vivant dans ses bras. Bon Dieu, comme il avait besoin d'elle, cette nuit. Mais elle se trouvait quelque part en Californie, loin du ranch... Chase avait besoin d'être réconforté, mais il n'y avait personne et il resterait seul. Demain, tous verraient en lui le porteur de la tradition Calder. Il traversa le bureau d'un pas lourd. Suivrait-il les traces paternelles ? Non, un chef traçait sa propre voie.

Vêtu d'un costume sombre, Chase se tenait près du pasteur, au bord de la fosse, son Stetson à la main. Un vent sec ébouriffait ses cheveux châtains et soulevait la poussière. Indifférent aux paroles consolatrices de l'homme d'Eglise, il observait le cortège funèbre. Son regard s'attarda sur la délégation qui représentait le ranch; tous les cow-boys baissaient la tête, excepté Tucker. Chase ne comprenait pas pourquoi le cafetier travaillait pour les « Trois C », pourquoi il n'avait pas cessé après avoir mis de l'argent de côté. Tucker soutint son regard sans ciller, mais Chase repoussa l'idée que le bonhomme lui causerait des ennuis un jour. Lorsqu'il reporta son attention sur les gens de la ville et des ranchs voisins venus rendre leurs derniers devoirs au disparu, il ressentit un choc. Il se souvint que son père lui avait dit – il y a longtemps – qu'on n'aimait pas les riches ou les plus puissants que soi : on cherchait toujours à les faire tomber. Maintenant, il croyait voir briller dans les yeux de ces gens l'espoir de le voir s'effondrer, entraînant la ruine des « Trois C ». Chase aperçut enfin le sénateur Franklin Bulfert. Venu assister aux obsèques, il devait reprendre l'avion tout de suite après.

L'amen final du pasteur fut repris en écho par l'assistance. Le service était terminé. Chase se recueillit sur le cercueil une dernière fois avant de remettre son chapeau. Après avoir serré la main du pasteur, il prononça des mots dénués de sens à ceux qui lui manifestaient leur sympathie et marcha vers le sénateur.

– Triste jour, Chase, triste jour, déclara le politicien avec solennité. Je voudrais vous exprimer ce que représente pour moi la perte d'un ami comme Webb Calder. Mais je regrette, je suis obligé de repartir...

– Je sais que votre temps est compté, l'interrompit le jeune homme. Je vais vous accompagner jusqu'à votre avion, nous pourrons discuter en privé.

Les yeux de l'homme brillèrent de méfiance.

– Très aimable à vous, mais il y a encore des personnes qui veulent vous exprimer leurs condoléances; je ne voudrais pas m'imposer.

– Vous êtes la personnalité la plus importante, sénateur, rétorqua Chase avec un sourire cynique.

Il l'escorta donc jusqu'à la limousine noire qui attendait avec son chauffeur, tout en remerciant poliment ceux qui lui manifestaient encore leur chagrin. Une fois installé dans la spacieuse voiture, Chase abaissa la glace qui séparait la banquette arrière du chauffeur afin que ce dernier ne surprenne pas la conversation. Le sénateur lui offrit un énorme cigare qu'il refusa, prétextant qu'il préférait les siens plus petits. Il l'alluma et examina la lueur rouge sous la cendre grise.

– Au milieu des terres des « Trois C » se trouve une parcelle de dix mille acres appartenant au gouvernement fédéral. Le bail expire l'année prochaine et j'ai entendu dire que le gouvernement ne souhaitait pas le reconduire.

– Par malheur, avoua Bulfert en faisant rouler le cigare entre ses lèvres, la tendance gouvernementale est de modifier le contrat en faisant des baux d'un an.

– Les locations à long terme ne m'intéressent pas non plus, expliqua le fils Calder sous le regard aigu du sénateur. Je veux négocier l'achat du terrain. Le gouvernement possède déjà trente pour cent du Montana. Que lui importent dix mille acres?

Bulfert faillit s'étrangler.

– On pourrait faire la même remarque pour le

ranch des « Trois C ». Que signifient quelques acres par rapport à tout ce qu'il représente déjà?

– La différence, sénateur... c'est qu'il s'agit de la terre Calder. Je veux corriger les erreurs de mes ancêtres et acquérir ce morceau de terre. Je ne veux plus rester à la merci des lubies de l'oncle Sam.

– Et que me demandez-vous?

Le sénateur secoua la tête, sceptique.

– Que vous arrangiez cette vente pour moi.

– Il s'agit d'un ordre formel? Je ne sais si je pourrai le faire exécuter.

Bulfert restait sur la réserve, refusant de s'engager.

Chase laissa s'écouler une minute avant de revenir à l'attaque :

– Les élections ont lieu en novembre. J'ai entendu dire que votre adversaire avait regagné du terrain... Que diriez-vous si par hasard les « Trois C » le soutenaient?

– Ce type n'a pas d'appuis, protesta le sénateur. Ça lui coûterait une fortune de gagner contre moi.

– Qu'adviendrait-il s'il y avait une fuite dans la presse et que les gens apprennent que vous possédez un appartement à Washington dans lequel vivent une belle blonde et un petit garçon appelé Frank?

– C'est du chantage! se récria Bulfert. J'ai consenti de nombreuses faveurs à votre père dans le passé, je suis certain qu'il désapprouverait vos menaces envers un de ses loyaux amis.

– Je n'ai mentionné cette situation, sénateur, que pour insister sur le fait que nous avons besoin l'un de l'autre.

Chase fit tomber la cendre de son cigare dans le cendrier situé dans le bras de la banquette.

– Pour gagner les élections, vous avez besoin de mon appui, et moi j'ai besoin de votre soutien pour acheter ce terrain. Si vous interprétez cet arrangement comme un chantage, c'est votre problème.

La limousine avait atteint le bord de la piste.

– Votre avion est là, sénateur. J'espère avoir de vos nouvelles d'ici la fin de la semaine.

Lorsqu'il serra la main de Chase, Bulfert exprima, malgré lui, son admiration :

– Je crois que nous nous comprenons, Chase.

– J'en suis certain.

Chase revint directement de l'aérodrome à « La Maison ». Dans le fumoir, il passa une heure à étudier la carte, puis envoya un message à Nate lui demandant de se présenter, lui et les autres cow-boys, après le dîner. Lorsqu'ils arrivèrent, Chase était assis derrière le bureau. Il remarqua l'étonnement dans leurs yeux; ils avaient l'habitude de voir Webb dans ce fauteuil. Chase comprit leur surprise mais ne l'interpréta pas comme une remise en question de son rôle de leader. Dès que le dernier homme fut entré, il s'adressa aux cow-boys réunis :

– Dans quelle partie du ranch se trouvent la meilleure herbe et l'eau en quantité?

– Au nord, répondit Virg Haskell en fronçant les sourcils. Nous la réservons aux pâturages d'hiver.

Chase se leva et s'approcha de la carte.

– La clôture nord sépare les « Trois C » des ranchs du « Trèfle d'Irlande », du « Cercle Six » et des terres de Bill Mac Gruder. Tous sont en mauvaise posture. Je parie qu'ils ont l'intention de déplacer leurs bêtes vers le nord, individuellement ou ensemble.

– Ça doit les rendre malades de voir leur bétail mourir de faim alors qu'il y a plein d'herbe et d'eau de l'autre côté de la clôture, remarqua Stumpy en hochant la tête.

– C'est exactement ce que je pense, approuva Chase en jetant aux autres gars un regard entendu.

– Que veux-tu nous faire faire? interrogea Ike Willis en fixant Chase. J'aime pas voir les animaux crever de faim.

– Comme tous les éleveurs. Mais les gars auraient

dû prévoir, vendre des bêtes ou les abattre afin de supporter cette période de sécheresse. Nous devons préserver la partie nord du ranch pour notre troupeau, nous avons besoin de la moindre touffe d'herbe si nous ne voulons pas terminer comme eux. Nous allons les cueillir au moment où ils déplaceront leurs bêtes et les obliger à retourner dans leurs terres.

Le lendemain, à l'aube, les hommes de Calder patrouillèrent le long de la clôture nord. Ils se séparèrent en trois groupes; Chase rejoignit celui de Nate. Les cow-boys avaient des fusils, avec ordre de s'en servir en cas de besoin. Chase se demandait s'il était dans le vrai, peut-être les autres propriétaires se trouvaient-ils à l'ouest ou au sud... Mais à ces endroits, l'herbe avait été rasée et l'eau se faisait rare. Son instinct l'avertissait que, s'il devait avoir des ennuis avec ses voisins, ce serait dans la partie nord, la plus florissante.

Il était midi lorsque les hommes des « Trois C » entendirent beugler le bétail au loin. Ils suivirent le bruit et arrivèrent devant une brèche par laquelle s'engouffraient les bêtes en désordre. Les fils barbelés avaient été coupés. Chase tira sur les rênes de son cheval qui dansait d'impatience et remuait nerveusement la tête. Puis il sortit son fusil et demanda aux autres de faire de même. Les cow-boys se déployèrent en éventail derrière leur nouveau patron. Nate More se plaça à droite. Tous ensemble prirent le trot. Chase examina les bêtes efflanquées et remarqua qu'elles portaient des marques différentes. C'était le moment d'affronter les propriétaires des autres ranchs qui s'étaient regroupés pour lui faire face : Mac Gruder, Hensen du « Cercle Six » et Culley O'Rourke. Chase ne put s'empêcher de noter les yeux sombres de Culley, enfoncés dans leurs orbites. La haine brûlait dans ses prunelles vertes – semblables à celles de

Maggie. Chase ne pouvait se permettre de se laisser attendrir par un tel souvenir et il le repoussa.

Il s'arrêta avec ses hommes devant le bétail, obligeant le flot qui passait la barrière à ralentir et à se disperser.

– Vous avez franchi la limite d'une propriété privée, déclara le fils Calder. Reprenez votre bétail et conduisez-le de l'autre côté.

– Il y a plein de bonne herbe ici, protesta Culley sur un ton de défi, et de l'eau. Notre bétail meurt de faim, nous avons besoin d'herbe et vous en avez.

Inutile de raisonner un propriétaire qui voit son troupeau s'affaiblir de jour en jour; il refuserait de comprendre que les « Trois C » auraient bientôt besoin de cette herbe. Il n'avait que faire du ranch Calder, seules lui importaient ses bêtes.

– Je vous donne une minute pour détourner ce troupeau, menaça Chase.

– Ou tu feras quoi? plaisanta Culley en désignant les fusils. Tu nous tireras dessus?

– Non. (Chase sentit Nate le regarder avec curiosité.) Je n'aurais pas besoin de tirer sur vous. Vous avez conduit vos bêtes ici pour les maintenir en vie; si vous voulez qu'elles le restent, sortez-les des terres Calder!

– Tu menaces de tirer sur les vaches? demanda Bill Mac Gruder en se redressant sur sa selle.

– Je le ferai si vous n'avez pas déguerpi d'ici trente secondes.

Culley pouffa de rire.

– Tu bluffes!

Chase ne répondit pas. Il comptait mentalement les secondes. A trente, il leva son fusil et visa une vache tachée de blanc. Il appuya sur la détente puis, sans attendre que la bête tombe, abattit un second animal. Les vaches, affolées, s'enfuirent dans toutes les directions.

– Salaud, assassin! hurla Culley.

Du coin de l'œil, Chase aperçut le cavalier et sa monture qui le chargeaient. Son cheval se cabra et effectua un tour complet sur lui-même pour les éviter. Il entrevit Culley, le visage déformé par la rage, tandis qu'il essayait de saisir son fusil. Chase lui assena un coup de crosse à la mâchoire qui le désarçonna.

– Allez-vous enfin détourner vos bêtes, cria-t-il aux autres pendant que Culley essayait de se relever.

– Bon sang, Chase! Ces animaux meurent de faim, intercéda Mac Gruder.

– Nate, je veux que tu abattes dix bêtes de plus, ordonna Chase sans même regarder le contremaître. Et dix pour chaque minute d'attente supplémentaire.

Le fusil cracha une balle, suivie de la chute d'une génisse. Chase comptait mentalement les coups sous le regard abasourdi des rancheros qui voyaient leurs vaches tomber les unes après les autres. Même Culley paraissait en état de choc.

– Vous ne pouvez pas faire ça, protesta Hensen lorsque la dixième vache fut abattue.

– Reprenez le troupeau.

Les hommes hésitèrent jusqu'au moment où ils entendirent la balle dans le chargeur.

– Ça suffit! hurla Bill Mac Gruder en levant la main pour interrompre le feu. On se retire. Pour l'amour de Dieu, ne tirez plus.

Culley ramena les rênes de son cheval avec un regard haineux et rejoignit ses compagnons. Tous trois se précipitèrent pour rassembler le troupeau et le poussèrent par la brèche de la clôture sous le regard de Chase et de ses gars.

Nate regarda l'homme qui se tenait droit sur sa selle, inflexible comme tous les Calder, et murmura à voix basse, pour lui seul :

– Le roi est mort, vive le roi!

Chase gravit les marches du porche de « La Maison » et s'arrêta pour regarder avec orgueil par-dessus son épaule le quartier général des « Trois C ». Diriger le ranch était devenu une seconde nature pour lui, depuis la mort de son père, cinq ans auparavant. Au cours des premiers mois, il avait été mis à l'épreuve à maintes occasions, mais il avait réussi à dissimuler ses doutes et, affrontant les provocations, était parvenu à conserver le domaine intact. Il était né pour le métier de cow-boy et s'en acquittait fort bien. Certains considéraient son attitude comme de l'arrogance, mais c'était une arrogance légitime.

Après avoir refermé la porte, il se dirigea vers le bureau.

– Chase?

La voix hésitante de Ruth Haskell lui parvint de la salle à manger.

La mort de Webb avait fait vieillir d'un coup la brave femme. La tristesse s'était tapie dans ses yeux bleus. Pourtant, ce ne fut pas Ruth que Chase découvrit. Un moment il se crut en présence d'un fantôme. Un homme pâle se tenait à côté d'elle, en train de pétrir nerveusement son chapeau. Ses cheveux blonds frisés étaient découverts et ses yeux clairs s'animaient d'une faible lueur qui n'avait rien à voir avec la flamme dansante que se rappelait Chase.

– Salut, Chase!

La voix était hésitante, comme celle de quelqu'un qui n'est pas certain d'être le bienvenu. Mais c'était la voix de Buck. L'espace d'un instant, Chase fut tenté de serrer dans ses bras son ami retrouvé, puis il se souvint des circonstances qui lui avaient fait quitter le ranch et s'abstint.

– Hello, Buck! J'ignorais que tu étais sorti, répondit le fils Calder d'une voix aussi neutre que son visage.

Son regard glissa vers Ruth qui se mordait les lèvres.

– Ils m'ont relâché hier. Réduction de peine pour conduite irréprochable, tu imagines!

Son rire sonna creux. Buck baissa la tête et continua à triturer son Stetson.

– Dire que je suis désolé ne signifie pas grand-chose, mais je voudrais que tu saches que je le suis.

Chase serra les lèvres. Il détestait que son ami s'humilie et fut heureux de voir Ruth quitter la pièce pour les laisser seuls.

– Je n'ai rien à dire pour justifier ma conduite à ton égard, poursuivit Buck, ou pour te faire oublier mes paroles. Quand j'ai appris qu'on allait m'emprisonner après ce que j'avais fait, j'ai été pris de panique. J'étais comme un animal tombé dans un piège et qui tourne en rond en se mordant la queue.

Le jeune homme s'interrompit et poussa un profond soupir. Finalement, il releva la tête et croisa le regard imperturbable de Chase.

– J'ai eu un sacré bout de temps pour penser en prison. Je voulais que tu saches ce que j'éprouvais et je suis désolé pour la mort de ton père. Je sais que ça a été un rude coup pour toi. Bon... (Buck tripotait toujours son chapeau avec un sourire figé.) Je ne veux pas te retarder, je sais que tu es occupé... Je m'en vais.

La tempête se déchaîna en Chase tandis qu'il voyait Buck sur le point de partir. Une partie de lui-même lui conseillait de ne pas le retenir mais l'autre lui rappelait le bon temps passé.

– Que dirais-tu d'un verre?

Chase sourit enfin en apercevant l'ancienne clarté dans les yeux de son ami.

– Ça me ferait rudement plaisir, déclara Buck. Je n'ai pas goûté de bon whisky depuis près de dix ans.

– Alors nous allons arranger ça, répliqua Chase en posant la main sur l'épaule de son camarade et en l'entraînant dans le fumoir.

– Ça n'a pas beaucoup changé, constata Buck en parcourant la pièce du regard.

Chase s'approcha du bar et remplit deux verres.

– Quels sont tes projets maintenant? demanda-t-il en tendant un verre.

– Trouver du boulot. Tu ne connaîtrais pas par hasard un gars qui voudrait bien employer un cow-boy rouillé, mis hors-circuit pendant plusieurs années.

Buck avait retrouvé son ironie d'autrefois. Chase fixait son verre en proie à un conflit intérieur.

– Moi, je pourrais.

Chase glissa vers Buck un regard oblique pour le sonder.

– Tu retravaillerais pour les « Trois C »?

– Je mentirais si je répondais non, déclara Buck en agitant son verre pour en admirer les ombres dorées et changeantes. Pendant dix ans j'ai rêvé que je revenais à « La Maison ».

Buck hocha tristement la tête.

– Je travaillerai plus longtemps et plus dur que n'importe quel homme, je te le promets, Chase.

11

Les doigts de Maggie caressèrent tendrement la photographie de l'homme mince et grisonnant. Ses yeux s'emplirent de larmes lorsqu'elle murmura :

– Philip, mon chéri, nous avons eu dix années de mariage merveilleuses, je les conserverai toujours dans mon cœur.

Il était dur pour la jeune femme d'accepter la mort de son époux, emporté par un infarctus deux mois plus tôt. Elle promena son regard dans la chambre qu'elle avait partagée avec Philip, encombrée de paquets et de vêtements destinés à un organisme de charité. Tout était fini...

Un moteur de voiture vrombit dans le chemin privé,

déchirant le silence de la nuit. Dans l'écurie, un cheval hennit. Maggie jeta un coup d'œil sur le cadran lumineux de son réveil. Ty aurait dû être rentré depuis plus d'une heure. Ses quinze ans avaient coïncidé avec la mort de son père, le convaincant qu'il était devenu l'homme de la famille, ce qui l'autorisait à enfreindre les règles. Pour compliquer les choses, Jeff, le camarade de Ty, venait de passer son permis de conduire et lui servait volontiers de chauffeur.

Maggie attrapa sa robe de chambre en satin, au pied de son lit, se précipita hors de la chambre où elle dormait seule maintenant. Elle était arrivée au milieu de l'escalier lorsqu'elle entendit claquer la porte d'entrée. Le living-room s'éclaira, Pamela s'avançait sur sa chaise roulante.

– Bonsoir, Ty. As-tu passé une bonne soirée?

La question irrita Maggie. Pamela par son attitude encourageait le jeune homme à croire que tout ce qu'il faisait était bien. Elle diminuait l'autorité de Maggie sur son fils.

– Tu aurais dû nous accompagner, Pamela, c'était formidable! As-tu déjà assisté à un rodéo? Bon sang, c'est prodigieux!

– Sais-tu l'heure qu'il est, Ty? demanda Maggie en descendant les dernières marches.

– Désolé, maman.

Désolé, le garçon ne l'était pas le moins du monde.

A quinze ans sa voix muait et passait capricieusement de l'octave le plus grave au plus aigu. Il mesurait déjà un mètre soixante-dix et ses épaules et sa poitrine commençaient à s'étoffer. Le duvet de sa lèvre supérieure le faisait paraître plus vieux que son âge.

Jusqu'ici, Ty avait respecté l'autorité de Philip parce que c'était un homme, mais il considérait les ordres de sa mère avec indulgence, comme s'il ne la prenait pas au sérieux.

– Le taureau venait en dernier, Jeff et moi on n'a pas voulu le rater.

– Suis-je censée ignorer que tu as une heure de retard? gronda Maggie avec sévérité.

Pamela intervint.

– Elizabeth, ce n'est pas comme si votre fils avait assisté à une surprise partie et soit rentré ivre. Tout cela est parfaitement innocent!

– Si vous n'y voyez pas d'inconvénient, Pamela, je m'occuperai personnellement de ce problème, répliqua Maggie.

Les interventions perpétuelles de sa belle-sœur la fatiguaient. Elle avait du mal à croire qu'elle la considérait autrefois comme un modèle. En fait Pamela était un être superficiel. Maggie la plaignait à cause du vide de sa vie et la vie de Pamela était vide parce que Pamela était vide. Maggie avait mis du temps à découvrir que son corps n'était pas seul infirme.

– Vous êtes trop stricte, critiqua encore Mlle Gordon.

Maggie fit un effort pour se contrôler et se tourna calmement vers son fils.

– Ty, veux-tu monter dans ma chambre?

Elle attendit que le jeune homme ait refermé la porte au premier étage pour affronter sa belle-sœur.

– Je vous prie de ne pas intervenir désormais lorsque je réprimanderai mon fils, Pamela. Je ne le supporterai plus.

– Qu'ai-je fait? s'étonna Mlle Gordon.

– Vous encouragez Ty à passer outre à ce que je dis. Je ne tolérerai plus votre ingérence dans des affaires qui ne regardent strictement que mon fils et moi.

– Je n'ai pas d'ordres à recevoir dans ma propre maison, s'emporta Pamela. Au cas où vous l'auriez oublié, vous êtes chez moi en *invitée*.

– Oui, Philip vous a laissé la maison et j'en suis heureuse; mais au cas où vous l'auriez oublié vous-même, Ty est mon fils. Si je pars, je l'emmène avec moi.

– Vous ne parlez pas sérieusement!

Cette éventualité terrorisait la sœur du docteur.

– Si vous ne vous montrez pas plus compréhensive, je ne vois pas d'autre solution.

La robe de chambre en satin de Maggie tournoya autour de ses chevilles lorsqu'elle fit demi-tour vers l'escalier. Elle monta au premier. Elle ne désirait pas quitter la maison pleine de tendres souvenirs. En entrant dans sa chambre, Maggie chercha son fils du regard. Il était assis au bord du lit, le dos tourné, les épaules légèrement voûtées. Lorsqu'il se retourna, il avait l'air bouleversé.

– Qui est Chase Calder? interrogea-t-il, la voix rauque.

– Où as-tu entendu ce nom? demanda Maggie dans un souffle.

– Je l'ai lu ici.

Ty se leva, le visage décomposé. Il tenait une lettre à la main, une lettre de Culley. Maggie la reconnut immédiatement.

– Ton frère prétend que Chase Calder est mon père. C'est vrai? Tu as toujours affirmé que tu avais attendu d'être plus âgée pour te marier.

– Philip... était ton père dans tous les sens du terme.

– Qui est Chase Calder?

Ty s'obstinait.

– Pourquoi est-il écrit ici qu'il est mon père?

– Parce que... (Il était inutile de mentir. Quelle imprudence d'avoir laissé traîner la lettre de son frère!) Chase est ton père biologique. Mais c'est Philip qui t'a élevé, qui t'a aimé comme son fils.

– Tu veux dire que j'aurais été adopté et que Chase Calder est mon vrai père?

– Chase était ton père « naturel », Philip ton « vrai » père. Il a agi comme tel.

Ty fixait la lettre dans sa main.

– Je me rappelle, quand on a étudié la génétique en cours de biologie. Je t'ai demandé pourquoi j'avais les yeux bruns, alors que les tiens sont verts et ceux de Pa... gris, tu m'as répondu que je les tenais de ma grand-mère! Mais c'est de mon père, bien entendu!

– Oui.

Le garçon replia la lettre.

– Je n'arrive pas à le croire!

– Ty! cela ne fait aucune différence.

Maggie se précipita vers son fils pour le rassurer. Elle voulait atténuer son chagrin. Mais il s'écarta et darda sur elle un regard accusateur qui lui rappela celui de Chase.

– Je veux le connaître.

– Non.

– C'est mon père!

– C'était seulement un homme qui habitait le ranch à côté du nôtre. Tu fais erreur, il ne t'a pas désiré. Philip, si.

– Je suis né en Californie, il ne m'a jamais vu. Comment oses-tu prétendre qu'il me refuse?

– Cela suffit, Ty! Cesse de t'imaginer des histoires, cesse d'échafauder des idées romanesques dans ta tête.

– J'ai un père que je n'ai jamais vu et il est vivant, n'est-ce pas?

En réalité la question était une affirmation.

Maggie hésita une fraction de seconde avant de mentir:

– Je l'ignore.

– Oui, il est vivant, insistait Ty. Et c'est pour cela que tu ne voulais pas que je le voie *lui*, cria-t-il en repoussant sa mère.

Avant qu'il ne s'enfuie, Maggie remarqua ses yeux pleins de larmes. Elle comprenait le chagrin de son fils mais doutait que ce fût réciproque. Il était à l'âge où l'on s'imagine que personne ne vous comprend.

Les jours suivants, Ty garda le silence et resta enfermé dans sa chambre à ressasser. Ou bien il sortait sans préciser où il allait. Maggie comprit qu'en agissant ainsi il désirait la punir mais elle se raccrochait à l'espoir qu'il l'écouterait tôt ou tard et oublierait celui qui lui avait donné la vie.

Un matin, étendant le bras pour arrêter la sonnerie du réveil, Maggie rencontra sous sa main un bout de papier. Elle l'approcha de ses yeux.

« Chère maman,

Je regrette de ne t'avoir dit au revoir, mais autrement tu m'aurais empêché de partir. Ne t'inquiète pas, je serai prudent. Je te demande de comprendre, il fallait que je m'en aille.

Je t'aime énormément.

Ty. »

Maggie rejeta les couvertures et se rua dans la chambre de son fils, au rez-de-chaussée. Ses affaires de toilette n'étaient plus dans la salle de bains; le peigne et la brosse à dents avaient disparu. Elle ouvrit les tiroirs de la commode et les placards pour savoir quels vêtements Ty avait emportés. C'était impossible à deviner.

Il était parti!

Maggie se mit à imaginer toutes sortes d'horreurs : Ty renversé par une voiture... blessé... abandonné... Lorsqu'elle téléphona à la police, on lui répondit qu'il fallait vingt-quatre heures avant d'entamer les recherches. Maggie supposait que son fils était parti dans la nuit; elle s'habilla, appela au bureau pour prévenir qu'elle serait absente, prit la voiture et parcourut les rues en tous sens, à la recherche de Ty.

Chase serra la timbale de café brûlant dans ses mains pour les réchauffer. C'était une âpre journée de printemps, pleine de brume blanche. Il avait relevé le col de sa veste en mouton pour se protéger du froid et enfoncé son Stetson jusqu'aux oreilles. Il admira le troupeau de chevaux qui s'était abattu sur la butte; une mer de couleurs : auburn, bai, daim, rouan. Leur robe poilue d'hiver cachait leurs formes musclées. La terre vibra sous le tonnerre des galops. Chase éprouva l'excitation qu'il connaissait bien. L'arrivée des chevaux signifiait la venue de la nouvelle saison; le rabattage de printemps n'était pas loin. Une période difficile mais exaltante s'annonçait. Les cow-boys choisiraient leurs bêtes et jetteraient leurs selles sur les chevaux redevenus sauvages au cours du long hiver.

Le troupeau s'engouffra tel un fleuve à travers les portes ouvertes de l'enclos. Mais ce n'était pas d'impatience. Malgré leurs hennissements et leurs galopades folles, les chevaux savaient que le ranch signifiait à nouveau la paille et le grain. Un cavalier referma la clôture derrière le dernier animal et trotta vers Chase.

Buck sauta de sa selle avec une grimace de plaisir en humant l'odeur du café.

– Les gars, ça sent bon!

Chase avala une gorgée du liquide fumant et tendit la timbale à Buck. Celui-ci avait bien changé et ne portait plus aucune trace de son incarcération. Selon Chase, Buck avait bien tourné; équilibré, acharné à l'ouvrage et ne repoussant jamais les tâches ou les responsabilités, il était devenu l'un des contremaîtres des « Trois C » et travaillait en collaboration avec Chase comme ce dernier l'avait toujours souhaité.

Chase enfonça ses mains dans ses poches, à la recherche de ses gants, et s'approcha de la clôture pour examiner de plus près les chevaux. Buck l'accompagna, tenant sa monture par les rênes.

– Ils ont passé un bon hiver.

– Hou, hou, approuva Buck en avalant une gorgée de café chaud. (Il s'accouda à la clôture.) L'autre jour en ville, j'ai discuté avec Lew.

– Discuté ou papoté? plaisanta Chase.
– Avec lui, c'est la même chose. Justement il me demandait quel serait le sort du ranch si... s'il... t'arrivait... quelque chose. Tu as fait un testament?
En entendant cette question, Chase abaissa légèrement les épaules.
– Non, je ne m'en suis jamais préoccupé.
– Est-ce que tu as des parents, des cousins?
– Pas que je sache. Pourquoi?
Buck hocha la tête.
– Je déteste l'idée que la propriété soit dispersée et vendue un jour. Tout l'argent reviendrait au gouvernement. Ce ne serait pas bien si avec tous les gars, Nate, Ike et les autres, on se retrouvait sur la paille! Si tu n'as pas d'héritier, tu pourrais peut-être réfléchir à la manière de nous laisser le ranch. Ainsi il resterait intact.
– Bonne idée, approuva Chase, elle me paraît tout à fait logique.
– Parles-en avec ton homme de loi, il aura sans doute des propositions à te faire.
Buck tendit la timbale de café à son ami.
– Tu en veux encore?
Il avait changé de sujet pour signifier que la question ne l'intéressait plus. Désormais, elle regardait Chase.
– Non, finis-le, répondit Chase en dirigeant son regard vers le troupeau, mais son esprit était ailleurs. J'imagine que je devrais songer à me marier et à fonder une famille.
Buck but une nouvelle gorgée et regarda Chase par-dessus le rebord du gobelet.
– Que penses-tu de Sally Brogan?
Chase baissa les yeux; Sally, la veuve rousse qu'il fréquentait régulièrement depuis quelque temps.
Peu après le retour de Buck, elle était arrivée avec son mari, ex-cow-boy de rodéo. Les époux s'étaient rendus au ranch dans une vieille camionnette. Chase avait engagé le mari. Un mois et demi plus tard il était

tué dans un accident de camion sur un pont, à deux heures du matin. Au même moment, Jake avait fermé ses portes, car un nouveau bar s'était établi en ville et le bonhomme prétendait qu'il n'y avait pas de travail pour deux. Jake était parti dans le Sud. Sally lui avait acheté le café avec l'assurance-vie de son époux. Tout d'abord, Chase avait cru qu'elle perdait la tête, mais elle s'en expliqua. Elle souhaitait, en s'éveillant le matin, apercevoir par la fenêtre le même paysage pendant le reste de sa vie.

Après l'avoir nettoyé et récuré, Sally avait transformé le saloon en restaurant, elle-même habitant au premier étage. Au début, Chase allait au restaurant uniquement pour s'assurer que la patronne s'en sortait bien toute seule. Ensuite il avait constaté qu'elle était une excellente cuisinière. Finalement, un soir, elle lui avait demandé de rester pendant qu'elle faisait ses comptes. Alors il l'avait embrassée et avait passé la nuit avec elle. Ce souvenir le fit sourire.

– Ça fait trois ans que tu la vois régulièrement? s'enquit Buck.

Il renversa la tête avec un grand rire.

– Sally est une gentille petite femme, d'à peine trente-cinq ans, et elle n'a pas une portée de mouflets à élever. Pourquoi ne l'épouserais-tu pas?

Chase avait avec Sally une liaison agréable et sans problèmes. Cette fille ferait une excellente épouse et une bonne mère. Chase fronça les sourcils : il avait toujours fui l'idée du mariage avec Sally. Pourtant il ne s'était jamais considéré comme un célibataire endurci, il désirait un fils, un héritier. Il haussa les épaules avec insouciance.

– J'attends peut-être que les cloches sonnent.

– Ecoute, mon gars, elles n'ont pas carillonné en trois ans, alors elles ne le feront jamais! déclara Buck, péremptoire.

La dernière gorgée de café avalée, il tendit la timbale à Chase et remonta à cheval.

– A bientôt, cria-t-il en s'éloignant.

Chase se retrouvait avec un certain nombre de sujets de réflexion, mais tous concernaient le même problème central : l'avenir des « Trois C ».

Avant la fin de la semaine, Chase alla s'entretenir avec ses avoués. L'affaire était complexe à cause de la structure propre aux « Trois C ». Enfin, après quelques modifications mineures et de longues discussions avec les hommes d'affaires, Chase se montra satisfait. On était sur la bonne voie...

Etant donné que Ruth ne l'attendait pas pour dîner, Chase s'arrêta au restaurant pour manger et passer la soirée avec Sally. Pour son rendez-vous d'affaires en ville, il avait échangé sa tenue de cow-boy contre un pantalon marron, une chemise crème et une veste en daim. En descendant de voiture il remit son Stetson en peau naturelle, orné d'une plume rousse, et monta les marches menant au restaurant.

Le bâtiment avait été entièrement repeint en blanc éclatant avec des bordures bleues. A l'intérieur, les murs, blancs également, se réfléchissaient sur le carrelage. Les chaises et les tables de la même couleur étaient recouvertes de nappes multicolores. Des rideaux froncés égayaient les fenêtres qui avaient perdu leur couche de nicotine. A la place du bar se tenait un comptoir avec des tabourets, face au mur rempli d'étagères qui offraient gâteaux et plats froids.

Le dîner s'achevait, une douzaine de tables et trois tabourets étaient encore occupés. Lorsque Chase entra, Sally servait le café à une table. Elle lui adressa un de ses sourires tranquilles qui lui relevaient légèrement le coin des lèvres. Ses cheveux cuivrés bouclaient librement sur les oreilles. Sally était une femme épanouie aux yeux bleus, reflétant la sérénité.

Chase s'installa sur une chaise qui tournait le dos au bar, de façon à surveiller à la fois la porte d'entrée et celle de la cuisine. DeeDee Rains, une serveuse noire aidait Sally à l'office et à la vaisselle; la jeune femme n'avait plus qu'à servir à table, faire la caisse et donner un coup de main éventuel à la cuisine. Chase proclamait que Sally travaillait trop dur, mais elle tenait à être indépendante : un rude labeur fortifiait l'âme.

– Qu'est-ce que tu prendras ce soir, Chase? demanda-t-elle en approchant de son ami.

Elle remplit son verre et ajouta des glaçons. En levant les yeux sur Sally, Chase songea qu'elle s'était toujours montrée très directe. Il ne lui avait pour sa part jamais rien laissé entendre, il se demandait pourquoi.

– Un steak-frites. Je prendrai le café plus tard.

Dans un hurlement de freins, le camion s'arrêta sur le bas-côté de la route. Le T-shirt blanc du conducteur était maculé de taches de café. Il tourna son visage non rasé vers son passager et, sans même prendre la peine d'enlever sa cigarette de la bouche, annonça :

– Tu es rendu, petit.

Ty examina la masse informe des bâtiments, le ciel mauve foncé découpait la ville en ombres incertaines comme si quelqu'un les avait placées là puis oubliées par hasard. Ty n'avait jamais éprouvé une telle solitude. Il regardait fixement devant lui, ayant peine à croire que ces quelques constructions constituaient une ville.

– Tu voulais aller à Blue Moon, pas vrai, petit? demanda le conducteur avec impatience.

– Oui.

Ty aperçut le nom de la ville, peint sur le bâtiment de la station d'essence. Il était bien à Blue Moon. Il prit son paquetage sur le siège à côté de lui et ouvrit la portière.

– Merci, monsieur, fit-il en dégringolant de la cabine.

Le tuyau d'échappement du semi-remorque cracha

une fumée bleue dans le crépuscule. Ty ferma les yeux pour éviter la poussière soulevée par les dix-huit roues de l'énorme véhicule. Il se frotta les paupières pour enlever les particules de terre et rouvrit les yeux.

Il se trouvait devant un bâtiment portant une enseigne : « Sally Restaurant ». Il épousseta son blue-jean et fouilla dans sa poche à la recherche du peu d'argent qui lui restait. Il n'aurait jamais cru mettre une semaine pour arriver. En Californie, tout avait été facile. Mais il avait fallu ensuite traverser les interminables plaines du Nevada et de l'Utah. Au début, Ty n'avait pas fait attention à la dépense, se nourrissant trois fois par jour et grignotant entre les repas. Maintenant il était à sec! Il éprouvait un sentiment désagréable. Dans quel état était sa mère? Et s'il avait fait le voyage pour que son père refuse de le voir? Il repoussa cette pensée : il n'allait pas renoncer après être venu de si loin. Il avait assez d'argent pour se payer un hamburger et, si personne ne connaissait Chase Calder, il irait trouver son oncle dont il avait relevé l'adresse dans le calepin de sa mère. Ty prit une grande inspiration, balança son sac par-dessus son épaule et entra dans le restaurant.

Chase attendait son repas en fumant un cigare. Il remarqua le jeune client – les cheveux châtains épais qui frisaient dans le cou, les baskets et le blue-jean qui bruissaient à chaque pas. Mentalement il le classa dans les hippies.

Ty posa son sac sous la table et fit glisser une chaise entre ses jambes. Une femme rousse avec un tablier blanc cessa de remplir un verre et s'avança vers le jeune homme. Elle avait un visage agréable qui lui rappelait l'un de ses professeurs de collège.

– Vous désirez le menu?

– Oui, s'il vous plaît.

Le « menu » consistait en une feuille plastifiée telle que tous les restaurants du pays en possédaient et qui indiquaient leurs prétendues spécialités.

Ty commença par regarder la liste des plats puis songea que par chance l'hôtesse connaîtrait peut-être Chase Calder.

– Madame? appela-t-il en vérifiant bien qu'il avait de quoi payer, je voudrais un hamburger complet, avec un verre de lait.

Il attendit que l'hôtesse ait pris note sur son ardoise.

– Madame, recommença-t-il en se mordant la lèvre, connaîtriez-vous par hasard un monsieur nommé Chase Calder?

Un éclair de surprise traversa les yeux de la femme. Elle sourit légèrement.

– Oui.

La première personne à laquelle il s'adressait, et c'était la bonne! Ty ne pouvait croire à sa chance.

– Savez-vous où je pourrais le trouver?

L'hôtesse examina le garçon pendant quelques secondes avant de répondre :

– Il est assis à la table voisine. Celui qui porte une veste en daim.

Ty regarda par-dessus son épaule avec un frisson d'appréhension. Soudain il se sentit terriblement nerveux et ses mains devinrent moites.

– Merci, lança-t-il à toute vitesse à la femme qui s'éloignait.

Ty regarda enfin celui qu'on venait de lui indiquer. C'était là son père, il avait fini par le trouver. L'homme avait un visage taillé à la serpe, hâlé par le soleil, ses épaules étaient larges, ses cheveux et ses yeux bruns. Ty avait essayé de l'imaginer et maintenant il le découvrait en chair et en os.

La patronne apporta un énorme steak recouvert par un tas de frites, qu'elle posa sur la table de Chase Calder.

– Ça a l'air excellent, Sally.

Ty perçut la voix grave et nota le sourire adressé à la dame rousse. Calder paraissait moins sévère, moins distant. Sally lui jeta un étrange regard avant de regagner la cuisine. Ty se demandait ce qu'il attendait. Pourquoi ne pas aller à la rencontre de son père? Lorsqu'il repoussa sa chaise il avait les genoux qui tremblaient et son cœur battait à grands coups. Cependant il réussit à s'avancer vers l'autre table. Chase Calder était en train de couper sa viande et ne remarqua pas que quelqu'un se tenait devant lui. Ty se racla la gorge nerveusement. Chase releva la tête.

– S'il vous plaît, monsieur.

Soudain il ne savait plus ce qu'il devait dire. Il avait souvent répété la scène et maintenant les mots lui manquaient.

Chase Calder reposa son couteau et sa fourchette pour l'étudier froidement de ses yeux sombres.

– Vous désirez quelque chose?

– Je suis Ty Gordon.

Ce nom ne dirait rien à « son père », mais peut-être remarquerait-il une ressemblance?

– Oui? continua Chase Calder sur le même ton neutre.

– Je voudrais vous parler... monsieur...

Ty flanchait, ne sachant comment appeler « l'homme ».

– A quel sujet?

– Une affaire personnelle, monsieur.

– Dans ce cas (Calder jeta un regard nonchalant sur le jeune homme), pourquoi ne pas remettre notre discussion à plus tard? Je ne voudrais pas me gâcher le plaisir de ce steak par une conversation d'affaires. Je crois que votre repas vous attend également.

Chase Calder désigna la table de l'adolescent avec la pointe de son couteau. Ty se retourna, l'hôtesse apportait un hamburger et un verre de lait.

– Nous parlerons dès que nous aurons mangé.

Calder approuva et suivait des yeux le grand jeune homme qui regagnait sa place. – Bonne éducation, vêtements de qualité, un beau gars, quoique un peu nerveux. – Chase continua à couper sa viande. Un grand propriétaire de ranch comme lui n'allait pas perdre son temps avec le premier blanc-bec venu. Cela exigeait trop d'énergie et de patience.

Chase termina sa viande et fuma un nouveau cigare avec son café tout en surveillant vaguement l'inconnu. Il était assis, l'épaule basse, l'air abattu. Il refusa le dessert. Chase le vit compter soigneusement, avant de payer l'addition. Il l'avait déjà repéré comme un fugueur, apparemment sans le sou malgré sa bonne mine. Pourtant il appréciait la patience du garçon qui n'avait pas essayé de reprendre la conversation avant l'heure. La meilleure chose serait de le renvoyer à la maison.

Chase saisit son chapeau et le mit sur sa tête. Pour aller vers la caisse il passa devant la table du jeune homme. Derrière lui, il entendit un raclement de chaise. L'instant d'après, ils étaient debout côte à côte et Chase demanda :

– Sally, pourrions-nous utiliser ton bureau pour un petit entretien privé?

– Allez-y, il n'est pas fermé à clef, répondit la jeune femme en les dévisageant avec curiosité, mais elle ne posa aucune question.

Le bureau était l'ancienne salle de poker de chez Jake.

Chase conduisit l'inconnu devant une porte marquée « Privé » et la poussa. Le garçon l'observait avec tant de curiosité que Chase se demanda ce qu'il pouvait bien avoir de bizarre.

– Alors, de quelle affaire personnelle s'agit-il?

Ty avala péniblement sa salive, ça n'était pas facile à dire. Il lâcha d'une traite :

– Je suis votre fils.

Chase Calder ne manifesta ni surprise ni embarras et ne nia pas avec colère, comme Ty s'y attendait.

– Je pense que vous faites erreur, répondit-il avec calme, je n'ai pas de fils.

– Vous *ignoriez* que vous aviez un fils, rectifia Ty, ma mère ne vous l'a jamais révélé.

– Comment s'appelle votre mère?

– Elizabeth.

– Je ne connais personne de ce nom.

Chase sortit un cigare de sa poche et l'alluma.

– S'il s'agit d'une blague, je n'apprécie pas.

– Non, protesta Ty, le rouge aux joues, c'est la vérité. Ma mère l'a dit.

– Alors elle a confondu avec un autre.

– Non, elle m'a affirmé que mon vrai père s'appelait Chase Calder. Je ne savais rien jusqu'à la semaine dernière, je ne savais pas que j'avais été adopté.

La voix de Ty se faisait pressante, il désirait désespérément convaincre Calder.

– Elle s'est trompée, répéta Chase, je ne connais pas d'Elisabeth.

– Son véritable nom est Mary-Frances Elizabeth.

Chase secoua la tête en signe de dénégation.

– Je ne la connais pas.

– J'ai parcouru tout ce chemin pour vous retrouver. (Ty était blessé, malheureux et mortifié que ses affirmations soient déniées.) Je viens de Californie! Vous êtes mon père.

– Désolé, vous êtes sur une fausse piste, je ne suis pas votre père.

Chase vit des larmes de désespoir emplir les yeux du garçon; il serait bien embarrassé s'il se mettait à pleurer. Il fit semblant de ne rien remarquer et écrasa son cigare dans le cendrier.

– Ma mère n'aurait jamais menti, jamais! Elle vous connaissait bien, protesta Ty en colère, elle habitait ici! C'est comme ça que j'ai pu vous retrouver.

Chase qui s'était approché de la sortie tenait déjà la porte ouverte. Il se tourna vers le jeune homme, les sourcils froncés.

– Où habitait-elle?

Ty serra les dents pour refouler les sanglots qui lui montaient à la gorge.

– Au ranch du « Trèfle d'Irlande » avec mon oncle Culley O'Rourke.

La révélation transperça Chase comme une lame de couteau. Il était trop choqué pour réagir lorsque le garçon fonça vers la sortie, mais il le rattrapa en deux enjambées et, lui agrippant le bras, l'obligea à s'arrêter.

– Maggie est ta mère? Maggie O'Rourke?

Malgré les larmes qui roulaient sur ses joues, le jeune homme défiait son père avec rage.

– Je vous l'ai déjà dit, elle s'appelle Mary-Frances Elizabeth O'Rourke. Personne ne dit Maggie!

– Bon Dieu!... Quel âge as-tu, Ty?... C'est ton nom, n'est-ce pas?

– Oui, répondit le garçon sur un ton excédé. J'ai quinze ans. Alors, vous connaissez ma mère?

– J'ai connu Maggie O'Rourke en effet.

Chase desserra sa main.

– Il est tard. Tu ferais mieux de venir avec moi.

La lune était pleine. Dans le ciel, des bouquets d'étoiles formaient un dais lumineux au-dessus de la voiture qui fonçait dans le noir. Pendant vingt kilomètres ils roulèrent en silence. Chase fixait la route et conduisait comme s'il était seul. L'air frais de la nuit pénétrait par les fenêtres ouvertes.

– Ta mère sait que tu es ici?

Chase venait de rompre brutalement le silence.

– Non, mais elle a dû deviner.

– Tu as fugué?

– Oui.

– Tu as dit que tu avais été adopté. Je suppose que ta mère est mariée?

– Elle l'était. Philip... mon père adoptif, est mort d'une attaque, il y a six mois. Ça a été un choc pour nous.

Ty était malade rien que d'y penser.

– Où habitiez-vous?

– A Malibu, près de San Francisco. Le mari de ma mère était chirurgien, nous élevons des chevaux de course et nous les entraînons.

Ty regarda par la fenêtre de la voiture. Depuis des kilomètres, pas une lumière, pas le moindre signe de vie.

– Où allons-nous?

– Aux « Trois C ». (Chase hésita :) Ce sont les initiales de la *Calder Cattle Company.*

– Est-ce encore loin?

– Une vingtaine de kilomètres. Ta mère t'a-t-elle parlé de moi?

– Non, elle m'a dit seulement que vous habitiez le ranch voisin du sien.

Dans l'obscurité, le regard de Chase glissa sur ce garçon qui était son fils. Le choc de la découverte s'était atténué et maintenant il acceptait le fait. Ty était un garçon de qualité, et intrépide, sinon il n'aurait pas eu le courage de parcourir une telle distance pour affronter un père inconnu. Chase fut submergé par l'orgueil; il avait un enfant, un fils fait de sa chair et de son sang. Il avait envie de crier. Il se demandait si tous les pères éprouvaient une pareille fierté.

– Je ne te connais pas et tu ne me connais pas.

Ty éprouvait une drôle de sensation dans la gorge et les yeux lui piquaient. Il ne comprenait pas cette émotion brutale et soudaine. Il essaya de la refouler, car il ne voulait pas que son père le prenne pour un gars sentimental et stupide.

– Je voulais te connaître, avoua le jeune homme, la voix rauque mais posée. J'ai fait tout ce chemin pour ça. Est-ce que je pourrais rester un moment?

– Je *veux* que tu restes.

Cette réponse catégorique laissait peu de doute, Ty était désiré.

– Es-tu marié? As-tu des enfants?
– Si tu m'avais interrogé au restaurant, j'aurais répondu que je n'en avais pas. Maintenant, je décline cette question-là.
Chase jeta sur son fils un regard pétillant de malice.
– Quant à la première, je n'ai jamais été marié.
– Aimes-tu encore ma mère?
Pour Ty, cette demande était naturelle.
Chase retint son souffle avant d'avouer :
– Je ne crois pas que le terme « amour » convienne pour désigner ce qui s'est passé entre Maggie et moi. Nous étions très seuls tous les deux et... (Chase regarda Ty.) Je doute que cela ait un sens pour toi.
Ty fronça les sourcils.
– Pas du tout, en effet.
– Je m'en doutais. (La bouche de Chase se durcit.) Raconte-moi plutôt le collège, proposa-t-il, changeant brusquement de sujet.
Il écouta en silence son fils lui parler de l'école, de ses amis, de sa vie en général.
Au loin, une faible lueur éclairait le ciel. Elle grossit au fur et à mesure que la voiture approchait. Lorsque les bâtiments principaux des « Trois C » furent en vue, illuminés par des projecteurs, et que les fenêtres de la maison scintillèrent, Ty manifesta un étonnement incrédule :
– Mais c'est une ville!
– Presque.
Chase eut un petit sourire. Il décrivit une large boucle avec la voiture et vint se garer devant l'escalier de « La Maison ».
– Voici le quartier général des « Trois C », annonça-t-il en coupant le moteur.
Il ouvrit la portière. Ty tira son paquetage du siège arrière pendant que son père s'avançait vers la véranda. Devant la première marche il s'arrêta. Lorsque Ty comprit qu'il l'attendait, il se hâta, l'air confus.

Dès que le jeune homme l'eut rejoint, Chase d'un geste ample désigna les bâtiments des « Trois C ».

– Regarde bien, mon fils, tout cela t'appartiendra un jour. Avant, il te faudra beaucoup apprendre.

Chase saisit Ty par l'épaule et l'entraîna dans la maison. Les lumières brûlaient dans la salle à manger et dans le hall, mais Chase aurait pu se guider dans l'obscurité totale. Les meubles n'avaient pas changé de place depuis qu'il était petit. On avait bien refait les housses des fauteuils mais le mobilier ancien était d'origine, fait pour durer des siècles. Ty examinait tout en détail. Chase se rappela qu'il n'avait mangé qu'un hamburger, ce qui était bien insuffisant pour satisfaire l'appétit d'un garçon vigoureux.

– Faim? demanda-t-il.

– Oui, plutôt, reconnut Ty malgré lui.

– Je vais voir si je peux chaparder quelque chose à la cuisine. Tu n'as qu'à visiter, fais comme chez toi.

Il restait du rôti froid dans le réfrigérateur. Chase en coupa quelques tranches qu'il plaça sur une assiette avec du pain. Il trouva également une moitié de gâteau au chocolat. Il posa le tout sur un plateau avec une carafe de lait. Lorsqu'il retourna dans la salle à manger, Ty se rendait dans le bureau. Il fit mine de revenir sur ses pas, mais son père lui fit signe d'entrer.

– Nous mangerons là, dit-il en déposant le plateau sur une table basse.

Ty dévora la nourriture et but trois verres de lait; puis il se coupa une tranche de gâteau.

– Où habitait ma mère? demanda-t-il en recueillant avec sa main les miettes de gâteau.

Chase indiqua sur la carte l'emplacement du ranch du « Trèfle d'Irlande » par rapport aux « Trois C ».

– Ici.

– C'est beaucoup plus petit?

– Oui.

Chase semblait réticent à l'idée de discuter des O'Rourke.

– Pourquoi maman et toi vous êtes-vous séparés?

Les traits de Chase Calder se voilèrent et il se leva pour chasser une impression pénible.

– C'est une bien longue histoire. Il se fait tard et je vais te montrer ta chambre. Tu dois être épuisé.

– Ouais, admit Ty. Ça fait deux nuits que je n'ai pas dormi dans un lit et que j'ai passées à rebondir dans la cabine d'un camion.

Chase attendit que Ty récupère son balluchon pour le conduire dans la chambre qui avait appartenu à son père. Toutes les pièces se trouvaient en état d'accueillir les visiteurs éventuels. La salle de bains était équipée de serviettes de toilette neuves et les lits avaient des draps propres. Dès que Ty fut installé, Chase sortit de sa poche un carnet et un crayon.

– Ecris le numéro de téléphone de ta mère, ordonna-t-il.

– Tu ne vas pas l'appeler! protesta Ty, affolé. Attends quelques jours, s'il te plaît!

– Tu sais bien qu'elle se fait du souci.

Cette remarque contenait une légère critique.

– Oui, mais... (Ty serra les lèvres, mécontent.) Elle voudra que je rentre à la maison et je ne veux pas.

– Je vais m'en occuper, affirma Chase. Donne-moi juste son numéro, je lui parlerai.

Ty inscrivit les chiffres et rendit le papier à son père.

– N'oublie pas de lui dire que je vais bien.

– Bien sûr.

Chase s'avança vers la porte puis s'arrêta.

– Quelques sages conseils pour dormir: la vie urbaine affaiblit l'homme. Ici, nous n'avons pas de circulation ni de feux pour nous dire quand nous devons démarrer et nous arrêter. Il n'y a pas non plus de flèches indiquant les endroits où se rendre. La ville est un monde un peu féminin où tout est réglé et agencé pour vous. Ici, c'est un pays d'hommes, où l'on respecte la parole donnée sans jamais quémander aucune faveur. Ce sera difficile pour toi, et pas seulement parce que tu es étranger. Les gens exigeront beaucoup parce que tu es mon fils... Tu...

Chase se mit à sourire, il avait toujours pensé que son père exagérait.

– Bonne nuit, Ty.

– Bonne nuit, Pa.

Chase retourna dans le bureau, s'assit sur une chaise et composa le numéro que Ty lui avait donné.

– ...Ici la maison Gordon.

Une voix de femme répondait, sèche et hautaine; ce n'était pas la voix de Maggie.

– Je voudrais parler à Elizabeth Gordon.

– Je crois qu'elle dort. Je suis sa belle-sœur, Pamela Gordon. Que puis-je pour vous?

– Pourriez-vous la prévenir, j'appelle au sujet de son fils.

– Ty? Vous l'avez retrouvé? Tout va bien?

– Dites à Mme Gordon que je voudrais lui parler *personnellement.*

Chase insista sur le dernier mot signifiant par là qu'il ne s'adresserait qu'à Elizabeth.

– Un moment, je vous prie.

On entendit le bruit du récepteur et, en arrière-fond, un appel : Elizabeth! Chase attendait, le papier à la main.

Maggie avait pris un somnifère afin de dormir un peu après les nuits d'insomnie provoquées par le départ de son fils. Elle arriva au téléphone quelque peu embrumée et se passa la main sur le front pour s'éclaircir les idées.

– Elizabeth Gordon.

Sa voix s'était à peine modifiée. L'inflexion peut-être, mais elle remua la mémoire de Chase l'espace d'un instant. Les années défilèrent, il revit les yeux verts, verts comme l'herbe grasse du ranch Calder et les cheveux sombres comme la nuit.

Sa main étreignit l'écouteur comme s'il voulait se rapprocher de l'être lointain.

– Hello, Maggie!

Personne n'appelait ainsi la jeune femme, à part Culley, mais ce n'était pas lui. Il est vrai que parfois le téléphone déformait la voix. Maggie saisit le récepteur à deux mains.

– Maggie, Chase à l'appareil. Ty est avec moi, il m'a dit de te dire que tout allait bien.

Cette fois, elle avait immédiatement reconnu sa voix, il avait toujours la même intonation douce. Maggie était bouleversée.

– Je veux que Ty rentre à la maison. (Sur ce point, en tout cas, elle n'était pas confuse.) Mets-le dans le premier avion, je paierai le billet.

– Non.

– Chase, je veux mon fils!

La voix de Maggie tremblait, lourde de menaces.

– Si tu le veux, tu n'as qu'à venir le chercher! Tu es restée absente très longtemps, Maggie, je crois que tu as oublié l'importance du territoire que recouvre l'empire Calder. Ici, je représente l'autorité. Si tu veux Ty, tu n'as qu'à venir, tu sais où nous trouver!

Chase raccrocha et s'appuya lourdement contre le fauteuil. Il se demandait si Maggie avait changé en quinze ans. Etait-elle aussi belle que lorsqu'elle était jeune fille? Ou bien avait-elle perdu sa silhouette après la naissance de son fils?

Le lendemain à l'aube, Chase se doucha, se rasa et s'habilla. Avant de descendre, il s'arrêta devant la chambre de Ty et ouvrit la porte. Le garçon gisait à plat ventre, en travers du lit, la bouche ouverte. La nouveauté d'avoir un fils émerveillait toujours autant Chase. Il frappa contre le montant.

– Debout, Ty!

L'adolescent se releva péniblement sur les coudes et parcourut la chambre d'un regard hébété, essayant de se rappeler où il était.

– Quelle heure est-il? demanda-t-il en passant la main dans sa crinière hirsute pour se réveiller.

– Cinq heures.

– Du matin?

Il s'effondra sur le matelas avec un grognement.

– On se lève tôt ici, Ty. Il n'y a pas de lumières ou autres gadgets pour faire sortir un garçon du lit.

Ruth apportait juste de la viande, des œufs et des marrons en purée lorsque Ty fit irruption dans la salle à manger, à moitié endormi. Chase lui présenta son fils. La brave femme eut les larmes aux yeux et murmura que Webb aurait été heureux de connaître son petit-fils. Ensuite elle se précipita dans la cuisine en s'essuyant les paupières avec le coin de son tablier.

– Qu'a dit maman au téléphone? demanda Ty.

Habilement Chase fit une réponse détournée :

– Elle prendra l'avion aujourd'hui ou demain, ça dépend des réservations.

– Elle veut me reprendre, affirma Ty, lugubre.

– Je m'en occuperai.

Chase lui faisait la même réponse tranquille que la veille.

Ty dévorait à belles dents lorsque Buck entra dans la salle à manger. Chase avait fini de manger et dégustait sa troisième tasse de café. Buck jeta sur Ty un regard intrigué.

– Ty, je te présente Buck Haskell, l'un de mes contremaîtres.

Le jeune homme reposa son couvert en argent et serra la main de Buck Haskell.

– Buck, voici mon fils.

– Ton quoi? Mais où?... Qui?

– Maggie est sa mère.

– Maggie O'Rourke?

Chase fit oui de la tête. Buck prit une profonde inspiration et lâcha d'une traite :

– Ça m'en bouche un coin!

Il se tourna ensuite vers son ami avec une grimace.

– Ça serait plutôt stupide de dire : « félicitations », après tout ce temps!

12

Il n'était pas loin de midi lorsque Maggie arriva le lendemain au volant d'une voiture louée. Comme personne ne s'annonçait jamais à « La Maison », Chase comprit immédiatement que c'était elle lorsqu'elle frappa. Il croisa le regard vert, glacial de la jeune femme, puis détailla sa mince silhouette habillée d'un tailleur noir gansé de blanc. Certaines qualités qu'il appréciait en elle, comme la volonté et l'orgueil, ressortaient dans son port altier.

– Charles, va chercher les bagages de Mme Gordon.

– Inutile, intervint Maggie, je ne reste pas.

– Apporte-les, Charles, répéta Chase d'une voix unie.

Maggie l'affronta à nouveau avec une froideur calculée.

– Je pars dès que j'aurai récupéré Ty.

– Parfait.

Chase inclina la tête en signe d'assentiment et entra dans la maison, invitant Maggie à le suivre.

Il se dirigea vers le bureau, écoutant le toc-toc régulier des talons hauts sur le carrelage, et ferma la porte à double battant pour préserver l'intimité.

– Il y a du café chaud dans la cafetière.

Maggie balaya la pièce du regard, à la recherche de Ty.

– Où est mon fils?

– Parti avec Nate ce matin pour assister à son premier rabattage.

Chase remplit deux tasses du service en argent.

– Crème? Sucre?

– Tu savais que j'allais venir.

La colère fusait de Maggie comme d'une pile électrique qui chargeait l'air tout autour d'elle. Chase le sentit sans avoir besoin de la regarder. Il lui rappela :

– J'ignorais quand.

Elle se retourna à moitié, présentant son profil régulier. Son corps plein attirait Chase et aiguillonnait ses désirs de mâle. Elle se rendit compte qu'elle offrait un spectacle provocant, avec sa jupe relevée jusqu'aux genoux qui découvrait ses jambes bien galbées. Chase se renversa sur sa chaise, la tasse à la main.

– Quand Ty sera-t-il de retour? demanda-t-elle.

– Ce soir.

Il sirotait son café, évitant les yeux de Maggie.

– Tu l'as fait exprès. Pourquoi?

Elle l'observait. Il était devenu un homme mûr et puissant, mais avait gardé cette dureté dans la bouche qu'elle se rappelait si bien.

– Pour nous donner le temps de parler en privé.

– Nous n'avons pas à discuter, insista-t-elle froidement.

– Pourquoi ne m'avoir jamais dit que tu étais enceinte?

Chase abordait finalement la question qu'ils voulaient éviter.

– C'est mon fils, ta participation dans la conception est purement accidentelle.

– Tu me hais toujours, Maggie?

– La haine est un sentiment passionné, le mépris ou le dégoût conviendrait davantage. Mon mari était un homme charitable, il m'a appris à pardonner ce que je ne comprenais pas.

En effet, c'était là une heureuse conséquence du mariage avec Philip, qui avait extirpé de son épouse le poison de la haine.

– Le jour où j'étais venu te voir, la dernière fois que je t'ai rencontrée, c'était pour te dire que j'avais vraiment de la peine pour ton père.

Chase se rendait compte que Maggie fermait son esprit au passé; elle ne voulait rien évoquer.

– Je sais que tu ne veux plus reparler de tout cela, mais je tenais à ce que ce soit dit.

– Pourquoi? Mon père est mort et enterré.

– Parce que nous avons un fils! Tu écouteras, que tu le veuilles ou non, répliqua Chase d'une voix qui ne tremblait pas. Je comprends les raisons qui ont poussé mon père à agir comme il l'a fait, mais je ne connaissais pas ses intentions lorsque nous sommes allés dans la grange. Jusqu'au dernier moment où on a passé la corde autour du cou d'Angus O'Rourke, j'ai cru qu'on voulait seulement l'effrayer.

Chase s'interrompit un moment pour réfléchir.

– Je n'aurais pas pu le sauver, Maggie. Il avait déjà la nuque brisée.

Il s'arrêta de nouveau.

– Même après toutes ces années, je ne peux pas dire que Webb Calder ait eu tort. Angus vous aurait entraînés dans sa chute, toi et Culley.

– Tu as terminé? demanda Maggie avec une expression telle que Chase se demanda si elle avait compris quelque chose à ce qu'il disait.

– Sur ce sujet, oui. (Il regarda sa montre.) Maintenant Ruth va mettre la table.

– Je n'ai pas faim.

Il reposa sa tasse, se leva et s'approcha de Maggie dont il serra le bras avec force.

– Fais un effort.

Il sentait la tension de la jeune femme. Pourtant elle

ne résista pas à la pression de sa main lorsque Chase la guida vers la table. Durant le repas, il n'essaya pas de faire la conversation. Un silence lourd s'était abattu sur la pièce. Pour commencer, Maggie grignota, mais le calme ambiant finit par lui ouvrir l'appétit. Elle n'avait pas mangé depuis plus de vingt-quatre heures.

Repue et décontractée, elle s'abandonna sur sa chaise pour déguster son café.

– Ça te dérange si je fume? demanda Chase, un fin cigare à la bouche.

– Pas du tout, j'adore l'odeur du bon tabac.

– Il est rare que les femmes apprécient le cigare, approuva Chase en allumant le sien.

– Philip fumait souvent après le dîner.

Inconsciemment, Maggie avait eu une intonation tendre pour évoquer son mari, ce qui provoqua chez Chase une réaction incompréhensible :

– Tu sais, Ty veut rester ici.

Maggie, prise au dépourvu, réagit brutalement :

– Peu m'importe ce qu'il souhaite, il rentrera à la maison avec moi!

Chase lui jeta un regard à la fois nonchalant et menaçant.

– Honnêtement, crois-tu que je vais te laisser me le reprendre?

Maggie reposa sa tasse et se leva. C'était bien ce qu'elle redoutait; si Chase apprenait qu'il avait un fils, il voudrait le lui arracher. Elle se croisa les bras, les frictionnant comme si elle luttait contre le froid.

– Je me battrai. Je ne permettrai jamais que tu me l'enlèves, le menaça-t-elle. Chase, je ne suis plus Maggie O'Rourke, mais Elizabeth Gordon, une riche veuve dont le mari possède des amis très influents. Nous sommes à égalité par conséquent.

– C'est ce que tu souhaites, Maggie? Une sordide bataille pour la garde de l'enfant? Allons-nous nous affronter pour savoir qui est le meilleur parent? Celui qui a le plus à offrir?

– Non, ce n'est pas ce que je désire, mais je n'ai pas le choix; en l'occurrence, c'est toi qui poses un ultimatum.

– Je ne pose aucun ultimatum, répliqua Chase très maître de lui, c'est toi qui insistes pour que Ty revienne chez toi.

– Tu ne crois pas que je vais le laisser ici?

– Il se sauvera si tu l'obliges à rentrer. Tu peux éventuellement le faire enfermer mais dans trois ans il sera majeur, libre de vivre où bon lui semble.

– Tu ne penses tout de même pas que je vais renoncer après avoir juste fait l'aller-retour?

– Non.

– Alors, que suggères-tu?

– Epouse-moi.

Maggie fixait le père de son fils, bouche bée.

– Tu n'es pas sérieux?

Elle finit par éclater de rire.

– Absolument pas, ne t'inquiète pas. (Les lèvres de Chase se tordirent de dépit.) Je n'éprouve aucune passion pour toi! Mon désir de mariage est uniquement fondé sur Ty. Premièrement, il légitimerait sa naissance, je ne veux pas que mon fils soit traité de bâtard.

– C'est un peu tard, lança Maggie, sarcastique.

– Je n'étais pas informé de son existence, ni même de ta grossesse. Deuxièmement, je veux que Ty soit reconnu comme mon héritier légal. Les « Trois C » lui reviennent de droit.

– Tu ne m'as pas fourni d'argument au sujet de cet absurde mariage.

Maggie se tenait immobile, tendue, écoutant Chase débiter des mots insensés.

– Tu veux garder ton fils? Si nous nous battons pour lui, nous le perdrons tous les deux. Et Ty sera le plus perdant, parce qu'il aura des doutes, qu'il sera déchiré entre son père et sa mère. En m'épousant tu conserves ton rôle, tu vis dans cette maison auprès de lui, tu participes à sa vie tout entière. En outre, tu deviens la maîtresse des lieux et bénéficies de tout le respect attaché au nom de Calder.

– Ton nom et ton lit ne m'intéressent en aucune façon.

Maggie refusait de discuter du vrai sujet : Ty.

– Que m'importe que tu partages mon lit ou mon nom, cela te regarde. Je t'aurais proposé de vivre ici sans t'épouser s'il n'y avait pas eu les deux raisons que je viens d'évoquer, plus les commérages, les cancans qui rejailliraient sur Ty. Je ne crois pas que tu apprécierais. Le mariage est une formalité. Une fois Ty reconnu comme mon héritier, tu pourras entamer la procédure de divorce. Notre fils restera avec moi.

– Ce n'est pas juste, lança Maggie sèchement.

– Tôt ou tard tu aurais dû te séparer de lui. Il se mariera, partira à la découverte du monde. D'ailleurs tu pourras rester au ranch aussi longtemps que tu le voudras. Ou bien partager ton temps entre le Montana et la Californie. Ou bien encore vivre en Californie et venir ici en visite. Pour moi c'est sans importance. Si tu trouves une meilleure solution, je serai heureux que tu me la soumettes.

Chase se moquait, il n'y avait pas d'autre possibilité. De plus, Maggie imaginait les réactions de Ty. La vie au ranch comblerait tous ses rêves romantiques d'adolescent, renforcés par la figure paternelle. Ty considérait son père comme un héros. Maggie ne lutterait pas contre des rêves de gosse, même avec un procès...

– Ty a des affinités avec la terre, de l'amour pour ce pays, poursuivit Chase pour rompre et combler le silence. Tu ne peux rien y changer. C'est quelque chose qu'il a hérité de nous deux. Je fais appel à ton amour maternel, Maggie. Nous avons un même sujet de préoccupation : Ty.

Chase observa calmement la mère de son enfant.

– Je n'attends pas une réponse immédiate. Si tu veux discuter avec ton fils, tu me feras part de ta décision demain.

– Demain? Tu es généreux de m'octroyer tant de temps!

– On a gaspillé suffisamment de temps, déclara Chase en repoussant sa chaise. Je vais monter tes bagages dans ta chambre.

– Je n'ai pas dit que je restais, rappela Maggie.

Il lui jeta un regard sévère.

– Tu resteras.

– Non. (Elle ne plierait pas devant sa volonté.) Si je dois rester cette nuit, je préfère aller chez mon frère.

Chase fronça les sourcils.

– L'endroit s'est beaucoup détérioré depuis ton départ, ton frère aussi.

Maggie quitta la salle à manger et gagna rapidement la porte d'entrée. Chase ne fit pas un geste pour la retenir lorsqu'elle s'éloigna de la maison et marcha vers la voiture de location. Maggie conduisit jusqu'au ranch de son frère dans une sorte d'hébétement. La brève description de Chase ne l'avait pas préparée au spectacle désolant qui s'imposa à elle : le bâtiment en ruine était sur le point de s'effondrer au premier coup de vent. On avait l'impression qu'il n'était plus entretenu depuis des années. La maison, la maison de son enfance était abandonnée... Les fenêtres cassées, la moitié de l'escalier emporté, le plancher du porche pourri et défoncé. Lorsque Maggie ouvrit la porte une odeur nauséabonde parvint à ses narines. La main sur la bouche, elle pénétra avec précaution. Il faisait noir. Elle tendit le bras vers l'interrupteur près de la porte, il ne fonctionnait plus. La jeune femme s'avança à tâtons à la recherche d'une lampe, mais lorsqu'elle essaya d'éclairer il n'y eut pas de lumière. Il n'y avait plus d'électricité dans la maison. Tout à coup, quelque chose bougea dans l'obscurité. Maggie fit un bond. Ce n'était pas dans une maison qu'elle se trouvait mais dans un taudis. Elle regagna la porte en frissonnant, malade de découvrir que son frère vivait comme un miséreux.

Dehors, à l'air frais, elle scruta les alentours. Elle appela Culley, mais ne reçut aucune réponse. Elle regagna la voiture et attendit plus d'une heure; à la fin elle décida de partir, ne voulant pas rester là avec la nuit.

Sur le chemin du retour elle croisa un camion arrêté. Chase se tenait appuyé à l'arrière; il fumait un cigare. Quelque chose prévint Maggie qu'il l'avait attendue tout ce temps. Elle s'arrêta et descendit de voiture. Chase écrasa son mégot sous la semelle de sa botte et vint à la rencontre de la jeune femme. Sans prononcer une parole il la prit par le coude et la guida vers le camion. Elle le suivit comme un robot.

La main de Chase, posée sur sa hanche lorsqu'il l'aida à monter dans la cabine, la tira de son apathie. Elle se retourna pour le regarder.

– Ce n'était pas un très beau retour au bercail, n'est-ce pas? murmura-t-il.

Devant ce visage viril, Maggie fut submergée par le souvenir des jours passés où elle s'abandonnait au plaisir. Elle aurait voulu rattraper un morceau de la joie insouciante qu'elle avait connue jadis, capturer encore une fois le soleil qui avait éclairé tout son monde.

Les yeux de Chase se mirent à briller comme s'il lisait dans les pensées de Maggie. Elle revint à la réalité.

– Laisse-moi tranquille, ordonna-t-elle d'une voix éteinte, sans vie.

Chase haussa les épaules avec indifférence et referma la portière. Il s'installa au volant. Au moment où il mettait en marche, Maggie aperçut la voiture louée, sur le bord du chemin.

– La voiture..., commença-t-elle.

– J'enverrai un gars la reprendre.

Lorsque le camion traversa la ville, Maggie remarqua l'enseigne du restaurant qui avait remplacé le café de Jake.

– Jake a ouvert un restaurant?

– Il a vendu, il y a quatre ans, et le nouveau propriétaire a transformé le café en restaurant.

– Qui est-ce?

Comme Chase ne répondait pas tout de suite, Maggie le regarda pour connaître la cause de son hésitation.

– Une femme, nommée Sally Brogan.

Pour l'instant, Chase semblait préoccupé par d'autres pensées.

Maggie garda le silence pendant plusieurs kilomètres et demanda enfin :

– Tu m'attendais?

– J'ai vu ta voiture devant le ranch. Je me suis dit que tu étais assez têtue pour rester là. Ce n'est pas un endroit convenable pour une « dame ».

Chase effleura Maggie du regard.

– Tu as réalisé ton ambition, tu es devenue une dame élégante, sophistiquée et réservée. Tu n'as pas un cheveu qui dépasse. Je me demande s'il reste quelque chose de la jeune fille que j'ai connue, ou bien si on l'a civilisée au point de lui faire perdre toute réalité.

Chase fixa la route, la tête légèrement penchée de côté.

– Je me rappelle une fois où je m'étais montré un peu brusque en te faisant l'amour. Tu m'as pincé et, comme je me plaignais, tu m'as dit que si je voulais me montrer violent, tu serais violente toi aussi.

Maggie détourna la tête, et regarda par la portière tout le reste du chemin, le poing contre la bouche.

Le soir, au dîner, Maggie était assise en face de Chase. Ty, symboliquement, se tenait à mi-distance entre eux, à la droite de son père. Maintenant, il portait une chemise blanche propre et un pantalon foncé et elle retrouvait son fils. Mais lorsqu'il était apparu dans l'embrasure de la porte, cet après-midi, Maggie avait découvert un étranger en tenue de Far West.

Tout d'abord, Ty s'était montré gêné devant sa mère. Il savait que sa fugue lui avait fait de la peine, mais comme elle n'avait proféré aucun reproche, il s'était détendu peu à peu et avait fini par relater ses aventures des jours précédents. Insensiblement Maggie avait orienté la conversation sur les camarades de Ty, l'élevage et le dressage des chevaux de course. Ty répondait par monosyllabes puis cessa complètement de parler. Mais lorsque sa mère lui demanda carrément s'il était prêt à abandonner ses amis, sa maison et sa vie en Californie, il fut obligé de s'expliquer :

– Cela me manquera un certain temps, reconnut-il en se tortillant sur sa chaise. Maman, je ne veux pas te blesser, tu souhaiterais que je rentre, je sais... mais je veux rester ici.

– Tu ne veux pas me blesser, mais tu le fais quand même. Et si j'insistais pour que...

– Je t'en prie 'Man, supplia Ty, la voix nouée d'angoisse.

Si elle avait dû se battre uniquement contre Chase, Maggie aurait sorti griffes et dents, mais elle ne voulait pas lutter contre Ty. Elle s'avoua vaincue.

Elle commença à repousser les pois sur le bord de son assiette avec sa fourchette.

– Que dirais-tu, Ty, si je t'annonçais que ton père et moi allons nous marier?

Maggie sentit le regard de Chase qui la transperçait.

– Vraiment? lança le garçon sur le ton méfiant de celui qui attend d'être sûr.

– C'est vrai, insista Maggie en fixant l'homme qui se tenait de l'autre côté de la table, l'insondable Chase Calder.

– Alors on va vivre ici tous les deux?

– Oui, confirma Maggie en continuant de soutenir le regard des yeux sombres.

– C'est ta réponse? interrogea Chase avec froideur.

– C'est ma réponse. Ce que mon fils veut.

– Je m'occuperai de faire publier les bans et de prévenir le pasteur. Cela se fera à la maison, sans cérémonie.

La décision d'épouser Chase laissait une foule d'affaires en suspens en Californie. On vendit les chevaux et il fallut expédier les affaires de Ty et de Maggie. L'essentiel fut réglé par téléphone et grâce à tante Cathleen qui, en incorrigible romantique, s'était montrée ravie que sa nièce épouse l'homme qui lui avait donné un enfant.

Avec Pamela ce fut une autre affaire. D'abord en colère, elle refusa de croire à la décision de Maggie puis pleura et implora qu'on lui renvoie Ty. Enfin, elle accusa Maggie d'être infidèle à la mémoire de Philip, de ne l'avoir jamais aimé, de l'avoir épousé par intérêt. L'agressivité de sa belle-sœur conforta Maggie dans l'idée qu'il ne fallait pas rentrer...

Le mariage, rapide et simple, eut lieu un soir pour ne pas déranger l'emploi du temps de Chase. Ruth et Virgil Haskell servirent de témoins. Ty fut le seul invité. Il y eut un moment délicat: à l'échange des anneaux nuptiaux. Maggie avait oublié d'enlever le diamant offert par Philip. Après réflexion elle ne savait s'il s'agissait d'un acte délibéré ou inconscient. Peu importe, lorsque Chase aperçut le solitaire, il le retira adroitement et le glissa dans sa poche jusqu'à la fin de la cérémonie; après quoi, il le rendit à sa femme. Lorsqu'il embrassa la mariée, ce fut un baiser froid et impersonnel. Avant de partir, le pasteur souhaita longue vie et bonheur aux époux. Les Haskell s'éclipsèrent rapidement ainsi que Ty, pour les laisser seuls.

Chase prétexta des papiers à finir. Maggie resta seule avec le sentiment qu'elle vivait une farce.

Elle s'allongea dans le grand lit et contempla les motifs dessinés par la lune sur le plafond. La jeune femme souffrait intensément. Elle avait voulu traiter cette affaire avec mépris et regrettait maintenant de s'être conduite comme une enfant. Elle entendit dans l'escalier des pas qui passèrent devant sa chambre sans hésiter. La chambre de Chase était située dans la partie nord-est de la maison au deuxième étage. Sa porte s'ouvrit et se referma sur le silence.

Maggie se tourna sur le côté et glissa les mains sous l'oreiller. Le large anneau d'or lui pesait étrangement au doigt, car elle avait l'habitude de l'alliance en diamant de Philip. La jeune mariée venait à peine de fermer les yeux, quand un tapage se fit entendre qui la tira du lit. Elle saisit sa robe de chambre et se rua dans le hall, heurtant presque son époux.

– Que se passe-t-il? demanda-t-elle, embarrassée et vaguement inquiète.

Chase fit la grimace.

– Ils nous donnent un « charivari ». Aucun doute, c'est là une idée de Buck.

Maggie se mit à rire, soulagée. A ce moment la porte d'entrée s'ouvrait sous la poussée de pieds bottés et de pots en métal sur lesquels on frappait en cadence.

– Nous-voulons-la-mariée! scanda un chœur de voix tapageuses.

Maggie voulut attacher la ceinture de sa robe de chambre mais Chase l'enveloppa d'un regard incisif. Le satin moulait les seins et les hanches de la jeune femme, ne laissant rien ignorer.

– Tu ne vas pas descendre dans cette tenue, gronda-t-il entre ses dents.

Maggie resta abasourdie.

– J'ai des robes beaucoup plus suggestives que celle-ci! Philip n'a jamais considéré que j'étais indécente.

– Je ne suis pas Philip et nous ne sommes pas en

Californie. Ici, nos femmes ne s'exhibent pas devant les hommes.

C'était rappeler à Maggie qu'il appartenait à une catégorie d'individus qui jugeaient les femmes d'après des critères différents de ceux du monde.

La révolte embrasa ses veines. Elle était outrée par cette réprimande et le ton possessif sur lequel Chase avait prononcé « nos femmes ».

– Hé! Vous descendez ou c'est nous qui montons hurla une voix en bas de l'escalier.

– Donnez-nous deux minutes pour nous habiller décemment, répliqua Chase en poussant Maggie par les épaules vers la chambre.

Si elle n'avait pas craint de trouver son fils parmi les visiteurs, Maggie aurait refusé de se changer, mais elle ne voulait pas le mettre dans l'embarras. D'ailleurs, Chase avait déjà allumé et fouillait dans la mince garde-robe, car la plupart des vêtements n'étaient pas encore arrivés de Californie. Maggie fulminait : son mari ne lui faisait pas confiance pour choisir une robe convenable. Offensée, elle ôta sa chemise de nuit et la jeta sur le dessus de lit chiffonné. Au moment où elle attrapait ses sous-vêtements, Chase l'interpella :

– Tiens, mets ça!

Elle se retourna pour voir ce qu'il avait sélectionné.

– Quoi?

Elle s'immobilisa soudain sous le regard appréciateur de Chase qui était en train d'admirer sa nudité. Il s'arrêta sur les seins, le ventre plat, le triangle sombre. Maggie éprouvait la sensation qu'il lui faisait l'amour avec ses yeux; une douce chaleur lui embrasa le corps, la chaleur du désir. Elle réagit avec violence :

– Cesse de bayer aux corneilles comme un vulgaire cow-boy! (Elle avait parlé sur un ton tranchant pour cacher son tremblement intérieur.) Tu m'as déjà vue nue!

La raillerie brisa le charme et Maggie se dépêcha

d'enfiler sa combinaison et sa culotte. Chase avait choisi une robe sans manches, bleu glacier. Lorsqu'elle la lui arracha des mains, il l'obligea à croiser son regard luisant comme une pierre polie.

– Lorsque je te voyais nue, autrefois, j'admirais toujours.

Le chœur avait repris dans l'escalier.

– Nous-voulons-le-marié-et-la-mariée! Nous-voulons-le marié-et-la-mariée! Nous...

Chase attendait devant la porte, impatient que Maggie ait boutonné sa robe et glisse ses pieds dans des mules. Lorsqu'elle rejoignit son époux, il vérifia une dernière fois sa tenue. Maggie avait les nerfs à fleur de peau, le mur qu'elle avait bâti pour se protéger menaçait de s'écrouler. Soudain elle avait besoin de se préserver contre l'attraction animale qu'exerçait cet homme.

Elle se laissa guider, toute raide, dans l'escalier où les époux furent immédiatement happés par le flot des travailleurs du ranch accompagnés de leurs familles. Tout ce joyeux monde riait, lâchait des plaisanteries, offrait des félicitations. On l'avait frustré d'un grand mariage, mais on ne l'empêcherait pas de célébrer les épousailles du « patron ». Au milieu de cette cohue amicale, Chase entoura la taille de Maggie d'un bras protecteur. Elle ne se déroba pas et concentra son attention sur les cow-boys.

Entraînés par le flot humain, les nouveaux mariés se portèrent vers la foule plus nombreuse encore qui attendait dehors. Dans la cour se trouvait un attelage tirant un vieux fiacre d'autrefois. Chase et Maggie furent installés sur le siège tandis que des cavaliers entraînaient la voiture dans une ronde folle, au grand délice de tous les participants. Maggie s'efforçait de rester aussi calme que Chase.

A la fin, les cavaliers déposèrent le couple devant les marches du porche. Au moment où Chase soulevait

Maggie pour la sortir du fiacre, Ruth émergea de la cohue.

– J'ai préparé des rafraîchissements pour tout le monde à l'intérieur.

Elle respectait l'ancienne tradition qui consistait à régaler les joyeux convives. Chase et Maggie se placèrent devant la porte pour recevoir les félicitations. Chase présentait les gens à Maggie sans jamais hésiter sur les noms. A un moment donné, un gars réclama le privilège d'embrasser la mariée : il le fit avec respect. D'ailleurs aucun homme n'eut de geste déplacé, Chase se tenait tout près d'elle.

Tandis qu'un cow-boy donnait une poignée de main au marié, Maggie se retourna pour accueillir la personne suivante; une femme rousse dont le maintien digne et calme contrastait avec celui des bruyants invités. Maggie sentit Chase se raidir. Elle le regarda pour en connaître la raison, mais rien dans son comportement n'indiquait plus son embarras. Il fit les présentations comme si de rien n'était.

– Voici Sally Brogan, une amie. Elle tient le restaurant en ville.

– Félicitations, madame Calder.

Lorsque la douce et séduisante femme serra la main de la mariée, celle-ci remarqua son expression douloureuse. Dans les yeux clairs se cachait une peine profonde.

– Vous êtes heureuse!

Heureuse? Maggie imaginait que beaucoup de créatures souhaiteraient être à sa place. D'instinct elle sut que Sally en faisait partie. Le silence s'était d'ailleurs installé parmi les convives, curieux d'assister à cette entrevue. Au moment où la rousse félicitait Chase, quelqu'un attira l'attention de Maggie. C'était Buck Haskell qui s'écria d'une voix de stentor :

– Quelle jolie mariée vous faites! Il faut dire que vous avez toujours été une beauté.

Maggie entendit à peine, toute à l'écoute de ce que disait Sally Brogan à Chase :

– Je vous souhaite beaucoup de bonheur à tous les deux.

Chase se pencha pour l'embrasser. Il était clair qu'entre ces deux êtres il y avait plus que de l'amitié. Maggie en eut la confirmation en entendant Buck chuchoter à son ami :

– Désolé, Chase, mais Sally a voulu venir pour te prouver qu'elle n'était pas fâchée.

Après plus d'une heure, les ouvriers du ranch et leurs familles regagnèrent leur logis, plus calmes qu'à leur arrivée. Pendant que Chase éteignait les lumières du rez-de-chaussée, Maggie commença à monter l'escalier. Elle s'arrêta sur le palier.

– Où est Ty?

Chase éteignit la lampe du hall et, un sourire moqueur aux lèvres :

– Il a jugé opportun de dormir avec des cow-boys pour nous laisser la maison. C'est notre nuit de noces, non?

Maggie s'agrippa à la rampe d'escalier.

L'allusion à la nuit de noces et à son intimité lui causait une sensation bizarre au creux de l'estomac.

– La femme rousse, Sally Brogan... commença-t-elle d'une voix incertaine, car elle n'abordait le sujet que pour connaître la réaction de Chase.

Celui-ci s'arrêta sous une lampe encore éclairée.

– Eh bien?...

Sa voix était calme.

– C'était ta maîtresse, n'est-ce pas?

Chase ne nia pas et ne parut même pas mal à l'aise comme Maggie s'y attendait. Il répondit seulement :

– Je ne lui ai fait aucune promesse.

– Tu ne fais jamais de promesses, n'est-ce pas?

– Tu as la mémoire courte. (Il redevenait dur soudain.) Je crois, ce soir, m'être engagé à « t'honorer et te respecter jusqu'à ce que la mort nous sépare ».

Maggie fut bouleversée par son ton de conviction. Dans ce pays, un homme tenait parole ou bien n'était plus un homme. Pour elle, les vœux prononcés étaient dépourvus de sens, un simple subterfuge pour garder Ty. Pour Chase au contraire, ils le liaient à sa promesse. Maggie eut honte tout à coup. Aux yeux de Dieu et des hommes, Chase était son époux. Avait-elle le droit de ne pas être sa femme? Oui, mais on l'avait contrainte à ce mariage. Quelle sorte d'homme fallait-il être pour menacer une mère de lui prendre son fils? Pourtant une autre voix murmurait, plus sage : Quelle femme dénierait à un père le droit de connaître son fils? Maggie était assaillie par le doute.

Dès qu'elle entendit Chase approcher, elle monta l'escalier en vitesse. Elle était arrivée presque en haut lorsqu'une détonation déchira le calme de la nuit. Maggie ne put réprimer un cri. Aussitôt une voix hurla au dehors :

– Calder! Je veux ma sœur!

Culley! Elle venait de reconnaître la voix de son frère.

Maggie dévala l'escalier et se heurta à Chase dans le living obscur. Deux bras de fer l'immobilisèrent. Elle posa ses mains sur la poitrine de Chase, l'obligeant à s'écarter pour mieux le défier :

– Je veux voir mon frère.

– Non, pas encore.

Sa voix était aussi dure et inflexible que sa poigne.

Un deuxième coup fit voler en éclats les vitres de la salle à manger. Chase plaqua Maggie contre sa poitrine, la protégeant de ses larges épaules qui lui faisaient un abri. Près de sa tête, elle entendait battre le cœur puissant. Profitant de l'accalmie, Chase poussa Maggie vers la cage d'escalier.

– Calder! Tu m'entends? hurla Culley.

– Je t'entends! (Il ajouta à voix basse à l'adresse de sa femme :) Ne bouge plus et couche-toi.

– Il veut seulement me voir, protesta Maggie.

– Dans ce cas, il ne serait pas venu avec une carabine.

– Calder! Je sais que Maggie est ici. Laisse-la sortir ou je tire dans toutes les fenêtres de la baraque.

Chase s'éloigna de sa femme et avança silencieusement dans la pièce obscure. Il attendit de se trouver de l'autre côté pour répondre :

– Puisque tu sais qu'elle se trouve ici, pose ton fusil avant de la blesser.

– Je te demande de la laisser aller, elle ne sera pas blessée... parce que je ne vais pas te laisser lui faire du mal cette fois-ci.

Culley était tapi à l'arrière de sa camionnette. Tout à coup Maggie entendit une bousculade dans le gravier.

Passant outre l'ordre de Chase, elle le suivit hors de la maison. Culley gisait déjà par terre, inconscient. Sans prêter attention aux hommes qui étaient accourus au bruit, elle se précipita vers lui.

– Qu'est-ce que vous voulez qu'on en fasse, patron? demanda un employé.

Chase n'eut pas le loisir de répondre. Maggie, découvrant le visage tuméfié et la lèvre ouverte de son frère, ordonna :

– Transportez-le dans la maison!

Personne ne bougea. Maggie décocha un regard glacial à son mari.

– C'est mon frère et il est blessé.

Un bref silence s'ensuivit.

– Vous avez entendu ma femme, dit Chase. Buck et Dave, transportez-le à l'intérieur.

Chase s'avança, écarta Maggie de son frère et lui chuchota à l'oreille d'une voix vibrante de colère :

– Que croyais-tu que j'allais faire? Le culbuter dans un fossé?

13

A la lumière, les coupures et les meurtrissures se révélèrent sans gravité. Mais ce fut la condition physique désastreuse de Culley qui alarma sa sœur. Ses cheveux noirs pendaient tristes et rares, et il n'avait que la peau sur les os. De grands cernes creusaient ses yeux, qui semblaient enfoncés dans leurs orbites.

Chase tendit à Maggie un verre de whisky. Elle en versa une gorgée dans la bouche de son frère en lui soutenant la tête. Il eut un soubresaut, se mit à tousser et ouvrit les yeux en essayant de repousser sa sœur. Du coin de l'œil, Maggie aperçut Chase qui s'était placé derrière elle, prêt à intervenir au cas où Culley deviendrait violent.

– Culley! C'est Maggie.

La jeune femme murmurait son prénom pour le rassurer. Après s'être appelée Elizabeth pendant seize ans, elle redevenait Maggie.

Culley la regarda fixement, les sourcils froncés. Ses yeux fatigués, bordés de rouge, témoignaient de son labeur pendant tant d'années.

– Maggie?

– Oui. (Elle sourit.) Comment te sens-tu?

Il lui agrippa le bras et y enfonça ses ongles comme des serres. Il avait besoin d'éprouver qu'elle était réelle, que ce n'était pas un mirage.

– C'est vraiment toi!

Il l'écrasa contre sa poitrine, enfouit son visage dans ses cheveux parfumés. Il fermait les yeux pour cacher ses larmes, car un homme n'a pas le droit de pleurer.

– Tu m'as manqué, gémit-il d'une voix étouffée.

– Tu m'as manqué aussi, Culley.

L'émotion brisait la voix de Maggie qui essayait de refouler ses sanglots. Elle remarqua Chase qui les observait et doucement se libéra de l'étreinte de son frère.

– Tu as réussi!

Culley caressait le visage de sa sœur dans une adoration craintive.

– Tu es une belle femme.

Prenant sa main décharnée, elle l'embrassa avec dévotion. Elle éprouvait de la pitié et du remords en découvrant qu'il avait vécu misérable, alors qu'elle était entourée de toutes les choses qu'une femme peut désirer.

Culley leva la tête et retrouva sa fureur possessive en remarquant Chase Calder, Buck Haskell et deux autres cow-boys, postés là pour parer à toute violence.

– Viens, je te reprends, Maggie, ils ne m'empêcheront pas!

Il essaya de se soulever, cramponné à sa sœur.

– Culley, non!

Sa résistance le déconcerta.

– Ecoute-moi s'il te plaît, je veux t'expliquer une chose...

Elle cherchait les mots pour lui faire comprendre.

– Quoi? demanda-t-il, les yeux rétrécis comme des fentes.

– Chase et moi sommes mariés, c'est pourquoi j'habite ici.

Un éclair diabolique zébra les yeux du blessé.

– Tu as oublié ce qu'il a fait?

Maggie posa sa main sur les lèvres de son frère pour l'empêcher de parler.

– Il y a quelqu'un que je veux que tu rencontres.

Il était préférable d'attirer son attention sur un autre sujet. Elle se pencha et saisit la main de Ty. Le garçon se tenait sur ses gardes, mécontent du comportement de cet homme qu'on prétendait être son oncle. Culley se redressa sur ses jambes vacillantes et jeta un regard soupçonneux sur sa sœur et sur le garçon.

– Voici mon fils Ty.

Maggie le poussa avec un sourire conciliant.

– Voici ton oncle Culley.

– Comment allez-vous, monsieur? demanda Ty.

Culley ne remarqua même pas la main tendue et se mit à dévisager le jeune homme d'une façon qui finit par le mettre mal à l'aise.

– Culley...

Maggie lui soufflait de dire quelque chose, ce long silence l'effrayait.

– Sépare-toi de lui, Maggie! ordonna Culley en la tirant par la main. Regarde-le donc! insista-t-il avec un regard de dément. Ne vois-tu pas que c'est un Calder?

Malgré son pouls qui battait follement, Maggie essayait de raisonner calmement son frère pour le faire revenir sur sa condamnation.

– C'est mon fils, tu comprends!

Culley fit pirouetter sa sœur et l'attrapa par les épaules.

– C'est *son* fils! Pourquoi l'as-tu gardé? Pourquoi ne t'en es-tu pas débarrassée? Tu ne vois donc pas, Maggie, ils sont deux maintenant, ils sont redevenus aussi puissants qu'avant? Tu vas partir avec moi ce soir, Maggie!

Les yeux de la jeune femme brûlaient de larmes refoulées. Elle constatait combien la haine avait détruit son frère, l'avait aveuglé, ne le maintenant en vie que pour alimenter son désir de vengeance. La haine lui avait servi de nourriture et de sommeil, avait empoisonné l'air qu'il respirait. Culley n'avait jamais soigné sa blessure et elle infectait son âme.

Pendant que Culley maudissait son neveu, Maggie n'avait pas remarqué que Chase faisait signe à ses hommes d'escorter Ty hors de la maison, avant que sa présence ne déclenche un incident.

Cette fois, Culley s'agrippa aux épaules de sa sœur avec une violence telle qu'elle dut se mordre les lèvres pour ne pas crier de douleur. Alors Buck et un cow-boy s'avancèrent vers le malheureux et l'obligèrent à relâcher son étreinte. Il fallut plus d'une seconde à Culley pour comprendre ce qui arrivait. Il essaya de lutter. Maggie voulut s'avancer pour lui venir en aide, mais deux mains la retinrent par-derrière : c'était Chase.

Lorsque la silhouette de son ennemi mortel se dressa près de Maggie, Culley recommença à crier :

– Laisse-la! Tu ne vas pas l'emprisonner ici! Tu m'écoutes, Calder?

– Ecoute-moi plutôt, Culley, ordonna Chase d'une voix ferme. Je ne peux empêcher Maggie de rendre visite à son frère, mais toi tu ne mettras plus les pieds sur le sol Calder.

Chase s'adressa ensuite à Buck et à l'autre contremaître :

– Conduisez-le hors de la propriété et ne l'abandonnez pas avant qu'il ait quitté les frontières des « Trois C ».

Maggie ne se déroba pas à la poigne ferme qui l'éloignait de la porte d'entrée.

– Je ne veux plus le revoir sur la terre Calder, répéta Chase.

– C'est mon frère.

– C'est à cause de cela qu'il n'est pas parti d'ici *les pieds devant*.

Chase resserra ses doigts sur les épaules de Maggie, comme pour lui montrer à quel point il s'était retenu.

– Je ne peux t'empêcher de le rencontrer en dehors du ranch. Je ne crois pas qu'il te fera du mal, mais j'ai noté les regards meurtriers qu'il jetait à Ty.

Maggie était encore sous le choc. Elle aussi les avait remarqués et s'en effrayait.

– Il a besoin qu'on l'aide.

L'appel muet des yeux verts toucha Chase.

Il prit sa femme dans ses bras et appuya la tête

brune contre sa poitrine. Puis, passant doucement sa joue contre les cheveux lisses :

– Tu ne peux rien pour lui, Maggie, il a besoin d'un secours médical.

Chase caressait le dos de sa femme pour la réconforter, la rassurer; mais il ne pouvait s'empêcher de sentir les formes pleines de son corps; son désir s'éveilla. Comme si elle avait senti un changement, Maggie se libéra subitement. Chase la laissa aller.

– Maggie?

Cet appel sonnait comme un besoin. Maggie releva la tête. Elle avait soudain l'air si fragile.

– Ça va?

– Oui.

Quand sa femme eut disparu dans l'escalier, Chase sortit en silence sous la véranda. Il avait besoin de l'air frais de la nuit.

Chase dut attendre midi pour se libérer de son travail. Le klaxon d'un camion l'arrêta près du dépôt de vivres. Il se retourna, agacé par ce contretemps, et aperçut Nate au volant, la tête à la fenêtre.

– Le gamin est en train de récurer le box des étalons! clama-t-il.

Chase adressa un salut amical au vieux contremaître. Le bonhomme avait le don de lire dans ses pensées. Chase se hâta vers le bâtiment isolé où l'on gardait les étalons à l'écart des autres chevaux.

Ty était appuyé contre la robuste palissade, un pied sur la barre inférieure, un bras sur la barre du haut. A côté de lui attendait une charrette pleine de fumier et de paille. Chase ralentit le pas pour mieux observer le visage troublé de son fils.

– L'étalon est un sacré animal, pas vrai? remarqua-t-il, conscient de l'air coupable de Ty qui avait été surpris en flagrant délit de fainéantise.

– Oui, Pa.

– Cougar appartenait à mon père, c'est probablement le meilleur cheval du ranch et un excellent reproducteur.

Chase flatta la tête aux mâchoires puissantes.

– Personne ne le monte plus? s'enquit Ty d'un ton indifférent.

– Non, je l'ai retiré à la mort de mon père.

Chase poursuivit sur le même ton neutre :

– C'est normal que tu sois bouleversé de ce qui s'est passé cette nuit, Ty.

Le jeune homme parut perplexe et racla le sol avec le bout de sa botte.

– Pourquoi est-ce qu'il me hait?

– Il ne te connaît pas. Ce n'est pas toi qu'il déteste mais ce que tu représentes. Tu es un Calder.

– Pourquoi détesterait-il un Calder?

Cette réponse n'avait aucun sens pour Ty. Son père se baissa pour ramasser une poignée de graviers.

– Imagine que quelqu'un tombe en marchant. Automatiquement il regardera ce qui l'a fait tomber.

Chase se baissa à nouveau et ramassa une plus grosse poignée de graviers.

– Lequel sera responsable à ses yeux? Le gros caillou ou le petit?

Il montrait deux pierres de taille différente dans le creux de sa main gantée de cuir.

– Le gros, c'est évident.

– Parce que c'est le plus gros, il aura toujours tort. Mais qui peut affirmer qu'un petit caillou ne se dissimulait pas sous la grosse pierre? En bougeant il a fait bouger le gros.

– C'est possible, reconnut Ty.

– Dès que les choses tournent mal dans cette région, les gens regardent autour d'eux pour savoir qui accuser. Les petits propriétaires désignent les gros en proclamant qu'ils monopolisent le marché. Dès que vous devenez riche et prospère vous rencontrez toujours quelqu'un pour vouloir vous dépasser. Parfois la pierre tombe sur le gravillon. A ce moment-là le ressentiment se transforme en haine.

– Que s'est-il passé pour que mon oncle me déteste?

Ty cessa d'examiner les graviers pour scruter son père.

– Toute une série de choses, Ty. Certaines remontent à mon père et au passé de ta mère. C'est une très longue histoire... En tout cas ton oncle prétend qu'il a de bonnes raisons de haïr les Calder. Retiens ceci, Ty. Si quelqu'un te déteste, ce n'est jamais une condamnation de toi en tant qu'individu, aussi ne va pas penser que tu es mauvais. Contente-toi d'agir loyalement et laisse les autres penser ce qu'ils voudront.

– Ouais, soupira l'adolescent, sombre et résigné.

Il retourna à sa brouette. Chase le regarda faire un instant puis s'éloigna.

A sa grande surprise, Maggie s'était rapidement réhabituée à la vie du ranch. Depuis son retour quinze jours plus tôt, elle avait l'impression de s'être absentée quelques mois et non pas seize ans. Elle se levait à l'aube et prenait son déjeuner avec Chase et Ty. Ruth lui avait laissé le soin de la cuisine et se contentait de l'aider au ménage. Cependant, Maggie ne se contentait pas de préparer les repas et d'entretenir la maison. Elle se réservait deux après-midi par semaine pour la promenade. Elle avait quitté l'équitation de style britannique pour le style plus relâché de l'Ouest. Au cours de ses chevauchées, il lui arrivait d'oublier qu'elle n'avait pas toujours vécu dans cette immensité. Peu à peu, outre la beauté sauvage du pays qu'elle découvrait, elle accorda plus d'attention à l'état des terres, de l'herbe, des clôtures.

Trois fois elle s'était rendue chez son frère sans le trouver mais elle n'en dit rien à Chase. Ses relations avec son mari étaient difficiles à décrire. Elle le voyait rarement en dehors des repas car il passait les soirées dans son bureau à faire de la paperasse. Pourtant, Maggie ne pouvait nier l'existence de son époux ni l'anneau qu'elle portait au doigt. Parfois, la jeune femme avait envie d'être caressée, car son corps éprouvait des besoins naturels, insatisfaits. Ce n'était pas facile de voir Chase sans se rappeler les jours anciens où il comblait si bien ces désirs. Pour rendre les choses plus complexes, il exerçait un charme incroyable, le charme rude des Calder.

Les longues randonnées à cheval l'après-midi remplissaient le temps de Maggie et l'éloignaient de l'atmosphère de la maison. Jamais elle n'aurait admis qu'elle recherchait ces exercices violents pour se fatiguer et s'endormir le soir, exténuée.

Aujourd'hui la pluie avait retenu Maggie à l'intérieur. Elle avait donc décidé de préparer un dîner spécial. Elle commanda à Tucker de lui découper une côte première dans le bœuf qu'il gardait au congélateur pour la consommation du ranch.

Les autres plats avaient été choisis parmi les mets favoris de Philip : pamplemousses hachés en entrée, petits pois et oignons nouveaux à la crème comme légumes. La robe de Maggie était également la toilette préférée de son ex-mari, une robe en soie bleu paon avec des motifs verts.

A la fin de la journée, Chase prenait toujours une douche avant de passer à table. Il faisait aussi une concession à l'habitude qu'avait Maggie de s'habiller pour le dîner en enfilant une chemise blanche dont il laissait le col ouvert et retroussait les manches. Ty faisait comme son père.

Ce soir-là, lorsque les deux hommes entrèrent dans la salle à manger, Chase remarqua sur la table le service en porcelaine, les verres de cristal et les lourds candélabres d'argent. Il s'assit à sa place et leva un sourcil interrogateur.

– Que fêtons-nous? voulut-il savoir.

– Rien, nous ne fêtons rien, insista-t-elle plutôt

fraîchement en partant chercher les pamplemousses à la cuisine.

Maggie estimait que Ruth Haskell était une bonne cuisinière mais sans imagination. Ses repas étaient invariablement les mêmes : soupe, viande, pommes de terre, légumes verts et dessert. Lorsque Maggie apporta les pamplemousses coupés en morceaux devant Chase, elle remarqua sa surprise, mais il ne fit aucun commentaire au sujet de cette innovation. Il ne prit même pas la peine de dire s'il appréciait cela ou non, ce qui irrita sa femme. Il ne daigna rien dire non plus sur la salade d'épinards frais cueillis dans le jardin de Ruth, assaisonnée selon une recette de la cuisinière de Philip.

La côte première était parfaite : juteuse, saignante et tendre. Mais, lorsque Maggie servit Chase, il fixa la viande, critique :

– Ça n'est pas cuit.

– On doit servir la côte bleue.

Maggie s'adressa à son fils, comme si de rien n'était :

– Veux-tu passer la sauce au raifort à ton père?

Ty tendit le bras vers la saucière.

– Je préfère la viande cuite, répéta Chase. Voudrais-tu la ramener à la cuisine et la faire cuire?

La question était un ordre.

– Non.

C'était un refus catégorique; elle s'était tellement appliquée pour que le repas soit réussi, surtout la côte première!

Chase posa sa serviette près de son assiette, repoussa sa chaise et se leva. Maggie l'observait en fronçant les sourcils :

– Que fais-tu?

– Faire cuire la viande puisque tu ne veux pas.

Il se dirigea vers la cuisine, l'assiette à la main

Maggie demeura abasourdie un instant puis se leva

et courut derrière son époux. Elle arriva au moment où il mettait sa côte dans le four.

– Est-ce que tu comprends le mal que ce repas m'a donné? (Sa voix tremblait à cause des efforts que faisait la jeune femme pour se dominer.) J'ai travaillé pour que tout soit réussi et tu gâches tout!

– Tu aurais dû te rappeler que j'aimais ma viande à point.

– Tu aimes? Tu n'as aucun goût! Tu t'es toujours contenté de steak et de pommes de terre.

Les yeux de Chase se rétrécirent.

– Pour ton information, sache que j'ai mangé de meilleurs pamplemousses en morceaux à Dallas, et que la sauce de la salade était trop vinaigrée.

La critique arrêta Maggie net.

– Je n'ai rien contre la variété ou l'originalité, mais sache que tu n'es pas la seule à connaître ce qui est bon, et souviens-toi : j'aime la viande bien cuite!

Maggie s'en alla dans un tourbillon de jupe. La remarque la mortifiait parce qu'elle était juste en effet. Elle avait voulu prouver qu'elle était experte en fine cuisine, montrer sa supériorité et...

En retournant dans la salle à manger, Maggie croisa Ty, son assiette à la main.

– Où vas-tu avec ça?

Le garçon haussa les épaules, gêné.

– Je n'ai jamais goûté la viande bien cuite, je veux essayer.

– Mais tu la manges toujours saignante, protesta sa mère.

C'était l'échec complet.

– Je ne pensais pas qu'il y avait une autre façon et je veux savoir comment je la préfère.

Maggie n'avait plus d'argument. Elle mangea sa viande saignante seule, pendant que son mari et son fils se faisaient cuire la leur dans la cuisine.

Le hongre bai tira sur le mors. Il marchait de côté

dans son empressement à regagner l'écurie. Maggie le força à prendre le pas pour pénétrer dans la cour du ranch. Elle aperçut Tucker à la porte des cuisines. Il s'avança en faisant signe qu'il avait à lui parler. Maggie guida son cheval récalcitrant vers lui.

– Ho!

Elle sauta de sa selle. La promenade au grand air lui avait donné des couleurs et ébouriffé ses cheveux, qui frisaient sous son chapeau.

– Culley m'envoie vous dire qu'il veut vous voir à quatre heures, près de la grille est, au nord de la propriété.

Tucker ne perdait pas de temps pour transmettre la commission.

– Prenez les clefs de mon camion. Vous avez juste le temps d'y arriver et je m'occupe de votre cheval.

Maggie tendit les rênes à Tucker et prit les clefs. Le message ne lui apparut clairement que lorsqu'elle emprunta la route du nord. Culley lui donnait rendez-vous dans la partie où elle et Chase avaient l'habitude de se retrouver autrefois. Pourtant Chase avait mis Culley en garde : il ne devait pas remettre les pieds sur le sol Calder.

Maggie enfonça l'accélérateur, l'aiguille monta jusqu'à quatre-vingt-dix. Soudain la jeune femme eut peur pour son frère : il défiait carrément Chase, comme Angus avait défié Webb.

Lorsqu'elle approcha de la clôture nord, Maggie ralentit en découvrant un cavalier dans la plaine. Elle pensait qu'il s'agissait de Culley qui allait traverser ouvertement les terres Calder. Par bonheur, elle reconnut Buck Haskell qui allait dans la direction opposée. Maggie poussa un soupir de soulagement.

Lorsqu'elle atteignit le lieu du rendez-vous, pas la moindre trace de Culley. Maggie sortit du camion et regarda sa montre : elle était en retard de cinq minutes. Peut-être Culley ne l'avait-il pas attendue, c'est du moins ce qu'elle espérait.

Un sifflement monta d'un bosquet d'arbres près de la rivière. Maggie aperçut un cavalier et sa monture tapis dans l'ombre. Culley agita son chapeau et Maggie courut vers lui à travers champ.

– Que fais-tu ici, Culley? Je viens de voir Buck Haskell qui se dirigeait vers le sud. S'il t'avait remarqué...

– T'inquiète pas! Il filait vers le ranch. Je savais que tu viendrais.

– Bien sûr. Tu m'as fait demander, je suis venue.

Maggie essayait de calmer sa propre angoisse afin de mieux raisonner son frère et le persuader de quitter le ranch avant qu'on ne les découvre.

– Tu as beau être mariée avec Calder, ta famille compte toujours pour toi, lança Culley sur un ton agressif, comme s'il avait besoin de se persuader de la loyauté de sa sœur.

– Tu comptes beaucoup pour moi. En dehors de Ty, tu es ma seule famille.

Culley saisit Maggie par les épaules comme la nuit de leurs retrouvailles et la regarda au fond des yeux.

– Pourquoi rester ici? Pourquoi ne retournes-tu pas dans la maison qui est la tienne?

– Je ne peux pas abandonner mon fils. Ty n'a que quinze ans, Culley, il a besoin de moi.

– Mais il ne vaut rien, c'est un Calder. Laisse-le, Maggie, laisse-le avant qu'il ne soit trop tard. Je ne veux pas que tu sois mêlée à tout ça.

– Mêlée à quoi? De quoi parles-tu?

Maggie fronça les sourcils, inquiète. Culley reprit sur un ton pressant :

– Je sais que Calder t'a épousée, mais il ne t'aime pas. Il l'a fait uniquement pour garder son fils. Il a une maîtresse en ville. Que cherche-t-il avec toi? Je t'en prie, Maggie, écoute-moi maintenant, il te fera du mal, tout se retournera contre toi.

L'humeur changeante de Culley, son agressivité qui

en un instant se transformait en supplication affolaient Maggie. Elle essaya pourtant de ne pas le montrer.

– Je t'écoute, Culley, mais pourquoi ne pas me faire confiance? Tu prétends que je vais avoir mal quand tout va commencer, mais tu ne m'as pas révélé ce qui allait se passer. Pourquoi ne me fais-tu pas confiance?

La bouche mince du jeune homme grimaça un sourire.

– Il te faut quitter cet endroit. Nous avons mis un projet au point.

– Nous? Tucker est-il encore mêlé à cette affaire?

Maggie était surprise car elle croyait que Tucker avait adopté une nouvelle ligne de conduite.

Culley eut un sourire sournois.

– Impossible d'atteindre Calder de dehors. Mais à l'intérieur il est vulnérable. Cette fois-ci, on le coincera, mais avant, tu dois t'en aller. Il ne reste plus tellement de temps.

– Quand allez-vous commencer?

– Bientôt. Tu dois partir, il le faut, si tu veux rester saine et sauve. Les choses iront mal tant que Calder ne sera pas dans un cercueil.

– Culley...

Maggie était terrorisée, pour son frère et pour son époux. Au fond de son cœur elle ne pouvait croire que Culley tuerait Chase. C'était juste une façon de parler.

Culley remonta en selle et dirigea son cheval vers les arbres en baissant la tête pour éviter les branches basses.

Ce soir-là, Maggie eut à peine le temps de se changer pour le dîner avant le retour de Chase. Pendant le repas elle parla à peine et mangea moins encore. Apparemment, elle paraissait calme et tranquille mais, au-dedans, elle était une boule d'angoisse. Comment arrêter son frère alors qu'elle ignorait ce qu'il allait faire, et s'il allait réellement agir?

Chase traversa le porche en essuyant avec son chapeau la poussière de ses vêtements. Une série de petits ennuis au cours de la journée l'avaient mis de méchante humeur.

Dans la maison, il s'arrêta pour écouter, mais aucun bruit ne l'accueillit. Il était encore tôt, Maggie devait se promener à cheval. Chase aurait bien aimé savoir où elle se rendait l'après-midi et qui elle rencontrait : son frère ou quelqu'un d'autre?

Autant de questions sans réponse, de suspicions à demi formulées, qui travaillaient dans l'esprit de Calder, l'empêchant d'avoir d'autre pensée que sa femme. Pourtant, dès le début, il lui avait affirmé qu'elle était libre, qu'elle pouvait aller où bon lui semblait. Le mariage était une simple formalité pour avoir la mainmise sur Ty; Chase n'avait pas de comptes à demander à son épouse au sujet de ses activités. Malgré tout, la possibilité qu'elle rencontre un homme qui ne soit pas son frère le rendait malade de jalousie.

Le téléphone sonna dans le bureau mais, au lieu de répondre, Chase se dirigea vers le bar et se versa un whisky. Il l'avala d'un trait. Il allait se resservir mais s'arrêta net : boire n'était pas une solution. Il reposa le verre et fit demi-tour. Le travail. Occuper son esprit, fatiguer son corps au point qu'il n'ait plus besoin de rien que de dormir. Chase s'avança pour répondre au téléphone et s'arrêta, la main sur le fauteuil pivotant, blanc comme un linceul. Sur le bureau, en plein milieu, se trouvait une corde miniature représentant un nœud de pendu!

Comment était-il arrivé là? Qui l'y avait mis? Qui en connaissait la signification? Trois personnes surtout, trois personnes dont Chase se méfiait : Culley, Tucker et Maggie. Bien qu'elle fût sa femme, il doutait d'elle. Il l'avait crue innocente, jadis, au moment du vol du bétail, or elle était impliquée.

La porte d'entrée se referma, Chase tourna la tête vers le bruit des pas légers, réguliers. C'étaient ceux de Maggie. Il les reconnaissait pour les avoir souvent écoutés. Il s'avança vers le double battant.

– Maggie!

Le ton péremptoire immobilisa la jeune femme au milieu du living, son Stetson à la main. La promenade à cheval semblait l'avoir fatiguée. Lorsqu'elle se retourna, Chase remarqua le tissu de son chemisier bleu tendu sur les seins

– Voudrais-tu venir dans le bureau une minute? J'ai à te parler.

Maggie accepta à sa manière habituelle, calme et distante :

– Bien sûr.

Elle s'avança vers son mari en passant la main dans ses cheveux ondulés qu'elle portait longs sur les épaules. Chase attendit un instant avant de l'escorter dans le bureau. Il l'épiait du coin de l'œil, guettant sa réaction. Elle s'arrêta, les pupilles dilatées par l'épouvante, fixées sur la corde miniature.

Son visage était d'une pâleur mortelle. Cette attitude ne pouvait être feinte.

– Maggie...

Chase venait de rompre la fascination morbide exercée par le nœud. La jeune femme regarda son mari avec des yeux remplis de larmes.

– C'est toi qui as eu l'idée de cette plaisanterie macabre?

– Je voulais m'assurer que tu n'étais pas au courant.

Chase s'approcha du bar pour servir un verre à Maggie.

– Que je n'étais pas *au courant*?

Elle se croisa les mains sur la poitrine, comme pour donner plus de poids à ses paroles.

– Oui, ce qui se trouve sur le bureau m'était destiné *à moi*, pas à toi. Bois, fit-il en tendant un verre de whisky.

Elle le repoussa d'un geste impatient.

– Je n'en veux pas. Tu penses à quelqu'un...

Elle fronça les sourcils et laissa sa phrase inachevée.

– Oui.

– Qui?

– La liste est réduite.

Chase contemplait le verre vide dans sa main.

– As-tu vu ton frère récemment?

Maggie s'avança vers la fenêtre et regarda dehors. Elle avait les mains croisées.

– Oui, je l'ai vu.

– Te rappelles-tu ce qu'il a dit?

– Il a dit un tas de choses insensées, en continuant à parler de vengeance. Même dans ses lettres, il y faisait toujours allusion. Mais il n'a jamais rien fait, jusqu'ici en tout cas.

– Ce nœud de pendu n'est pas une simple parole.

– Je sais. (Maggie regarda ses mains.) Mais Culley est mon frère. Je me fais beaucoup de souci pour lui.

Maggie se tourna vers son époux : son habituelle sérénité avait fait place au désespoir.

– Je ne veux pas qu'il lui arrive malheur.

Les narines de Chase frémirent de colère.

– Est-ce que tu te soucies de ce qui pourrait m'arriver à moi?

– Bien sûr!

Les yeux verts flamboyaient. Pendant un instant Chase crut avoir retrouvé la Maggie d'autrefois, mais presque aussitôt, elle retrouva son flegme :

– Je me préoccupe du sort de tout être humain.

– Vraiment?

Il se moquait tandis qu'elle regardait à nouveau par la fenêtre.

– Parfois, je me le demande...

Maggie redressa la tête avec une telle froideur, une telle assurance que Chase eut envie de la secouer.

– Excuse-moi, j'ai besoin de me doucher et me changer avant de préparer le dîner.

Sans même lui jeter un regard, elle quitta la pièce.

Chase écouta son pas décroître. Lorsque Maggie monta l'escalier, il vida d'un trait son whisky et, en proie à une fureur soudaine, lança son verre contre la cheminée où il se brisa en éclats.

Le lendemain matin, dans le séjour, Maggie essuyait la poussière pendant que Ruth passait le balai à franges sur le carrelage. Elle entendit Chase entrer mais ne leva pas les yeux, persuadée qu'il allait dans le bureau. Il lui fallut un moment avant de comprendre qu'il l'observait intensément. Elle se retourna d'un coup et surprit un désir ardent dans les yeux de son époux.

– Je m'absente du ranch aujourd'hui. Ne m'attendez pas pour manger à midi, je rentrerai tard. Si je ne suis pas là à sept heures, ne m'attendez pas non plus pour dîner.

– Parfait, répondit Maggie d'une voix uniforme.

Chase avait échangé ses habits de cow-boy contre un costume sombre et une chemise blanche qui mettaient en valeur sa longue silhouette. De lui, se dégageaient puissance et autorité.

Il parut sur le point d'ajouter quelque chose et changea d'idée en regardant Ruth. Puis, coiffé de son Stetson crème, il prit la porte. Maggie poussa un soupir et se pencha pour essuyer la table.

– Vous vous êtes disputés? demanda Ruth.

Maggie se raidit mais nia avec véhémence. Le court silence qui suivit fit comprendre à Ruth Haskell que le couple n'était pas sans problèmes.

– Essayez de comprendre, Maggie. (Elle se décidait

enfin à parler.) Diriger les « Trois C » est un travail solitaire, qui suppose d'énormes responsabilités. Lillie, la femme de Webb, me disait souvent que Webb devait être un surhomme. Les Calder sont des hommes à part, et il leur faut des femmes exceptionnelles auprès d'eux. Au début, je n'étais pas sûre, mais maintenant je sais que vous êtes exceptionnelle.

La brave femme eut un sourire gentil.

– Je sais aussi que vous êtes au courant pour Sally Brogan. Une épouse est toujours au courant de la vie de son mari. Sally est une brave fille, honnête, qui répondait au besoin d'affection de Chase, mais elle reste une ombre, destinée à demeurer à l'arrière-plan. Vous, vous êtes comme Chase, faite pour vivre au soleil.

Comme Maggie gardait le silence, Ruth s'excusa :

– Pardonnez-moi, je n'aurais jamais dû dire tout cela mais, pour moi, Chase est comme un fils. Je l'ai élevé, je veux qu'il soit heureux et je sais que vous avez les moyens de le rendre heureux.

Maggie marmonna une réponse passe-partout et se remit au ménage en essayant d'oublier les paroles de la gouvernante. Mais celles-ci l'avaient imprégnée, lui donnant une fierté et un sens de la possession inconnus jusqu'ici. Elle se surprit à changer la disposition du mobilier, pour en quelque sorte mettre son empreinte sur la maison. Il ne lui vint pas à l'idée qu'en agissant ainsi elle donnait à son rôle de maîtresse de maison un caractère de permanence. Pour l'instant elle était trop préoccupée par la corde miniature pour réfléchir à ce sujet. L'après-midi elle fit un saut jusqu'au ranch du « Trèfle d'Irlande » pour rencontrer son frère et tenter de le détourner de ses sinistres projets, mais elle ne le trouva pas.

A sept heures du soir Chase n'était toujours pas rentré. Lorsque Ty descendit après avoir pris sa douche et changé de vêtements, il remarqua que la table était mise pour deux.

– Où est Pa?

– Il a dit que...

Maggie butait sur les mots. Elle constatait que, sans hésiter, Ty s'était référé à Chase comme à son père.

– Il a demandé de ne pas l'attendre pour dîner. Il a du travail en ville et rentrera tard.

– Il doit manger chez Sally, déclara Ty en tirant sa chaise pour s'asseoir.

L'allusion à cette femme rappela brusquement à Maggie le désir qui brûlait dans les yeux de Chase, le matin avant de partir. Il avait des besoins qu'elle, son épouse, ne satisfaisait pas. Tout à coup les images de Chase dans les bras de la créature aux cheveux roux la tourmentèrent, insupportables. La vérité, folle sans doute, était que Maggie éprouvait de la jalousie.

14

Il était presque dix heures lorsque Maggie monta dans sa chambre. Elle n'avait pas sommeil mais, comme Chase n'était pas encore rentré, elle ne voulait pas lui donner l'impression de l'attendre. Elle se tourna et se retourna dans son lit, surveillant les aiguilles lumineuses du réveil, sur la table de chevet.

Vers onze heures, elle entendit une voiture dans la cour du ranch. Elle savait que c'était Chase, tout comme elle savait où il avait passé le temps, et avec qui. La peine avait fait place à la colère et au dégoût.

Epuisé par les entretiens interminables avec ses hommes d'affaires et le long trajet de retour, Chase fut ulcéré à la vue de la maison obscure. Maggie aurait pu laisser une lampe allumée! Il entra sans prendre la peine d'éclairer. Il connaissait son chemin, même dans le noir. Deux pas dans le séjour, et Chase buta contre une table. Il se frotta le genou en poussant un juron et s'écarta pour heurter une chaise qui n'avait aucune raison de se trouver là.

Le vacarme tira Maggie de son lit. Inquiète, elle attrapa sa robe d'intérieur et se rua hors de sa chambre. Elle s'arrêta un instant sur le palier pour chercher l'interrupteur. Elle alluma dans l'escalier et descendit au rez-de-chaussée. En entrant dans le séjour elle entendit un juron sourd et aperçut Chase étalé par terre. Sa première pensée fut qu'il était ivre, mais il se releva sans tituber.

– Que fais-tu là? demanda Maggie sur un ton de colère froide en découvrant la petite table renversée et un vase brisé.

– J'ai heurté cette maudite table! grogna Chase en étendant la jambe pour désigner le meuble.

– Pourquoi ne pas avoir éclairé? Tu aurais vu où tu mettais les pieds, au lieu de te cogner partout et de réveiller toute la maison.

– Je ne pensais pas avoir besoin de lumière, protesta Chase en rage. Bon sang, que faisait cette table au milieu de la pièce?

– J'ai modifié l'emplacement des meubles, répliqua Maggie.

– Il n'y avait rien à modifier. La table et la chaise étaient dans le coin depuis trente ans!

Maggie, les mains sur les hanches, défiait son époux.

– Il était temps de les changer de place.

Sur ces paroles prophétiques, la jeune femme pirouetta sur ses talons, dans une grande envolée de satin.

– Reste ici! ordonna Chase.

Maggie se dépêcha de monter les marches d'escalier.

– N'essaie pas de te sauver!

Maggie n'avait jamais vu son mari si en colère; soudain elle eut peur. L'entendant courir après elle,

elle se précipita dans sa chambre et verrouilla la porte. Puis elle s'arrêta au milieu de la pièce pour reprendre son souffle. Elle ne voulait pas de Chase, elle ne voulait pas sentir sur lui le parfum de la créature qu'il venait de caresser. Le corps entier de la jeune femme se rebellait à cette pensée.

Le poing de Chase cogna sur la porte.

– Maggie! Ouvre!

– Va-t'en!

– Si tu n'ouvres pas cette porte, je la défonce!

Chase agitait la poignée, menaçant. Cette fois le silence lui répondit. Alors, il s'élança, l'épaule en avant. On entendit le bois gémir. Chase porta un deuxième assaut de toutes ses forces, accompagné d'un coup de pied. Le bois cédait. Lorsqu'il cogna avec sa botte une troisième fois, un bruit de latte brisée déchira le silence. La porte s'ouvrit. Tout essoufflé par son effort, Chase aperçut Maggie qui lui tournait le dos. Lorsqu'elle le regarda, folle de rage, il ne put s'empêcher d'admirer le satin de sa robe de chambre qui moulait sa silhouette; le bout des seins, le creux du nombril sur le ventre plat, et le triangle excitant à l'endroit où les jambes se rejoignent. Maggie était sa femme.

Maggie lut le désir dans les pupilles de son époux. Elle-même éprouva une bouffée de sensualité, mais son amour-propre l'empêchait d'accepter un homme qui sortait des bras d'une autre femme.

– N'approche pas, le mit-elle en garde. C'est ma chambre, tu n'as pas le droit d'y pénétrer sans que je t'y invite. Et surtout ne me touche pas!

Ce rejet implacable fit l'effet d'une gifle sur la virilité de Chase. Il répondit sur le même ton :

– Qu'est-ce qui te fait craindre que je puisse être intéressé? Souviens-toi que je ne veux pas de porte fermée à clef dans ma maison.

L'avertissement devait se lire au sens propre et au

figuré. Maggie pouvait lui « fermer » sa vie, mais elle n'avait pas le droit de la « verrouiller ».

Chase tourna les talons et regagna sa chambre. Il s'arrêta en apercevant Ty sur le palier. L'expression alarmée du fils effaça la colère du père.

– Retourne au lit, petit, conseilla-t-il d'une voix pleine de regrets. C'est terminé maintenant.

L'aube se levait avec ses couleurs changeantes. Le soleil perçait derrière la colline en l'honneur du jour nouveau. Une fois rasé et habillé Chase rencontra Ty dans le hall : père et fils se saluèrent et descendirent l'escalier ensemble. En passant devant la porte brisée de la chambre de Maggie, Ty s'arrêta pour lancer un coup d'œil à l'intérieur.

– Maman n'est pas levée.

Le jeune homme darda un regard scrutateur vers son père.

– Laisse-la dormir, nous préparerons nous-mêmes le petit déjeuner.

Après avoir mangé, Ty sortit de la maison pour accomplir son travail quotidien et Chase se rendit à son bureau pour vérifier les comptes de la veille. Une heure après, lorsqu'il regagna la maison, elle était toujours silencieuse. Chase monta jusque dans la chambre de Maggie et s'avança vers le lit pour la réveiller. Elle dormait à plat ventre au milieu du lit, sans draps ni couvertures. Chase caressa du regard la douce courbe que terminait la taille fine. Il fut attiré par les fesses rondes qui tendaient le tissu. Il ne savait plus s'il devait les frapper ou les embrasser... Il les frappa durement, avec la paume de la main. Maggie s'éveilla avec un cri de douleur et roula sur le côté. Son visage exprimait à la fois le trouble, le choc et la colère. Encore tout endormie, elle repoussa ses cheveux ébouriffés.

– Il faut te lever, annonça Chase, tout en scrutant

l'ouverture de la chemise qui découvrait un sein rond.

Maggie tourna la tête pour voir le soleil qui brillait par la fenêtre et se précipita hors du lit, de fort méchante humeur.

– Pourquoi ne m'as-tu pas appelée plus tôt?

La scène enlevait à Chase tout son sang-froid; Maggie debout, encore tout ensommeillée, les draps défaits, la maison vide... Il sortit de la chambre tant qu'il en avait encore la force.

– Je pensais que tu avais besoin de repos, déclara-t-il en se dirigeant à grandes enjambées vers le hall. Je t'aurais laissée dormir si un de mes hommes ne devait venir pour la porte. Je ne pense pas que tu aurais aimé le recevoir au lit.

– Comment?

Maggie avait du mal à suivre son époux, tant il avançait vite!

– Qu'est-ce que tu dis? répéta-t-elle.

Chase s'arrêta en haut de l'escalier pour la regarder par-dessus son épaule. Elle se trouvait une marche au-dessus de lui, la main posée sur la rampe.

– On doit réparer la porte.

– Tu l'as cassée, tu peux la réparer, répliqua Maggie.

– J'ai des choses plus importantes à faire, rétorqua Chase en descendant l'escalier.

– Va au diable, Chase Calder! (Maggie dévala les marches derrière son mari.) Vas-tu expliquer à cet homme comment la porte s'est abîmée?

– Non.

– Tu sais ce qu'il va s'imaginer en la voyant?

Lorsqu'il arriva au bas de l'escalier, Chase s'arrêta pour affronter Maggie.

– Il devinera que tu avais fermé la porte à clef et que je l'ai enfoncée. C'est ce qui s'est passé.

Il défiait sa femme du regard.

– Mais il ne s'arrêtera pas là, se récria Maggie.

Elle tremblait de rage.

– Je ne suis pas maître de son imagination.

– Ne comprends-tu donc pas combien ce peut être humiliant, embarrassant pour moi de laisser croire à un simple cow-boy que tu as enfoncé la porte de ma chambre, la nuit dernière?

Maggie était sur le point d'exploser. Elle descendit les deux dernières marches pour se trouver au même niveau que son mari.

– N'as-tu pas songé que la nuit dernière c'était moi qui pouvais m'estimer humilié d'être bloqué dehors? rappela durement Chase. N'est-ce pas amusant de renverser les rôles?

Une main cingla la joue bronzée de Chase. Maggie n'eut pas longtemps le plaisir de savourer sa vengeance, Chase lui avait tordu le poignet. Elle perdit l'équilibre et s'affala sur le carrelage. Au moment où elle allait toucher le sol une main la rattrapa par la taille. Se retrouver si brusquement et si fermement au contact de la charpente musclée était insoutenable.

– La fille sauvage et passionnée sommeille encore sous la femme sophistiquée, lança Chase d'une voix traînante.

Maggie se débattit pour se libérer mais Chase la tenait contre lui et lui couvrait le dos de sa large main.

Elle cessa de lutter parce que, en bougeant contre lui, elle sentait sa virilité réveiller son propre désir.

– J'avais oublié combien tu étais petite... étrange. (La voix de Chase était empreinte d'ironie.) Je me souviens de choses que j'avais oubliées.

Il frôla de sa bouche les cheveux de Maggie, lui effleura le lobe de l'oreille. Celle-ci pencha la tête sur l'épaule pour empêcher Chase d'atteindre son but. Des lèvres chaudes se posèrent sur son front, pendant que des mains se promenaient sur son dos, ses hanches.

– Chase! Je t'en prie.

Il savait qu'il ne devait pas tenir compte de cette

faible protestation, uniquement dictée par l'amour-propre. Le corps tout entier de Maggie désirait qu'il poursuive.

– Nous étions si jeunes, Maggie. (Sa bouche caressait la douce pommette.) Si jeunes et inconscients. Nous ne connaissions rien de la vie. Pour nous n'existaient que le soleil et l'herbe verte, les sourires et les baisers.

– Nous ne pouvons revenir en arrière, Chase, et retrouver ce qui est perdu.

– Je ne veux pas du passé. (Il frotta sa bouche contre celle de sa femme, toute tiède et humide.) Je veux construire l'avenir sur les bases du présent. Nous sommes mariés, nous avons un fils, et je te désire, Maggie.

– Il y a trop de choses contre nous, lui rappela Maggie d'une voix rauque en offrant ses lèvres.

– Deviens ma femme, Maggie! Laisse-moi te toucher, te tenir, dormir avec toi.

Chase se montrait pressant.

Sa bouche se posa doucement mais avec fermeté sur celle de Maggie. Il l'embrassa comme un homme qui a de l'expérience, mais qui n'utilise pas une technique. Son baiser répondait à l'instinct le plus essentiel de l'homme – un besoin à la fois physique et émotionnel.

Maggie glissa ses mains autour du cou puissant et se tendit contre le corps viril, essayant de l'absorber et de se laisser absorber par lui.

Chase lui donna un long et ardent baiser en l'écrasant contre lui. Lorsqu'il s'écarta légèrement pour fourrer son nez contre ses seins, Maggie resta pantelante. La force de ses propres sentiments la faisaient trembler.

Au fond de son esprit retentit un bruit de porte, mais il ne signifia rien tant qu'elle n'eut pas entendu la voix de Buck Haskell :

– Chase, ex...cuse...moi.

Il s'interrompit et poursuivit avec une insistance moqueuse :

– Tu es prêt?

Chase se retourna vers son ami, mais on aurait dit qu'il était incapable de se libérer des yeux de Maggie. Elle éprouvait d'ailleurs la même fascination.

Avec une lumière dans ses yeux sombres, Chase déclara :

– Aujourd'hui je ne viens pas, Buck, et passe le mot. M. et Mme Chase sont indisposés et ne veulent pas être dérangés.

Il y eut un court silence, puis Buck répondit sur un ton froid et formel :

– Bien, monsieur.

Dès que la porte se fut refermée, Chase passa délicatement un bras autour de la taille de sa femme et la souleva. Elle noua ses mains autour de son cou et le mordilla, goûtant la saveur de sa peau mêlée à l'odeur de son eau de toilette. Chase monta l'escalier.

– Sauras-tu jamais combien de fois j'ai souhaité te porter ainsi toutes ces semaines passées?

Avec un petit soupir d'approbation, Maggie se mit à taquiner de ses dents l'oreille de Chase. Elle flottait déjà dans un état qui semblait hors du temps. Lorsque, les paupières à demi fermées, elle remarqua qu'ils entraient dans la chambre, elle se rejeta en arrière pour mieux voir son profil autoritaire.

– On ne peut pas fermer la porte, rappela-t-elle.

– Je sais!

Chase s'arrêta avec un regard possessif.

– Je suis fatigué des portes fermées!

Elle rit doucement, lui enleva son Stetson qu'elle lança sur une chaise.

– Tu es mon invité dans ma chambre, murmura-t-elle.

Elle posa la main sur la mâchoire de son mari, l'obligeant à baisser la tête pour l'embrasser. Cette fois le baiser fut doux et profond, sans passion violente;

une petite flamme unissait deux époux. Délicatement, Chase fit glisser la robe de chambre sur les épaules de Maggie, sur sa taille et sur ses hanches. Elle se déhancha pour se débarrasser du vêtement, Chase grogna de plaisir. Tout en parcourant d'une main les courbes voluptueuses, de l'autre il déboutonna sa chemise. Maggie l'aida à l'enlever, pour pouvoir caresser son torse nu. La chair était ferme, vivante. Sous les paumes de la jeune femme, elle sentait l'énergie débordante des muscles.

Lorsqu'elle descendit la fermeture Eclair du Levis, Chase chuchota contre sa gorge :

– Ce serait plus facile si nous enlevions d'abord les bottes.

Tous deux s'assirent sur le lit. Cette perspective permit à Chase d'avoir une nouvelle vision du corps nu de Maggie. Il l'admira sans détour. Sous son regard émerveillé, les seins de la jeune femme semblaient se gonfler, les bouts durcis par le désir.

Elle roula sur le côté.

– Pourquoi est-ce que je n'avais pas remarqué que tu avais un beau derrière, se moqua Chase. Je devais être absorbé par ton visage!

– Possible, reconnut-elle avec un petit clin d'œil. Moi, j'ai remarqué tes fesses superbes la première fois, à la rivière.

C'était incroyable comme Maggie se sentait insouciante et libre. L'intimité était naturelle, elle n'était pas obligée de flirter ou de provoquer.

– Vraiment, tu as fait attention à mes fesses! plaisanta Chase en attirant sa femme.

Elle se déroba prestement d'un mouvement de hanches, se releva et s'agenouilla pour enlever les chaussettes. Chase, toujours assis, fit glisser son blue-jean et son slip qu'il posa bien à plat. Lorsque Maggie s'approcha du lit il lui attrapa la main. Elle glissa alors ses doigts dans sa grande paume et se laissa guider entre les jambes écartées de Chase.

Sa main tannée par le soleil caressa le buste blanc de la jeune femme. Il approcha ses lèvres et, avec sa langue et ses dents, agaça les mamelons rosis. Maggie se sentit envahie par une langueur qui la faisait vaciller. Elle fourragea dans les épais cheveux bruns et pressa le visage de son époux contre ses seins. Insensiblement ses reins faiblissaient. Elle se laissa aller contre Chase; c'est alors qu'elle sombra... Chase la souleva, la déposa dans le lit et s'allongea à côté d'elle, s'appuyant sur un coude pour mieux la regarder et la caresser.

– L'autre jour, Culley prétendait que j'avais oublié ce qu'est une femme. Voudrais-tu me réapprendre?

Chase rapprocha encore Maggie de lui et se coucha doucement sur elle. Elle sentit son bas-ventre se tendre, dur et viril, et s'émerveilla de l'extraordinaire plaisir qu'un homme et une femme peuvent se donner l'un à l'autre. Soudain les amants furent emportés dans une course effrénée de sensations, une nécessité merveilleuse les unissait, les faisant rayonner de plaisir. Cet état aurait pu durer une éternité. Ils savaient qu'ils ne se lasseraient jamais l'un de l'autre.

Il était presque midi quand Chase et Maggie se décidèrent à quitter le lit. Chase se leva le premier. Maggie, enfouie sous le drap, admirait les muscles longs et minces de son dos, pendant qu'il s'habillait. Il la regarda par-dessus son épaule.

– Faim?

– Un peu.

Elle jaillit du lit et se dirigea vers le cabinet de toilette.

– Et toi?

– Oui.

– Je m'en doutais. (Elle lui glissa un regard provocant.) Monsieur, vous avez des yeux d'affamé!

Chase sourit à cette réflexion à double sens. En effet ses iris brillaient d'un éclat sombre.

– Préparez-moi quelque nourriture, femme.

Toute la journée régna entre eux une intimité facile, pimentée par une excitation joyeuse. Après le repas, Chase aida sa femme à débarrasser, lui conseilla de prendre bonne note de sa participation car elle ne le reverrait jamais le torchon à la main. Pendant que Maggie s'affairait dans la chambre, Chase répara la porte en sifflant. Une fois le travail fini et le rangement terminé, Chase prit une douche pour se rafraîchir et Maggie changea les draps. Lorsque la douche s'arrêta, elle demanda :

– Voudrais-tu me remplir la baignoire? Je veux prendre un bain.

Chase marmonna un « oui » et, quelques secondes plus tard, Maggie entendit l'eau couler. Elle étala sur le lit des vêtements propres pour elle et son époux, ôta sa courte robe d'intérieur en coton et entra dans la salle de bains. La baignoire débordait de mousse parfumée. Chase se rasait devant le lavabo, une serviette autour des reins.

Il croisa le regard de sa femme dans le miroir.

– Cela te dérange si je me rase pendant ton bain?

– Pas du tout.

Maggie releva ses cheveux bruns en chignon et les attacha avec un lien rouge.

– J'aime la compagnie.

Elle ferma les robinets et s'enfonça dans la baignoire remplie d'eau chaude parfumée.

– Merci pour la mousse.

Chase interrompit sa toilette, le rasoir à la main. Il étudiait le reflet de Maggie dans la glace.

– Je me souviens lorsque je t'ai vue te baigner dans la rivière. Je me demande ce qui est le plus excitant, le bain raffiné ou le bain nature!

Maggie s'abandonnait dans l'eau, ses mains jouant avec la mousse, tandis qu'elle observait Chase à sa toilette. Ses cheveux humides étaient presque noirs. Il rinça le rasoir sous l'eau courante et passa la lame sur sa joue en étirant sa peau halée.

– Un rasoir électrique serait plus pratique, remarqua Maggie pour dire quelque chose.

– Plus rapide peut-être, mais je préfère la lame.

Elle ne put s'empêcher de le taquiner :

– Le rasoir électrique fait moins « homme ».

– Fais attention à toi ! (Il la menaçait pour rire.) La lame rase de plus près. J'ai besoin d'avoir le visage lisse ce soir.

Maggie trempa l'éponge dans l'eau.

– Voudrais-tu me laver le dos puisque tu as terminé ?

Chase s'avança vers la baignoire, des traces de mousse à raser sur le visage. Il s'agenouilla, saisit l'éponge et frotta le dos offert. Maggie ferma les yeux et s'abandonna au massage vigoureux.

– Tu pourrais continuer toute la journée, murmura-t-elle.

– Si je n'avais pas déjà pris une douche, je prendrais bien un bain avec toi.

Chase s'arrêta pour essorer l'éponge. Lorsqu'il se releva, les yeux de Maggie remarquèrent la cicatrice blanche qui lui zébrait l'avant-bras gauche. Elle couvrit la marque de sa main, éloignant ainsi le désagréable souvenir.

– Que va-t-il nous arriver, Chase ?

Il savait exactement ce que sa femme pensait. Il lui serra les doigts très fort.

– Nous ne vivons pas au paradis. Chacun de nous a ses marques et ses cicatrices. Il nous faut accepter ce qui arrive.

Maggie croisa le regard de son époux. La crainte de l'avenir persistait mais maintenant elle lui ferait face.

– Oui.

Chase eut un sourire approbateur et déposa un baiser sur les lèvres de sa femme.

– Dépêche-toi de sortir de la baignoire. Ty va rentrer.

Ty remarqua tout de suite le changement. Ses premières paroles en arrivant furent :

– Maman, tu es belle ce soir!

Chase sourit devant le regard admiratif de son fils.

– Notre garçon s'y connaît en esthétique.

Ty fixait ses parents en silence, conscient de la chaleur et de l'intimité qui régnaient entre eux. Il connaissait leurs difficultés et avait espéré qu'ils se réconcilieraient. Maintenant que c'était arrivé, il était étrangement mal à l'aise.

Le monde s'illuminait pour Chase; l'herbe devint plus verte, le soleil plus brillant, le ciel plus bleu. Depuis plusieurs jours, il avançait dans la vie avec une force nouvelle. Même le poids des « Trois C » paraissait plus léger sur ses épaules.

En pénétrant en voiture dans la cour des dépendances, il aperçut Nate quittant le bureau où l'on classait les dossiers des animaux reproducteurs. Le vieux cowboy ne mentionnait jamais son âge, mais Chase pensait qu'il devait avoir dans les soixante ans. Finalement les années avaient fini par rattraper Nate, qui ne pouvait plus rester de longues heures en selle; mais son œil restait infaillible en ce qui concernait le bétail. Aussi Chase l'avait-il chargé de tout ce qui concernait la reproduction afin d'améliorer sans cesse la qualité. Chase klaxonna pour attirer l'attention de Nate, gara la camionnette à l'abri d'un bâtiment et sortit de la cabine.

– Je reviens de l'aile sud pour vérifier comment Ike se débrouillait, annonça-t-il. J'ai examiné les nouveau-nés du nouveau taureau, ils pèsent vingt livres de plus que les autres!

– On sera véritablement fixés lorsqu'on saura quelle sorte de mères feront les génisses.

Nate réservait prudemment son jugement sur le taureau qu'il avait conseillé à Chase d'acheter.

– Où allais-tu, Nate?

– Chez Ownie voir un fils de Cougar. Il n'y a rien qu'un cow-boy apprécie autant qu'un bon poney de troupeau. J'aimerais voir comment il se comporte avec un cavalier. Je parie qu'il crèvera le plafond.

– Allons-y, dit Chase en suivant son contremaître jusqu'au corral réservé aux jeunes chevaux.

Les deux hommes arrivèrent juste à temps pour voir le cavalier faire un plongeon dans la poussière. Le premier regard de Chase fut pour le cheval qui avait séduit le vieux vacher qu'était Nate. La bête avait une robe gris foncé et des muscles puissants mais son ossature était fine. Ses jambes, sa crinière et sa queue étaient noires, et elle avait une tache blanche sur le front. Chase regarda les cow-boys qui formaient un cercle dans la cour. Le cavalier se relevait de sa chute. Plus loin, près de la barrière, se tenait Ty, assis sur une barre. Chase serra les lèvres de mécontentement.

– Je croyais qu'il devait nettoyer les écuries?

Chase regarda Nate pour lui confirmer que c'était bien là la tâche de Ty. Depuis son arrivée au ranch, le jeune homme avait été consigné aux travaux de sol : nettoyage, entretien, peinture çà et là... Il était monté une seule fois à cheval, le jour de l'arrivée de Maggie, lorsque son père l'avait envoyé à un rabattage.

– Il a terminé pour aujourd'hui.

Nate tourna la tête en direction de Ty, un sourire éclairait son visage buriné.

– Ce gosse travaille comme s'il avait le feu aux trousses. Il termine toujours très tôt et peut se permettre de regarder dresser les jeunes chevaux. Ce n'est pas un flemmard!

Rassuré, Chase s'approcha de la barrière.

– C'est un bon cheval de quatre ans, dit-il.

– Ouais, un fils de Cougar, précisa Ty, distrait.

Soudain il se rendit compte qu'il s'adressait à son père et se hâta d'expliquer :

– J'ai terminé mon travail.

– Je sais, dit Chase d'un air entendu.

– Je suis sûr que je pourrais monter ce cheval. Je suis un bon cavalier, Pa.

– Veux-tu que je demande à Ownie de te le confier?

Tout en Ty exprimait un violent désir mais il lança un « non » désabusé. Chase appela le cow-boy qui marchait au milieu du corral où on avait abandonné le cheval.

– Hé, Ownie! Le gamin pense qu'il peut monter. Permets-tu qu'il essaie?

Le petit homme savait que Ty avait été un spectateur assidu ces jours derniers. De plus, il se doutait que le patron se fiait à son jugement à cause de l'inexpérience de Ty.

– Pourquoi pas? fit-il en haussant les épaules.

Ty enjamba la clôture.

Dès la première ruade il perdit un étrier; à la seconde, cheval et cavalier se séparèrent! Chase surveilla pour voir si Ty tombait bien et, le voyant rouler en boule instinctivement, détourna les yeux. Secoué et meurtri, Ty resta par terre quelques secondes, attendant que quelqu'un vienne le rassurer, mais personne ne faisait attention à lui, pas même son père! Il se releva, se frotta et s'aperçut que Nate lui ramenait son cheval par la bride. Pas une seule parole ne fut prononcée; cela signifiait sans doute que Ty devait recommencer. Ce qu'il fit.

Au deuxième essai, Ty fut désarçonné. Au troisième, prêt d'abandonner, il était vilainement meurtri et déjà son genou enflait. Le jeune homme se tourna vers son père, mais il parlait avec Buck Haskell qui venait d'entrer dans le corral. Serrant les dents, Ty boita vers le cheval que Nate caressait pour le calmer et pour la troisième fois se hissa en selle sans aucune aide, malgré ses muscles douloureux. Percevant une lueur d'admiration dans les yeux du vieux cow-boy, Ty oublia sa souffrance.

Nate trotta jusqu'à la barrière où se tenait Chase.

– Le gamin se met à l'épreuve.

C'était là le plus beau compliment que Nate More pouvait faire.

Chase sourit.

– Nous pourrions peut-être le mettre à cheval et lui apprendre à s'occuper des vaches.

Chase leva les yeux vers Buck assis nonchalamment sur sa selle, le chapeau rejeté en arrière sur ses cheveux blonds bouclés.

– Y a-t-il quelqu'un dans ton équipe qui pourrait surveiller le gamin et lui enseigner le lasso?

Tout en parlant, Chase ne quittait pas son fils des yeux.

– Je m'occuperai de lui, promit Buck. Nous commencerons la semaine prochaine.

– Tout va bien? interrogea Chase d'une façon générale.

– Ça va, à part un accident l'autre jour, un veau perdu à la butte. On l'a retrouvé étranglé avec du fil de fer barbelé.

Buck se redressa sur sa selle et rabattit son chapeau sur le front.

– Le garçon a une bonne assise. On causera plus tard, Chase.

– Bien.

– Je suis au courant pour le veau, déclara Nate après le départ de Haskell. Buck l'a trouvé il y a quatre jours. Ouais, drôle de boulot... ce fil enroulé autour du cou de la bête. Les théories sont embrouillées, soi-disant qu'en voulant se libérer le veau aurait resserré le barbelé.

– C'est vrai?

Ces révélations provoquaient chez Chase un étrange malaise, mais extérieurement il paraissait calme.

– Ouais, poursuivit Nate. C'est tout de même dur à imaginer... le veau étranglé sur place, il ne reste aucune trace de lutte sur l'herbe. Et, quelle étrange coïncidence, le fil noué neuf fois.

Le nœud de pendu sur le bureau! Chase recevait un second message. Son sang se glaça au moment même où un nuage obscurcissait le soleil.

Ces menaces provenaient d'un esprit dérangé.

Le soir, Ty était déjà à table lorsque Maggie l'aperçut pour la première fois depuis le matin. Ce ne fut qu'à la fin du dîner, au moment de quitter la table, qu'elle remarqua sa démarche raide et maladroite; il traînait la jambe droite.

– Ty, tu es blessé?

– N... non.

Il haussa les épaules, nia la douleur de façon peu convaincante.

– Je me suis cogné le genou. Nate m'a donné du baume, tout va bien.

Maggie observa son fils qui sortait en claudiquant de la salle à manger puis commença à débarrasser les assiettes tandis que Chase buvait son café.

Brusquement elle songea combien, au cours du dîner, il était resté silencieux, l'esprit ailleurs.

– Des soucis? demanda-t-elle en se plaçant derrière la chaise de son mari.

Il releva la tête en souriant mais une ride creusait son front.

– Oui, toi.

Il prit sa femme par la main et l'attira sur ses genoux. Après lui avoir donné un baiser sonore, il la fixa d'une manière possessive.

– Voilà ce que je désirais comme dessert. Tu peux être fière de ton fils, aujourd'hui. Il a monté un cheval sauvage qui l'a désarçonné trois fois, mais il a tenu bon jusqu'à ce qu'il l'ait dompté.

– Chase! Il aurait pu se blesser, protesta Maggie en

fronçant les sourcils. Il ne connaît rien aux chevaux non dressés.

– Il doit apprendre.

– Mais...

Chase posa sa bouche sur celle de sa femme pour lui imposer le silence; comme elle faisait mine de se dégager, il lui mordilla doucement les lèvres.

Il ne lui révélerait pas qu'un veau avait été étranglé et que l'assassin lui avait laissé son message autour du cou. Chase savait combien les sentiments de Maggie étaient encore fragiles. Il ne voulait pas risquer qu'un événement extérieur les détruise avant qu'ils soient devenus forts. Chaque jour, chaque heure, chaque minute augmentait les chances en sa faveur. Chase savait déjà que Maggie lui appartenait. Jamais plus il ne la laisserait partir.

15

Maggie tira sur les rênes de sa jument et la plaça de façon à pouvoir ouvrir facilement la grille de la Butte brisée. Elle allait retrouver Chase. Le matin, il lui avait suggéré de le rejoindre au cours de sa promenade de l'après-midi. Sur cette immense étendue, il n'y avait que trois endroits où l'on pouvait « travailler » un troupeau.

Maggie franchit la clôture et la referma derrière elle; il fallait qu'elle se décide à choisir un chemin.

Par bonheur, elle aperçut un cavalier qui descendait la pente au petit trot.

– Hello, Maggie!

Buck Haskell porta la main à son chapeau et ralentit son cheval qui se mit à caracoler autour de Maggie.

– Chase m'a envoyé à votre rencontre. Je dois vous conduire.

– Je me demandais où j'allais le retrouver, avoua Maggie avec un sourire à l'adresse du cow-boy si sociable que Chase tenait pour son ami.

Les cavaliers prirent le trot.

– Vous êtes très belle aujourd'hui, Maggie. Je trouve que le mariage vous réussit!

– Sans doute.

Chase avait prévenu son épouse que Buck était un flatteur. Il est vrai qu'il jouissait d'un charme juvénile, irrésistible. Maggie s'efforçait de se montrer plus naturelle et moins réservée.

– J'ai un aveu à vous faire. Quand Chase m'a annoncé que vous l'aviez épousé, je n'ai pas pu m'empêcher de dire : « Il a une sacrée chance après ce qui est arrivé à son père! » Mais Chase obtient tout ce qu'il veut.

La brise tiède sembla soudain glacée sur le visage de Maggie, à l'évocation de ce souvenir. Il valait mieux ne pas se pencher sur le passé qui ouvrirait les anciennes blessures.

– Nous avons voulu tous les deux ce mariage.

– Je vois. (Buck grimaça un sourire.) Chase s'imagine que le soleil se lève et se couche uniquement pour son fils. C'est un « papa » très fier : le gamin signifie tout pour lui. Bien sûr, c'est naturel qu'un père éprouve des sentiments à l'égard de son enfant.

– Oui, répondit Maggie que ces compliments exagérés mettaient mal à l'aise.

– Chase ferait n'importe quoi pour son gosse, ajouta Buck songeur. Une fois qu'il a mordu à une idée, il ne la lâche pas. J'imagine... vous vouliez que votre fils ait un père?

– Oui.

Maggie n'avait aucune raison de révéler que Chase avait exercé un chantage pour qu'elle l'épouse, menaçant de lui enlever Ty.

– Chase et moi, on est pratiquement frères, vous savez l'histoire... je lui dois tout... Il n'y a pas beaucoup de gens qui m'auraient donné une nouvelle chance. Pourtant je ne pourrais pas vous dire quel homme il est!

Buck eut un petit rire.

– Me voilà à cheval à côté d'une jolie femme, et que suis-je en train de faire? Lui chanter les louanges de son mari! Je ferais mieux de vous amener à Chase avant de perdre ma réputation.

Haskell éperonna sa monture, suivi par Maggie.

Les beuglements du bétail accueillirent les deux cavaliers lorsqu'ils débouchèrent sur la vaste plaine. Maggie pouvait distinguer son époux parmi les cow-boys rassemblés.

Monté sur un hongre bai, il se tenait près de la clôture principale qui entourait l'enclos pour surveiller les opérations. Buck ne quitta pas Maggie avant de l'avoir remise entre les mains de Chase.

– La voilà saine et sauve, dit-il en éclatant de rire.

– Merci, Buck.

Calder était trop occupé à admirer sa femme pour remarquer la façon ambiguë dont Buck la salua avant de s'éloigner.

– On dirait une jeune fille, avec tes cheveux relevés sous ton chapeau.

Mais Chase savait que l'ample chemise en daim dissimulait des rondeurs. Maggie lissa une mèche de cheveux échappée de son Stetson; le regard insistant de son époux la troublait.

– Ils commencent à être trop longs, expliqua-t-elle pour justifier l'ancienne coiffure.

Le regard de Chase se détourna pour observer les bestiaux.

– Où est Ty? interrogea Maggie.

– Plus loin, avec Dave, en train de terminer le rassemblement. Nous allons déplacer le troupeau avant une heure. La pâture d'été a été retardée à cause d'une avarie : la pompe d'un moulin à vent. Maintenant elle est réparée.

Chase provoqua sa femme avec un regard malicieux.

– Alors on joue au cow-boy, cet après-midi?

– Bien sûr.

Il y avait une éternité que Maggie n'avait pas travaillé au ranch et cette perspective l'amusait énormément.

Dès que l'on eut ramené au sein du troupeau les dernières vaches vagabondes, les barrières de l'enclos s'ouvrirent. Aussitôt, les bêtes se ruèrent à l'extérieur. Maggie trottina vers la gauche pour rejoindre Chase et deux cow-boys. Ty se tenait à l'arrière, redoutant qu'on le traite de « fils à sa maman ». Sa mère avait compris ses craintes et veillait à ne pas s'occuper de lui.

Une vache et son veau sortirent du troupeau, juste devant Chase et Maggie. Le hongre bai rua mais Chase tira sur les rênes pour le retenir en criant à sa femme :

– A toi!

Maggie relâcha le mors. Rapide comme l'éclair, la jument bondit derrière la vache en fuite. L'ancienne exaltation de la poursuite renaissait chez la jeune femme. La vache fit demi-tour, son petit collé à son flanc. Dans l'ivresse de la course, Maggie sut combien cette vie lui avait manqué. Voilà pourquoi elle s'y était réadaptée si vite, si facilement. Puis elle se sentit traversée par une crainte coupable, celle de voir se perdre ici toute l'éducation que Philip lui avait donnée. Cette pensée, même rapide, lui fit perdre de sa concentration et, lorsque sa monture fit un écart pour rejoindre la vache, la cavalière fut projetée par terre. Elle fit plusieurs roulades puis finit par s'arrêter et s'assit, indemne. Durant quelques instants, elle resta sans bouger, tout étourdie, et ne releva la tête qu'en apercevant les jambes noires du bai de Chase. Celui-ci avait vite su que sa femme n'était pas blessée et s'avança vers elle, les yeux brillants de malice. Maggie éclata de rire.

– Je n'étais pas assez ramassée sur ma selle. Je crois que je suis un peu rouillée!

La jeune femme se remit sur ses jambes, brossa son pantalon et ramassa son chapeau qui avait volé à quelques mètres plus loin.

– Tu auras maintes occasions de t'entraîner.

Chase se pencha vers Maggie et sans descendre de selle la saisit par le bras et la hissa derrière lui. Pendant ce temps, un cow-boy avait récupéré la jument.

Lorsque les époux le rejoignirent, Maggie lâcha son mari pour descendre, mais la selle se déplaça un peu et, au lieu de déposer Maggie à terre, Chase la plaqua contre lui, sa hanche contre sa cuisse. Aussitôt elle vit ses yeux sombres s'enflammer et sentit les battements accélérés de son pouls.

– On risque de nous voir, chuchota-t-elle en se souvenant du cow-boy.

– Il n'a qu'à regarder ailleurs, protesta Chase en embrassant fougueusement sa femme.

Puis, à regret, il la lâcha.

Lorsque Maggie reprit les rênes de sa jument, elle débordait d'une joie violente et fragile. Le couple rejoignit le troupeau, un peu à contrecœur. Ty était relégué à l'arrière, sur un cheval rétif, mais sous la surveillance d'un vieux cow-boy. Cette position était la moins agréable, parce qu'on recevait toute la poussière soulevée par les animaux et une infecte odeur de sueur. Le jeune homme était frustré de se voir confiné dans des tâches subalternes. Il y avait des moments où il était convaincu qu'on le détestait, d'autres où il se persuadait que les cow-boys ne l'accepteraient jamais parmi eux. Il hésitait entre le désir de faire ses preuves et celui d'envoyer tout le monde au diable.

Le chemin sur lequel avançait le troupeau était

traversé par un ruisseau. Il suffisait de pousser les bêtes de tête pour que les autres suivent. Ty commença à ramasser les « traînards » lorsque son cheval, ébloui par les rayons du soleil à la surface de l'eau, rabattit nerveusement ses oreilles en arrière et voulut regagner la rive. A cet endroit, le ruisseau était peu profond. Ty planta impatiemment ses talons dans les flancs de sa monture pour l'obliger à pénétrer dans l'eau. L'animal fit un bond de côté qui faillit désarçonner son cavalier. A ce moment-là, il se rendit compte qu'un cow-boy s'amusait à lui tirer sa selle avec un lasso. Très vite, Ty se trouva en difficulté.

– Tu as vu ce qu'on fait à Ty! se récria Maggie qui s'était rendu compte de la situation.

Chase regarda vaguement dans la direction de l'incident; visiblement la posture de son fils ne le préoccupait guère.

– Les gars lui font subir un bizutage, expliqua-t-il en continuant à remonter le ruisseau.

– Tu ne vas pas les laisser faire, c'est ton fils!

– Fais semblant de ne rien remarquer, surtout.

La réponse était ferme et impérative.

– Si tu t'en moques, moi j'y vais, jeta sèchement Maggie en poussant sa jument.

Chase lui saisit les rênes.

– Ne t'occupe pas de ça, Maggie. Si tu interviens, Ty passera pour un lâche aux yeux de mes hommes.

La discussion prêtait à controverse. Par bonheur, Ty réussit à calmer son cheval affolé et à lui faire traverser le ruisseau. Ce succès mit fin au bizutage; mais l'incident avait créé un différend entre Maggie et Chase.

Le soir, lorsque Maggie vit les marques rouges du lasso sur les mains de Ty, elle souffrit une nouvelle fois que Chase ait permis qu'on le maltraite. Après avoir fait la vaisselle, elle retourna dans la salle de séjour. Chase se trouvait déjà dans son bureau et Ty montait se coucher. Sa mère l'arrêta, bien décidée à connaître ses sentiments.

– Que veux-tu, 'Man? demanda le garçon avec impatience. Je suis fatigué.

– Je...

Maggie scrutait les traits tirés, la poitrine encore maigre et les épaules que le dur labeur avait musclées.

– Je... voulais seulement savoir si tu es heureux ici.

Elle lui offrait une chance de se confier.

L'indécision et le doute se lisaient sur le visage de l'adolescent lorsqu'il se retourna vers sa mère. Tout à coup, il lui apparut comme un tout jeune enfant, perdu dans un monde d'adultes. Mais l'impression se dissipa aussitôt et les traits du gamin se durcirent, rappelant Chase.

– Oui, je suis heureux, affirma le jeune homme en commençant à grimper les marches.

– Tu veux rester ici?

– Plus que jamais, déclara Ty sans se retourner. Bonne nuit, 'Man.

– Bonne nuit, répondit Maggie en écho.

Elle était consciente que Ty avait refusé son soutien; il voulait se battre seul. Il grandissait vite, comme elle au même âge. Ce n'était pas ce que Maggie avait souhaité.

Quand Chase eut fini ses papiers, un peu après dix heures, il monta l'escalier dans le noir car Maggie avait éteint les lumières. Assise devant sa coiffeuse, elle perçut son pas. Aussitôt elle attrapa sa brosse à cheveux et commença à démêler sa chevelure sombre. Quand son mari entra dans la chambre, elle ne daigna pas lever la tête. Ses cheveux crépitaient, électriques. Elle entendit Chase se déshabiller et les ressorts du matelas gémir sous son poids.

– Tu viens au lit? demanda-t-il enfin.

Cette demande fit sortir Maggie de son silence.

– Les hommes croient que le lit règle tout, fit-elle en se brossant avec une vigueur redoublée.

– Tu penses résoudre les problèmes en te coiffant? rétorqua Chase.

Maggie reposa la brosse sur la coiffeuse puis traversa la chambre, évitant le lit sur lequel Chase était assis, en sous-vêtements.

– Pour toi, tout tourne autour du ranch. Tu ne te soucies pas du monde, et il existe pourtant.

Chase était parfaitement conscient que sa femme cherchait à créer un incident au sujet de ce qui était arrivé à Ty l'après-midi.

– Ce ranch n'est pas une prison, Maggie. Peut-être pourrions-nous combiner travail et distractions.

La jeune femme se retourna et rencontra le regard implacable de son mari.

– Très bien. (Elle faisait face.) Quand Ty aura terminé ses études au collège, je veux qu'il aille à l'université.

La bouche de Chase se serra.

– Ce ranch sera une meilleure école que toutes les universités. Il pourra s'y spécialiser en élevage, en agronomie, en agriculture et en psychologie. Quatre ans aux « Trois C » vous équipent mieux pour la vie qu'aucun diplôme.

– Je veux que Ty fasse des études supérieures, s'obstinait Maggie, insensible à l'argumentation. Je ne veux pas qu'il devienne comme toi et ne pense plus qu'à ce ranch.

Chase se sentit blessé, mais ce n'était pas le moment d'en débattre. Il poussa un soupir las.

– C'est bon, faisons un compromis. *Si* Ty veut aller à l'université, je ne ferai rien pour l'en empêcher. Tu viens au lit maintenant?

Le regard de Chase errait sur les formes féminines cachées par le tissu transparent.

– Ça va résoudre quoi?

– Viens, et tu verras!

Chase tendit le bras et attira sa femme. Avant de l'étreindre, Chase la débarrassa de sa chemise de nuit.

– La lumière, murmura Maggie.

– Je préfère te voir nue, mon amour.

Deux jours plus tard, Chase et Ty venaient de s'attabler pour le petit déjeuner préparé par Maggie lorsque Nate les interrompit. Il s'arrêta dans l'embrasure de la porte et enleva son chapeau. Dehors l'aube teintait le ciel de rose orangé.

– Assieds-toi et bois un café, Nate, offrit Chase.

Le vieux contremaître ne bougea pas, mal à l'aise comme un chien hérissé devant une ombre silencieuse.

– Oui, asseyez-vous, Nate.

Maggie renouvelait l'invitation de son époux :

– Je vous apporte une tasse.

Elle repoussa sa chaise mais le cow-boy l'arrêta d'un signe de tête.

– Non, je vous remercie, madame.

Il restait dans l'embrasure d'où il demanda :

– J'ai besoin de parler à Chase en privé.

Chase se leva de table avec la rapidité d'un homme accoutumé à l'action et rejoignit son contremaître.

Maggie comprit qu'il s'était passé quelque chose de grave mais elle ignorait quoi. La conversation fut brève. Tout de suite après, Maggie entendit la porte d'entrée se refermer. Il lui fallut une seconde pour comprendre que les deux hommes avaient quitté la maison. Elle se rua sur le battant et l'ouvrit d'un coup sec. Chase et Nate étaient déjà sous le porche.

– Chase, où vas-tu? Tu n'as même pas déjeuné!

Chase se retourna mais son visage ne révélait rien de ses pensées. C'était un homme de l'Ouest.

– Je mangerai un morceau aux cuisines.

– Qu'est-il arrivé?

Maggie traversa le porche pour rattraper son mari.

– Rien que je ne puisse régler. Reste à la maison.

C'était là un ordre formel.

Maggie ouvrit la bouche pour protester, mais Chase était déjà parti. La consigne ne faisait que renforcer sa décision : elle découvrirait ce qu'on voulait lui cacher.

Lorsque Chase s'engouffra dans l'écurie, Maggie se précipita derrière lui. D'autres cow-boys accouraient; pourtant, on n'entendait rien à l'intérieur, aucun signe de lutte entre les étalons. Maggie s'arrêta sur le pas de la porte, le temps que ses yeux s'habituent à l'obscurité. Chase se tenait devant un box vide, immobile et silencieux. Elle s'avança pour distinguer de plus près. Le doux soleil du matin qui pénétrait par la fenêtre éclairait la robe fauve d'un étalon : Cougar! Les yeux de la jeune femme s'agrandirent d'horreur lorsqu'elle découvrit le corps de l'animal cabré mais raidi : étranglé... Comment était-ce possible! On avait pendu Cougar!

Elle posa une main sur sa bouche pour étouffer un cri, mais en vain.

– Je t'avais dit de rester à la maison, murmura Chase.

La nuit, dans son sommeil, Maggie chercha Chase mais sa main rencontra une place vide. Elle s'éveilla aussitôt et palpa le lit assombri par la nuit. Il était vide. Maggie respira une âcre odeur de tabac.

Chase était étendu sur la chaise longue en cannelier, ses pieds nus posés sur le rebord de la fenêtre. Il se trouvait dans l'obscurité mais son cigare allumé éclairait son visage d'une lueur jaune.

Maggie était heureuse de le regarder, tout simplement. Elle ne s'était jamais sentie aussi proche. Au lieu d'altérer l'amour des époux, le drame de l'étalon les avait rapprochés. Oui, ce soir leurs corps s'étaient retrouvés dans la passion, mais leur complicité allait bien au delà – dans les silences où chacun lisait les pensées de l'autre.

Pourtant Chase ne dormait pas encore et Maggie sentait qu'en ce moment il s'éloignait d'elle. Son esprit traquait des problèmes qu'elle ne partageait pas.

– Chase, à quoi réfléchis-tu ?

– A rien d'important. Rendors-toi.

Au lieu de l'écouter, Maggie repoussa les couvertures et se glissa hors du lit. Le clair de lune satinait la blancheur de sa peau nue. Elle s'approcha de la chaise longue.

– Tu penses à l'étalon!

Il tira une bouffée de son cigare.

– Je t'ai demandé de te rendormir.

– Pourquoi ne voulais-tu pas que je découvre l'étalon pendu? Tu ne m'en aurais rien dit, accusait Maggie. Tu m'avais ordonné de rester à la maison.

– Est-ce mal de vouloir t'épargner de la peine?

Chase passa son bras autour de la taille de son épouse et la serra contre lui. Il était chaud contre le corps nu de la jeune femme.

– Tu n'as pas à m'épargner... pas plus que tu ne devais m'écarter de la scène.

L'hésitation de son mari renforça les soupçons de Maggie.

– Qu'essaies-tu de me dissimuler, Chase? Je suis au courant du nœud miniature, de l'étalon... Quoi d'autre?

Les doigts de Chase traçaient distraitement des cercles sur la poitrine de Maggie. Elle crut qu'il allait continuer à nier.

– On a trouvé un veau étranglé, il y a deux

semaines, finit-il par avouer. Tu es contente, maintenant?

Maggie aurait voulu se tromper : elle avait tellement espéré qu'il ne s'était rien passé d'autre, en dehors du drame du matin.

– Non, répondit-elle d'une voix rauque de chagrin. Que vas-tu faire?

– Empêcher qu'il continue, expliqua Chase avec impatience.

Sa réponse exprimait aussi de la réticence.

– Par « il », tu entends mon frère? demanda sèchement Maggie.

– Oui, je veux dire ton frère. (Chase ne louvoyait pas.) Jusqu'ici ses victimes ont été des animaux, mais il est mentalement malade, je ne veux pas attendre qu'il se manifeste à nouveau. Je ne veux pas courir de risques.

Chase avait pesé ses mots en soutenant le regard de sa femme.

– Je vais régler l'affaire *à ma façon*, ma chérie.

Il pencha la tête et mordilla le lobe de l'oreille de Maggie.

– Tu dois me faire confiance.

Celle-ci refusa de se laisser distraire et prit le visage de son époux dans ses mains.

– Non, Chase, je ne suis pas une de ces épouses de l'Ouest soumises et abandonnant les responsabilités aux hommes. Je ne suis pas du genre à me terrer dans la cuisine pendant que tu prends d'importantes décisions sans me consulter. Je suis ta compagne et la sœur de Culley. J'ai le droit de connaître tes projets! Ne me cache rien.

– Je n'avais pas l'intention de te cacher quoi que ce soit.

Chase appuya la douce main contre sa joue et y déposa un baiser.

– Culley est mon frère, Chase. Je sais qu'il te faut agir, mais je ne veux pas qu'on lui fasse de mal.

Soudain, Chase retrouvait l'horrible souvenir au fond des yeux de sa femme : la justice imposée par Webb Calder!

Il embrassa l'anneau d'or à l'annulaire de Maggie.

– Je ne ferai jamais rien qui te retourne contre moi, tu as ma parole.

Malgré tout, Chase n'avait pas l'intention d'informer Maggie de son plan vis-à-vis de Culley O'Rourke. Il la connaissait assez pour savoir qu'elle insisterait pour l'accompagner, et il n'était pas certain que sa présence n'eût pas un effet inhibant. Les hommes avaient tendance à être plus réservés, à s'exprimer moins librement en présence d'une femme.

Le lendemain matin, dès qu'il eut quitté « La Maison », Chase partit à la recherche de Nate More. Il le trouva en train de faire le plein de son réservoir.

– Je veux que toi, Ike et Slim, vous trouviez à la clôture nord à deux heures cet après-midi.

Le choix de Chase était mûrement réfléchi; les hommes qui avaient accompagné son père lors de sa visite au ranch O'Rourke.

– A quel sujet?

Les yeux bleus, perspicaces, indiquaient que le vieux cow-boy avait deviné.

– Nous allons rendre la corde à celui qui l'a oubliée autour du cou de Cougar, expliqua Chase. J'exige qu'il n'en soit rien rapporté à Maggie, alors tiens ta langue!

Un doute balaya le vieil homme :

– Chase, j'étais aux côtés de ton père, mais...

Le sourire dont il gratifia son maître était sévère et froid.

– Je sais ce que je fais, Nate. Tu viens avec moi?

– Sacré Bon Dieu! Je t'ai servi de nourrice depuis que tu as encordé ton premier veau. Bien sûr que je t'accompagne!

Nate s'offensait que Chase imagine qu'il puisse faire marche arrière.

– Tu peux compter sur moi et sur les autres.

– Je sais, approuva Chase en frappant sur l'épaule du brave homme.

A déjeuner, Chase s'enquit avec désinvolture des plans de Maggie pour l'après-midi et lui suggéra d'explorer la partie sud à cheval. Il voulait l'écarter du nord où elle risquait de rencontrer les hommes à leur rendez-vous. Au fond de lui-même il se sentait coupable de tenir sa femme en dehors de ses projets, se refusant à la compromettre dans de sales affaires. Dans cette histoire, il avait l'entière responsabilité et ne permettrait à personne d'agir à sa place.

Au moment où il se glissait au volant de la camionnette pour retrouver Nate et les autres, Chase aperçut Buck qui entrait dans la cour du ranch. Il se dirigeait vers l'infirmerie. Chase n'aurait probablement pas accordé d'attention à ce fait s'il n'avait vu Ty assis dans le camion. Il interpella Haskell qui marchait d'un pas tranquille vers la porte du dispensaire.

– Qu'est-ce qui ne va pas? demanda Chase en jetant un coup d'œil sur Ty toujours assis dans la cabine. Il est blessé?

– Le petit? Non!

Buck secoua la tête en signe de dénégation et rabattit son Stetson sur le front.

– On venait juste chercher des médicaments. Il y a une vache qui a un œil malade, elle a besoin d'être soignée... Je pensais pouvoir montrer au gamin...

– Bonne idée, approuva Chase. Veille à ce que Ty ne sorte pas des limites de la propriété, qu'il reste sur la terre Calder!

– D'accord, dit Buck.

Chase leva le doigt pour saluer son ami avant d'embrayer le moteur.

Lorsque les bâtiments du « Trèfle d'Irlande » se

dressèrent devant lui, Chase les examina avec attention. On lui avait rapporté que l'endroit s'écroulait, mais il ne s'attendait pas à une pareille désolation. Le ranch était désert et en ruines; un lieu privilégié pour les fantômes. Nate remarqua le premier une voiture garée dans la cour, envahie par les mauvaises herbes.

– O'Rourke a de la compagnie.

– On dirait.

Chase descendit du véhicule, suivi par les trois cow-boys. Ils l'accompagnaient avec une certaine appréhension, ignorant tout de ses intentions. En entrant dans la cour, les quatre hommes furent accueillis par Culley. Il était affreusement maigre, avec des vêtements trop grands pour son corps squelettique. Ses yeux verts enfoncés dans leurs orbites reflétaient sa haine et sa folie.

– Vous vous trouvez dans une propriété privée, Calder! gronda-t-il. J'ai des témoins.

Il fit un geste vers les deux hommes qui se tenaient dans l'ombre. Son regard évitait celui de Chase.

– Retournez chez vous!

Chase regarda les deux « témoins ».

– Shérif, docteur Barlow.

Il les nomma à voix haute sans montrer qu'il s'attendait à les trouver ici.

Son regard dur comme la pierre revint à Culley. Chase détacha la corde avec son nœud coulant.

– Je venais seulement te rendre ce qui t'appartient.

D'une brusque torsion du poignet, il jeta la corde dans la poussière aux pieds de Culley.

– Tu l'as oubliée autour du cou d'un étalon. C'est imprudent de ta part, tu devrais prendre garde à ce qui t'appartient.

– Qu'est-ce qui te fait croire que c'est à moi? Je n'ai jamais rien laissé chez toi. La seule chose que tu aies et qui m'appartienne, c'est ma sœur. Et je ne suis pas au courant pour l'étalon.

– Menteur!

L'insulte lancée avec calme hérissa O'Rourke. L'espace d'une seconde Chase crut qu'il allait se jeter sur lui et lui lacérer le visage de ses mains nues. Mais son humeur changea comme l'éclair. Il éclata d'un rire silencieux.

– Non, Calder, tu ne vas pas me prendre à tes pièges comme vous l'avez fait pour mon père. Vous ne me ferez pas reconnaître quoi que ce soit. Ça n'est pas ma corde... Et tu ne pourrais rien prouver.

– C'est là que tu te trompes, Culley, non seulement je « peux » mais je « vais » prouver. La corde retrouvée autour de l'étalon pendu est la même que celle que tu as achetée au bazar Mitchell il y a un mois! Pas vrai, Nate?

Chase avait posé la question à son contremaître qui se tenait sur la gauche, un peu à l'écart.

– C'est un fait, approuva Nate, comme s'il savait parfaitement où Chase voulait en venir.

Le regard égaré de Culley allait du cow-boy à Calder.

– C'est un mensonge!

– Qui ment? (Chase provoquait son adversaire :) Il ne fallait pas laisser de preuves derrière toi.

– Je t'ai dit que ce n'était pas ma corde, insista O'Rourke avec violence. Tu ne vas pas penser que je suis bête au point d'utiliser ma propre corde pour pendre votre étalon?

– J'admets que tu as fait preuve de plus d'ingéniosité en étranglant le veau avec du barbelé. Ça ressemblait à un accident, pour quelqu'un qui n'était pas au courant.

Culley eut un rire pervers.

– Je savais que tu avais reçu le message. J'ai fait neuf tours avec le fil!

La mâchoire de Chase se durcit comme de la pierre.

– Il faut qu'un type soit malade pour pendre des animaux.

Le docteur et le shérif s'étaient rapprochés en silence du maigre jeune homme aux cheveux noirs.

– N'est-ce pas, Doc?

L'irruption soudaine des deux « témoins » dans la conversation prit Culley au dépourvu. Dans sa haine pour Chase, il avait oublié qu'ils écoutaient aussi.

– Tu m'as eu, salaud! jura-t-il, se rendant compte qu'on venait de lui soutirer des aveux. Tu te crois toujours sacrément malin.

– Non, c'est toi qui as fait une erreur, Culley, répliqua Chase.

– Tu me le paieras!

Culley se mit à trembler sous l'effet de la haine implacable qui le dévorait.

– Qu'est-ce qu'ils peuvent me faire? Peut-être m'obliger à payer une amende ou à passer deux jours en prison?

– Pendant que tu seras en prison, le shérif va faire procéder à un examen psychiatrique. Tu es trop dangereux pour qu'on te laisse en liberté. Je veux qu'on t'emmène avant que ton esprit dérangé n'ait blessé quelqu'un.

– Je suis pas fou, ils ne pourront pas me garder!

– Ils le peuvent et ils le feront. Estime-toi heureux d'être le frère de Maggie.

Le shérif s'avança vers O'Rourke et le prit par le bras.

– Allons, Culley.

Le jeune homme essaya de se libérer mais le Dr Barlow se plaça de l'autre côté pour apaiser le dément.

– Vous avez besoin de vous reposer quelque temps.

Culley resta rivé au sol. Il ne résistait plus mais ne se

rendait pas non plus. Une dernière fois il partit d'un rire insensé.

– Calder! Tu aimerais connaître le type qui a posé le nœud sur ton bureau et étranglé ton étalon? Il te déteste autant que moi!

Chase resta interdit puis se reprit :

– Je ne vais pas perdre mon temps à t'écouter divaguer et proférer des menaces.

Tout en refermant la grille de la clôture nord, Maggie examina pour la deuxième fois la bétaillère vide, garée sur la route du ranch. Elle se retourna sur sa selle pour scruter le terrain accidenté, à la recherche des occupants du camion. A cette distance de « La Maison », la présence de la jeune femme ne manquerait pas de surprendre les cavaliers des « Trois C ». Elle préférait que Chase ignore qu'elle allait lancer un dernier appel à son frère. Il fallait qu'il cesse de les terroriser.

Le ciel infini s'étendait à perte de vue au delà des plaines sauvages, vides de toute présence humaine.

Maggie mit son cheval au petit trot en direction du nord, vers le ranch du « Trèfle d'Irlande ». La jeune femme se tenait en selle avec une assurance innée, faisant harmonieusement corps avec sa monture.

Elle avait trop longtemps vécu dans l'incertitude, dans l'angoisse du lendemain, ce qui n'était pas dans sa nature. Aujourd'hui elle venait de retrouver confiance en décidant d'affronter son frère.

Ne plus fuir les ombres menaçantes du réel était rassurant. Sa relation avec Chase se renforcerait ou en mourrait, mais Maggie était décidée à pousser la situation au point extrême.

La grille de la clôture se trouva bientôt hors de vue. Au moment où Maggie longeait la colline, une vache beugla. Elle regarda dans cette direction et prit le trot. Derrière un bouquet de peupliers, elle aperçut une vache en train de filer dans la prairie, flanquée de son veau. Maggie chercha la raison de cette retraite et remarqua alors deux cavaliers à l'ombre des arbres. L'un d'eux était Ty. Contre toute attente, le cow-boy qui le suivait leva le bras et l'abaissa avec violence, comme pour porter un coup. Ty s'affaissa sur sa monture, ses jambes devinrent molles, il tomba.

Maggie réagit instantanément. Eperonnant sa jument, elle fonça vers le bouquet d'arbres. Le bruit de tonnerre des sabots obligea le cow-boy à tourner la tête. Il était en train de traîner Ty par les pieds. Dès qu'il aperçut Maggie, il s'arrêta et s'avança pour saisir le mors de sa jument qui s'arrêta. Maggie sauta de sa selle.

Buck Haskell lui jeta un regard anxieux et expliqua :

– Vous arrivez au bon moment, ma chère. Ty vient de tomber et s'est blessé à la tête. J'essayais de le remettre en selle. Vous pourrez peut-être me donner un coup de main.

– Il n'est pas tombé! Vous l'avez frappé! accusa Maggie éperdue de colère et d'angoisse. Je vous ai vu!

Elle fonça vers son fils, mais Buck lui saisit le bras. Ses yeux bleus brillaient d'une flamme meurtrière.

– Otez vos sales pattes, Buck, cette comédie va trop loin!

Maggie essaya de se libérer d'un mouvement d'épaules, mais Buck resserra son étreinte. Son masque jovial avait disparu. Maggie découvrit la ruse et l'instinct de meurtre dans ses yeux bleus. Son intuition féminine l'avertit qu'elle se trouvait en danger.

– Alors vous m'avez vu cogner le petit?

Buck eut un sourire qui glaça Maggie jusqu'aux os. Elle cessa de se débattre.

– Dans ce cas, je vais modifier mon emploi du temps et me débarrasser de vous deux à la fois.

– De quoi parlez-vous?

Jusqu'ici Maggie était prête à minimiser l'incident.

Soudain son sang se figea à l'idée que les risques encourus étaient plus graves qu'elle ne l'imaginait.

– Je m'apprêtais à attendre deux semaines avant de vous éliminer!... Vous auriez été tellement bouleversée par la mort accidentelle de votre fils que vous auriez disparu...

Buck grimaça un sourire, plein d'un froid calcul.

Maggie jeta un regard affolé sur son fils inconscient.

– Ty...

Elle poussa un soupir de soulagement en constatant que la poitrine du jeune homme se soulevait et s'abaissait. Il était vivant.

– Non, il n'est pas encore mort. (Buck avait lu dans les pensées de la malheureuse mère.) Mais voici la version que je rapporterai à votre époux : le gamin s'est pris le pied dans l'étrier au moment où son cheval a bondi, effrayé par un serpent à sonnettes. J'ai fait mon possible pour lui venir en aide, mais n'ai pas pu arrêter l'animal qui a traîné son cavalier jusqu'à ce que...

Haskell mimait le chagrin et le remords.

– J'avouerai à Chase que tout est ma faute, je m'accuserai de n'avoir pu sauver son fils. Je pleurerai et implorerai son pardon, je lui dirai combien je me sens misérable!

Maggie avait l'estomac noué de peur. Elle imaginait la scène. Chase ne ferait aucun reproche à son ami, il ne se douterait jamais...

– Votre histoire ne marchera pas.

– Si, elle marchera, répliqua Haskell, sûr de lui. J'admets que votre disparition, le jour même où votre fils a été tué dans un accident, pourra sembler suspecte, mais on supposera quelque intrigue démoniaque, et Chase s'en prendra à votre dingo de frère. Vous n'auriez jamais dû revenir, Maggie.

– Pourquoi? Pourquoi vouloir nous tuer? interrogea

la jeune femme en se raidissant contre la main de fer de son ravisseur.

– Parce que les « Trois C » me reviennent. Si vous n'étiez pas revenue ici, Chase aurait fait de moi son héritier – comme c'était prévu depuis le début – jusqu'à ce que surgisse votre bâtard de fils.

La lèvre supérieure de Buck tremblait de haine. Il poussa rudement Maggie vers son cheval attaché à une longe. Une corde était enroulée autour du pommeau de la selle. Avant qu'elle ait retrouvé son équilibre et puisse se dérober, Buck lui lia les poignets derrière le dos. Maggie réprima son envie de lutter en apercevant Ty qui bougeait derrière. Aussitôt, l'ordre des priorités changea; il fallait distraire Buck pendant que Ty revenait à lui.

– Vous êtes coupable de la mort de l'étalon et du veau.

Maggie l'accusait d'une voix forte pour couvrir les bruits que Ty pourrait faire.

Haskell fit une grimace et serra la corde jusqu'à ce qu'elle s'enfonce dans la chair de sa prisonnière.

– La visite de votre frère, le jour de votre mariage, a été opportune. Lorsque je l'ai raccompagné aux limites du ranch, nous avons découvert que nous avions les mêmes intérêts et nous nous sommes ligués.

– C'est un mensonge, nia Maggie. Posséder le ranch n'intéresse pas Culley.

– Disons que O'Rourke et moi rêvons de voir Chase dans la tombe. Seules les raisons diffèrent : votre frère souhaite éliminer les Calder de la surface de la terre, moi, je veux le ranch.

Haskell ajouta sur un ton plaisantin :

– Ça lui a fait un sacré coup de découvrir l'étalon de son vieux pendu ! Quant à votre frère, il n'attend que le jour où il pourra pendre Chase et prétendre qu'il s'est suicidé. Il m'a raconté comment votre père était mort. Ce n'est que justice de faire partir Chase de la même manière.

– Je ne vous crois pas, poursuivit Maggie en voyant Ty bouger le bras et porter la main à sa tête.

Elle éleva encore la voix pour avertir indirectement son fils :

– Vous aviez prévu de nous tuer, Ty et moi, et vous voulez me faire croire que mon frère approuve cela?

– Votre frère n'est pas au courant de mes plans. Il pensera que vous avez disparu, ou bien que Chase vous a assassinée. Personne ne retrouvera votre corps, vous vous serez évanouie sans laisser de trace. Quant au garçon, Culley n'a que faire de son neveu, pour lui c'est un Calder!

Du coin de l'œil, Maggie surveillait son fils qui, en silence et avec précaution, se redressait sur ses jambes. Son cœur s'affola. Elle craignait que Ty commette une folie comme de se jeter sur Haskell pour la délivrer. Elle essaya encore d'envoyer un message déguisé :

– Vous ne vous en sortirez pas, Buck. Chase trouvera. Quelqu'un lui racontera, quelqu'un lui soufflera mot de l'affaire.

Maggie insistait pendant que Ty hésitait, en équilibre sur ses jambes, tout près du cheval sellé.

Buck fronça les sourcils.

– Qui le lui dira? Personne ne sait. Vous êtes aussi dérangée que votre frère!

– C'est vous qui êtes fou de penser que vous ne vous ferez pas prendre.

Au moment où Ty mit le pied à l'étrier, le cuir du pommeau craqua. Alerté par le bruit, Buck se retourna. Ty attendait, indécis, en selle. Alors Maggie se lança sur Buck et, lui agrippant les jambes, le fit rouler au sol avec elle.

– Va-t'en, Ty! Va chercher de l'aide! hurla-t-elle.

Le cheval s'éloigna ventre à terre.

Haskell rejeta la jeune femme avec force. Elle poussa un cri de douleur; il courut derrière le cheval et son cavalier, qui déjà avaient pris une bonne avance. Alors, se précipitant vers sa selle, il sortit son fusil de l'étui, mit en joue puis renonça à tirer. Finalement, il décocha à Maggie un regard moqueur, tandis qu'elle essayait de se relever avec peine, à cause de ses poignets liés.

– Le coup est réussi, Maggie, mais vous n'avez fait qu'ajourner l'inévitable. Le gamin ne trouvera pas de secours, railla Buck. Pas dans cette direction.

Maggie sentit son cœur lui tomber au fond de la poitrine; elle venait de s'apercevoir que le cheval de Ty était parti vers le nord.

– D'ici dix minutes, il se sera perdu, déclara Buck.

A moins de cinq kilomètres de l'endroit où il avait laissé sa mère et Buck, un champ de coton et une haie de peupliers obligèrent Ty à s'arrêter. A travers les branches couvertes de feuilles épaisses, le soleil scintillait sur la surface lisse de l'eau. Ty n'aurait pas dû traverser la rivière; il comprit qu'il s'était perdu.

Il était trois heures, son ombre se projetait sur l'herbe à droite. Cette constatation lui confirma qu'il avait chevauché par erreur vers le nord. Le jeune homme poussa un gémissement de désespoir et dirigea sa monture sur sa droite, de façon à avoir le soleil dans le dos.

Il enfonça les talons dans les flancs de l'animal récalcitrant pour lui faire reprendre le galop.

Tout à coup, il entendit des éclaboussements suivis de hennissements. Ty cria de soulagement en apercevant quatre cavaliers galoper vers lui, son père en tête. Son cri rauque arrêta les hommes, ils foncèrent vers le jeune garçon.

– Où est Buck? demanda tout de suite Chase.

Ty désigna le sud de la main.

– Il a pris maman, il veut la tuer, expliqua-t-il d'une voix sans timbre.

Il relata brièvement ce qu'il avait surpris et remarqua combien son père avait pâli sous son hâle.

– Conduis-nous où tu les as laissés, ordonna Chase.

Il souleva le rabat de son étui et sortit son fusil.

Les trois hommes lui emboîtèrent le pas.

Le cœur de Maggie tambourinait dans sa poitrine, mais elle gardait les idées claires. Plus elle accordait de temps à Ty pour s'éloigner, plus il serait difficile à Buck de le retrouver. En outre cela augmentait les chances que quelqu'un du ranch tombe sur lui.

Le bruit du cheval au galop s'affaiblissait. Maggie détourna son regard du canon du fusil, dans les mains de Buck. Elle ne devait pas cesser de le faire parler.

– Vous ne vous en sortirez pas indemne, vous allez faire une erreur quelque part. Regardez, ça tourne déjà mal pour vous... Rien ne se passe comme prévu.

Maggie essayait d'entamer la confiance de Buck afin de le faire douter.

– Je suis allé trop loin pour revenir en arrière.

Il haussa les épaules et abaissa le canon de son fusil.

– Je sais comment effacer mes traces.

– Aussitôt que Chase aura constaté ma disparition, il mettra tout sens dessus dessous pour me retrouver. Comment serez-vous certain qu'il ne reste aucune trace de moi?

Le chapeau de Maggie gisait sur le sol, non loin. Elle l'avait perdu en faisant trébucher Buck.

– Etes-vous certain de faire disparaître tous les indices?

Le fusil coincé dans son avant-bras, canon pointé vers le bas, Buck ramassa le chapeau et revint le poser sur la tête de Maggie.

– Il vaudrait mieux chercher une aiguille dans une botte de foin.

– Comment vous débarrasserez-vous de mon cadavre sans risque qu'on le découvre ensuite?

Maggie exposait les faits sans permettre à son imagination de s'y attarder.

– Vous perdrez votre temps, Buck. Si vous creusez une tombe, les coyotes risquent de me déterrer.

Haskell se contenta de sourire.

– Je ne vous creuserai pas une tombe. Je vous jetterai dans la rivière avec une pierre autour du cou. Vous devenez pâle, Maggie. Je reconnais que voilà une triste pensée mais elle est réelle, bien réelle.

– Vous êtes fou!

Maggie fit un pas en arrière, menaçante. En fait elle voulait lutter contre la terreur qui s'était emparée d'elle.

Buck eut un regard terrifiant.

– Vous me croyez cinglé, mais je ne veux pas être spolié. Ce ranch devrait m'appartenir depuis le début. Je suis le meilleur cow-boy, le meilleur vacher, le meilleur au lasso, je suis meilleur que Chase. Ma mère, mes grands-parents et mes ancêtres ont construit ce ranch avec leur sueur et leur sang! Cette terre, je la mérite.

Haskell s'avança vers la jument de Maggie qui était en train de brouter et l'attrapa par les rênes.

– Montez à cheval!

– Non.

La jeune femme recula d'un autre pas.

– Je ne vais pas vous suivre docilement. Et si vous me tuez ici et me transportez jusqu'à la rivière, il vous faudra justifier les traces de sang sur la selle.

– Ecoute, sale garce!

Buck s'avança vers elle. A cet instant précis la jument lança un hennissement d'appel vers la droite.

Maggie pirouetta sur elle-même, alertée.

– Chase!

Elle hurla le nom de son mari au moment où il surgissait en haut de la colline déchiquetée. Il dévala la pente à la tête du groupe de cavaliers.

Maggie se lança dans une course éperdue, mais ses

poignets attachés derrière le dos l'entravaient. D'ailleurs, à peine avait-elle fait quelques pas qu'une main la saisit par les cheveux, la clouant sur place. Un bras lui encercla le cou, l'étranglant à moitié, au point que ses pieds ne touchaient plus terre. Buck se servait du corps de la jeune femme comme d'un bouclier, tout en pointant le canon du fusil vers sa tête.

– Arrête, Chase! hurla Buck, tu es assez près!

Chase obéit, ainsi que les cavaliers derrière lui.

– Laisse-la aller, Buck, tu n'as aucune chance contre nous tous.

Les ongles de Maggie s'enfonçaient en vain dans la chair de Haskell. Les hommes de Calder étaient trop nombreux, Buck ne pourrait jamais exécuter son plan. D'ailleurs, elle sentait grandir son exaspération et sa panique.

– Jette ton arme! ordonna Buck.

Le cheval bai de Chase piétinait nerveusement le sol.

Le cavalier évaluait ses chances, le fusil en main : les risques étaient trop grands pour Maggie. Chase jeta son arme dans l'herbe.

– Dis à Nate et aux autres d'en faire autant.

– Faites ce qu'il demande, lança Chase entre ses dents.

Il sauta de selle et s'avança vers Buck. Il entendit derrière lui le bruit mat des armes sur la terre.

– C'est moi que tu veux, Buck. Rends-lui la liberté.

– Si je la laisse, Calder, je suis fini. C'est mon otage.

Chase s'approchait lentement, chaque pas diminuant la distance entre lui, le ravisseur et sa victime. Sur sa chemise bleue se dessinaient des auréoles de transpiration. Un silence total s'était abattu sur le groupe.

– Qu'est-ce que tu veux, Buck? demanda Chase sur un ton apparemment dépourvu d'émotion. Moi? De l'argent? La garantie que tu pourras partir librement? Dis ton prix, contre la liberté de Maggie.

– N'avance plus! aboya Haskell alors que Chase ne se trouvait plus qu'à quelques mètres. Je ne suis pas idiot, Chase. Tu refuseras de négocier, une fois que Maggie sera libre.

– Je te donne ma parole que je respecterai tes exigences. Mais que Dieu m'entende : si tu portes la main sur ma femme, où que tu ailles, je te retrouverai, ça aussi je te le promets!

Haskell desserra le bras qui entourait la gorge de Maggie. Il avait le souffle court comme un animal pris au piège, sans retraite possible. Du coin de l'œil Maggie remarqua qu'il se passait nerveusement la langue sur les lèvres – sans cesser de réfléchir.

– Je pourrai te rendre ta femme si tu signes un papier pour m'abandonner les « Trois C ». Maggie vaut-elle ce prix? (Buck tâtait le terrain.) Tu renoncerais au ranch pour elle?

– Oui.

Chase se tenait complètement immobile, les muscles tendus, guettant une échappatoire. N'importe laquelle!

Buck relâcha le cou de Maggie. Aussitôt elle essaya de fuir, mais il la rattrapa par le bras et la ramena près de lui.

– Tu vas rester là, mignonne, ordonna-t-il. (Puis, sur un ton menaçant :) Si tu bouges, je tire sur ton mari. Surtout ne faites rien pour m'énerver, je suis prêt à abattre Calder.

Maggie le croyait. A ce stade, Haskell n'avait plus rien à perdre. Elle se tenait raide à côté de lui, mais son cœur était avec Chase, si proche et si lointain.

– Je te cède le ranch à l'instant même où tu relâcheras Maggie, répéta Chase.

– Tu crois réellement qu'elle vaut tant? (Buck se moquait.) Où bien tu essaies de me faire marcher?

– J'ai donné ma parole, lâcha Chase entre ses dents.

– Je ne te fais pas confiance, Chase.

Maintenant Haskell doutait que les conditions qu'il exigeait soient réalisables. Chase ne le laisserait jamais filer après ce qu'il avait fait. Quelque chose incitait Buck à pousser Chase à bout pour savoir jusqu'où il irait :

– Si tu veux Maggie, il te faudra la mendier. Mets-toi à genoux, Chase!

Maggie entrouvrit les lèvres en une prière silencieuse. Buck exigeait que Chase se traîne à ses pieds, piétine son orgueil, s'humilie devant son épouse, son fils et les anciens des « Trois C ». Elle se souvint d'un jour où elle avait souhaité le voir à ses genoux, jadis. Une sombre colère balaya le visage de Chase. Une sorte de feu dévastateur qui lui brûlait la gorge.

Cet homme dont la silhouette se découpait sur le ciel, c'était lui, Chase Calder, le maître de ce coin de terre. Et il était totalement impuissant!

– A genoux, Calder! (Buck avait détaché chaque mot distinctement.) Tu veux Maggie, mendie-la.

Chase fléchit une jambe et posa un genou sur le sol, les dents serrées par l'effort. A cet instant précis, Maggie sut qu'elle ne supporterait pas que son mari s'abaisse devant elle. Entre les époux resterait toujours le souvenir du pouvoir et de la force humiliés. Chase se détesterait toute sa vie pour avoir ainsi abdiqué sa dignité.

– Chase! Non!

Maggie avait hurlé pour l'empêcher de s'agenouiller devant Buck. Sans réfléchir elle s'était penchée en avant. Buck la tira à lui en la frappant à la bouche, du revers de la main. Le coup projeta Maggie à terre.

Il y eut un vacarme semblable à celui d'un taureau qui charge...

Lorsque Maggie releva la tête, Chase attaquait. Une détonation assourdissante déchira l'air. Maggie cria en voyant Chase bondir. Au moment où elle se relevait enfin, Buck tomba, puis Chase fut là. Il la remit debout et, tout en la portant et la protégeant, il la poussa à l'abri sous une rafale de balles qui soulevaient des mottes de terre. Abasourdie par le bruit, Maggie mit un certain temps à comprendre que les hommes du ranch couvraient sa fuite et celle de Chase.

Une cuvette que les pluies centenaires avaient creusée dans le sol leur servit de refuge. Ils dévalèrent, moitié glissant, moitié tombant, le ravin peu profond et s'arrêtèrent pour reprendre haleine. En entendant un grognement de douleur, Maggie tourna la tête et s'aperçut que son mari était blessé. Il pressait un mouchoir rouge de sang sur son côté droit.

– Tu es touché!

Elle s'approcha pour examiner la blessure.

– Ça va, la balle a effleuré deux côtes, elles sont sûrement cassées. Il aurait fallu plus d'une balle pour m'empêcher d'arriver jusqu'à toi!

Chase grimaça de douleur en appuyant sur la plaie pour arrêter le flot de sang.

– Où est Buck?

L'air de l'après-midi crépitait encore sous les tirs.

– Il a gagné l'abri des arbres, mes hommes s'en occupent.

– Et Ty?

– Ne t'inquiète pas, Nate veille sur lui.

– Comment l'as-tu trouvé?

Le cœur de Maggie s'était enfin calmé. Elle sortit son chemisier de son pantalon et déchira une bande qu'elle enroula à la place du mouchoir.

– Ton frère venait d'avouer que Buck était de mèche avec lui, alors nous sommes partis à sa recherche.

Chase lut une question pressante dans les yeux de sa femme et sourit tristement.

– Le Dr Barlow s'est occupé de conduire Culley dans un hôpital psychiatrique où on le soignera.

– Merci, murmura Maggie, les yeux baissés.

Elle était incapable d'exprimer sa reconnaissance; non seulement Chase avait épargné son frère, mais encore il lui faisait porter secours.

– Maggie...

Chase prit le visage de sa femme dans sa main gauche, l'obligeant à le regarder. Ses yeux exprimaient une gratitude, intraduisible par des mots.

– Je n'aurais jamais pu te regarder à nouveau en face, Chase, si tu t'étais agenouillé pour moi. Cela aurait détruit notre amour.

– Un seul genou, Maggie, souviens-toi!

Elle déposa un baiser ardent sur les lèvres de son mari pour apaiser le besoin qu'ils avaient l'un de l'autre, puis s'écarta pour ne pas abîmer le bandage de fortune.

– Inutile de rester plus longtemps ici, dit Chase en se relevant. Remontons.

Maggie en tête, le couple avança accroupi, pour tirer avantage de la protection naturelle du ravin. Il suivit le sentier sinueux. En approchant de l'eau, le terrain devenait difficile. Tout près, derrière, sur la rive, des herbes bruissèrent. Chase et Maggie se retournèrent ensemble pour apercevoir Buck Haskell qui s'apprêtait à franchir le ruisseau. Son regard surpris révéla qu'il découvrait seulement leur présence. Aussitôt il mit en joue mais Chase fut plus rapide. D'un geste du bras il désarma son agresseur qui tomba sur le sol en l'entraînant dans sa chute.

Buck se redressa sur-le-champ et balança un coup de genou dans les côtes de Chase qui, terrassé par la douleur, roula sur le côté. Pendant ce temps, Maggie s'était emparée du fusil tombé à terre. Elle arma et visa. Déjà elle avait la vision de Buck immobile, glacé par le doigt de la mort.

Une main invisible dirigea le canon du fusil vers le ciel.

– Non, Maggie!

Chase s'était dressé devant la jeune femme. Au même instant, avant que Buck ait eu le temps de s'enfuir, deux cavaliers surgissaient du ravin, lui coupant toute retraite.

– Buck était comme un frère pour moi, expliqua doucement Chase.

Il avait épargné Culley, que Maggie aimait envers et contre tout, et il lui demandait de lui accorder la même grâce pour son ami.

Avec un cri sourd, Maggie se précipita dans les bras de son mari, s'accrocha à ses épaules. Elle se pressa contre lui, enfouit son visage dans la chemise tachée de sang, tout près de la blessure.

Les lèvres de Chase effleurèrent les cheveux bruns défaits. Maggie frémit de désir et de soulagement.

Elle entendit la voix de Ty :

– Maman va bien?

– Elle va bien. Nous allons bien, répondit la voix rassurante de Chase.

Achevé d'imprimer sur les presses de l'imprimerie Brodard et Taupin
58, rue Jean Bleuzen, Vanves. Usine de La Flèche,
le 6 juin 1984
6303-5 Dépôt Légal juin 1984. ISBN : 2 - 277 - 21659 - 3
Imprimé en France

1659
★★★★

Editions J'ai Lu
27, rue Cassette, 75006 Paris
diffusion France et étranger : Flammarion